【投稿による総合文芸誌】

JN116046

あとらす

No.47
2023

西田書店

あとらす47号　目次

新刊案内

月刊「浄土」編集後記集

仏心独語

長谷川岱潤

直言の人である。

ボクシングでいえば細かいジャブなど打って様子を見たりしない、ストレート一本。野球のピッチングでいえば変化球を投げない。ズドンと一直線、剛速球で勝負する。それでいて都会的な繊細さも持ち合わせている。なにより礼儀正しい。（中略）

本書はその直言の人、長谷川岱潤さんの三十年に及ぶ営みを一巻とした稀な書物である。編集後記という謂わば楽屋裏の短文が時事的な色彩をおびて見事な光を放っている。まさに「文は人なり」の感を深くし、上梓を心より慶びたい。

（佐山哲郎／「序」にかえてより抜粋）

仏心独語
月刊「浄土」編集後記集
長谷川岱潤

決められた字数を刻んで四半世紀。
折々の世相や出来事、季節の移ろいを、
仏教の根本思想と自作の句になじませ、
この国の「病理」をも指摘する265篇。

A5判変形／356頁
定価（本体2300円＋税）

新刊案内

神奈川新聞コラム
「照明灯」に
掲載されました

岡崎満義

葉書に書いた人物スケッチ

新書判／196頁　**定価（本体800円＋税）**

コロナ禍でほとんど外出せず、家に閉じこもっていると、自分がどんどん「無益無用の人」になっていく実感が日に日に強くなってくる。ふと、かつて取材した人、先生、友人知己のことを葉書一枚に一人ずつ書き留めて、誰に出すあてもないので妻宛にしてポストに投函してみようと思った。「葉書に書いた人物スケッチ」はこうして始まった。　（岡崎満義／はじめにより抜粋）

デザイン◉桂川　潤+古藤祐介

私の出会った四人の画家たち

木方元治

今、世界はアートブーム。

日本でも今まで地味に生きてきた作家たちが表の世界に現れ、東京、大阪、京都、名古屋が国際都市になる条件としてアートの受容性が大きく注目されるようになりました。

ここで取り上げる四人の作家は、言ってみれば古い時代に生き、死んでいった作家たち。どの生き方が良いかということは問いません。

でもこんな私的な作家印象記を一度書いてみたかったことも事実です。

I　小山田二郎（一九一四－一九九一）

私が小山田二郎と出会ったのは、二郎がラーメンを食べに行くと言ったまま家を出て、若い女性のもとに失踪した日から六か月後、一人残された奥様の小山田チカエさん（彼女も画家）の語る二郎の物語を通じてでした。

小山田二郎の名前は今でこそ知る人も少なくなりましたが、戦後まもなく瀧口修造に見いだされ、タケミヤ画廊での伝説的な個展（一九五二－一九五六）は当時の日本画壇に大きな驚きと影響を与え、私が小山田家を訪れた一九七二年には何冊もの英語の画集が出る世界的な作家になっていました。でもチカエさんが語る小山田二郎はそんな作家の二郎ではなく、二歳の時にスタージー・ウェーバー症候群を発症した後遺症で下唇が腫れあがり、ケロイド状の痣が顔に残ったみにくい二郎。そんな二郎が実はとても女心をくすぐり、その内向癖にも関わらず、二郎の女癖にはとても悩まされたこと、高円寺に住んでいたころねじめ正一の実家にその絵がとても気に入られ、毎月の絵の納入・代金回収はもっぱらチカエさんの仕事だったこと、そんな最低の亭主だったけど、失踪した後の今でもその夫に恨みを覚えることなく、その作品を今でも敬愛していること。そんな話を小山田のいない応接間で彼の代表作の一つ「納骨堂略図」を前に語ってくれたのでした。それは私が高校を卒業した年の三月。これから大学生になる私にとってはあまりに衝撃的な時間でした。

小山田二郎との再会（というか出会い）はその後もかなうことなく、次に小山田二郎の名前に出会ったのは、二〇一四年の府中市美術館での小山田二郎生誕百周年回顧展。そこには四二年前に見た「納骨堂略図」もありました。チカエさんはその二年前、九〇年の生涯を閉じていました。

ここまでなら、私と小山田二郎の出会いは過去に見た一枚の絵にまつわるエピソードで終わっていたかも知れません。もう一つの出会いが、これらの出会いを私の人生にとって決定的な出会いとしたのです。

それは二〇一五年、二郎の回顧展の翌年でした。友人の個展のオープニングパーティで友人から紹介された一人の女性画家。その名前を聞いて私は唖然としました。その名前は小堀令子。

小山田二郎　「納骨堂略図」

二郎がチカエさんとの生活を捨て逃げ込んでいった女性その人だったのです。小山田二郎は若き日に、日本画家小堀鞆音のもとに学び画家を志したのですが、父の反対にあい絵の道をあきらめかけた時期があります。小堀令子は鞆音の姪にあたり、若い二郎にとっても近い関係にありました。

令子さんを前に私は思わず四三年前の小山田家でのチカエさんの会話のことを持ち出しました。令子さんはとてもびっくり、でも懐かしい話として「是非お話ししましょう」と言ってくれて、それから三時間にわたり、他のゲストから離れ二郎との二〇年の話が続きました。

私が一八歳の時に開かれた輪はこの時、令子さんの二郎との二〇年の歴史を聞くことで閉じられました。

二郎のチカエさんとの二〇年、そして令子さんとの二〇年。私が絵を見る時にどうしても人の生涯に触れてしまうことを強いる、そんなエピソードの一つになりました。

Ⅱ　齋鹿逸郎（一九二八―二〇〇七）

私が齋鹿逸郎の絵に出会ったのは一九七八年。今は無き伝説的な画廊、お茶の水画廊での個展でした。齋鹿逸郎の画業は生涯変わることなく、鉛筆と胡粉でひたすら大きな絵を描き上げていく。その画業はかつてＮＨＫのＥテレでもとりあげられましたが、生涯正業をもたず、奥さんの収入に頼って生き、自分の絵を積極的に売ることもせず、ただひたすら絵を描き続ける、そんな作家でした。

齋鹿逸郎の大規模な回顧展はその故郷である米子市美術館

で一九九五年、世田谷美術館で二〇〇七年に開かれていますが、その後は忘れ去られ数少ないファンの間で伝説の鉛筆画家という形で語り継がれてきました。

その熱烈なファンの一人が鎌倉にある画廊ジアースのオーナーの若山さん。

齋鹿逸郎の作品を後世に残したいという強い熱情に燃えて二〇一七年ジアースでの作品展にこぎつけました。

その過程で私は齋鹿逸郎のご子息の校太郎君にも出会い、齋鹿家の狭い一室に残された膨大な作品群をどう保存していくか大きなプロジェクトが始まりました。

そこで知り合った美術雑誌聚美社の社長の一言は今でも心に残っています。「これは十年がかりのプロジェクトだ。僕はもう七〇代後半で十年後まで生きてないかもしれない。君その気あるか？」

ところが肝心の校太郎君の応えは「逸郎の作品が狭い家の一室を占領して困っている。二束三文でももっていってくれる人がいたら譲りたい」というがっかりするもの。かつて齊鹿逸郎の作品をアメリカでデビューさせようとニューヨークのWhitney 美術館と話がまとまりかけたのだが、日本側のお金が続かず挫折したことがあったとのこと。

今回も議論は一進一退で、齋鹿逸郎の膨大な作品群をまとめて引き取る資本がない限り、その作品群は朽ち果てていく瀬戸際になりました。

そんなある日、校太郎君からメールが入り、京橋の老舗画廊が一括購入に興味を示している。ここと話を進めたいがどう思うかとの趣旨。聚美の社長ともども、その画廊の商業主義は良く知っていたので他に手はないかと検討しましたが残念ながら時間切れ。いずれにしても齋鹿逸郎の作品が朽ち果てていくという最悪のシナリオは回避されるとともにその老舗画廊に引き取られた瞬間、その絵の値段が十倍に値付けされるというハプニングまで起って、この短いプロジェクトは終了することになりました。

あとは齋鹿逸郎の作品が後世まで残ることを祈るのみです。

齋鹿逸郎　（無題）

Ⅲ　浅野弥衛（一九一四－一九九六）

浅野弥衛との出会いはそのお嬢さん（次女）の美子さんを通じての出会いでした。というより美子さんから聞く浅野弥衛が私の浅野弥衛との出会いの全てでした。

　ということで浅野弥衛のことを語るとき、どうしても美子さん、そして弥衛の生涯の友人であった野田理一のことに触れないわけにはいきません。

　私と美子さんの出会いは彼女がフランス留学を終えて日本に帰る一九八〇年のことでした。彼女はパトリス・ベルジュロンというフランスの詩人についてフランスでの研究を終え、日本に帰る途上でした。

　お互いに連絡を取り合うことを約束した私の元に日本に帰った美子さんから、彼女のフランス語訳を付した野田理一の自作のガリ版刷りの詩集が、彼女の人生への希望と不安を述べた手紙を付して届いたのは翌一九八一年のこと。その後は接点のないまま消息が途絶え、私が彼女の死を知ったのは、彼女の手紙から四〇年の歳月を経た二〇一九年のことでした。

　美子さんは二〇〇五年三重県で四四歳で死去。小説家、エッセイスト、翻訳家として活躍中の突然の死でした。

　野田理一は鮎川信夫とともに活躍した荒地派の詩人、美子さんからもらった中にこんな詩があります。

けふからは日が変る
けれどもどうして私が変らう
かはるがはる来る日はかはる
水の面に春がうつる

　美子さんと初めて会ったフランスの片田舎の春の情景とともに心に残る詩の一節です。

　そんな美子さんが語る浅野弥衛。

　実家は三重でも有名な煙草の仲買問屋。陸軍士官学校を出て戦地（中国大陸）に赴き、ここで終生の友野田理一と知り合ったようです。戦後は鈴鹿信用組合（今の鈴鹿信用金庫）の理事として実業に携わる一方で野田の勧めで入った日本美術創作協会会員として創作活動を続け、一九五九年に代表理事退任まで実業家と画家という二足の草鞋を履き続けた人生でした。代表理事退任後は専業画家として絵画制作に取り組み、日本のみならず米欧でも高い評価を受けてきました。亡くなった一九九六年には地元三重県立美術館で大規模な回顧展が開かれました。

　私が知る浅野弥衛はこれが全て。

　二〇一八年のある冬の一日、ふらりと立ち寄った京橋の画廊「麟」でのオーナーとの会話がこの文章を書くきっかけに

浅野弥衛　（無題）

なりました。

この画廊はその前々年に浅野弥衛展を開いていたのが気にかかり、なぜ三重の亡くなった昔の作家を東京の画廊が取り上げたのですかとオーナーの坂本さんにお聞きしたら、思わぬお話に広がっていきました。

この画廊を開いたのは七年前。亡くなった実業家のご主人の遺言で美術好きの娘のために画廊を開くことにした。基本的に運営は全て娘に任せているのだが、唯一浅野弥衛の作品展を開くという希望だけは通してもらった。坂本さんの浅野弥衛との関わりはご主人の赴任地である関西でたまたま見た浅野の作品がきっかけ。その作品にほれこみ、浅野弥衛の作品収集を始めたが、「作品はサラリーマンでも買える範囲内の値段でなければならない」という浅野の信念もあり、作品はほとんど個人の手にあり収集するのは大変苦労した。それでもなんとか十点ほどを集め、それをもとに一部は三重県立美術館から借りたりして今の画廊で浅野弥衛展を催すことができた。そのおかげで浅野弥衛の個展を行ったギャラリー麟ということで東京の画廊界で名前が通るようになった。浅野さんの長女にも来てもらってそれ以来親交が続いているとのこと。私が美子さんの話をすると「今日はとても良い出会いでした。このお話はご長女にも伝えたい」と感極まったご様子。

浅野弥衛、浅野美子、野田理一、そしてギャラリー麟の坂本さん、私の中でこの四つの人生がつながった一瞬でした。

Ⅳ　郡司宏　（一九五一－二〇一九）

郡司宏さんとの出会いは、僕の高校時代からの友人を含む四人の画家で構成される「四方の会」作品展でした。

郡司さんはグループ人人展の取りまとめに精力を費やされ、あまり作品の売れない作家でした。でもそんなことお構いなしに個展に行けば、終廊時間を待ちかねたように「一杯どうですか？」人人展での展示会でも「一杯どうですか？」

とにかくお酒を飲んで人と話すのが好きで自分の作品がどうなろうとあまり関心がない。私がどうしても欲しかった作品は、作品展の後郡司さんが酔っぱらって乗ったタクシーの中に置き忘れ出てこない。その翌日「あれ？　タクシーに置いてきたかも」照れくさそうに頭をかきながら謝る郡司さん。そんな関係を十年以上続けてきました。

でも本当は自分の作品に対する態度はとても厳しくて、その作品制作は常に終わりのない孤独な作業。郡司さんにとって作品を創るとは、到達できない高みを目指し続ける未完の作業で完成はありえませんでした。その作品に対する真摯な態度はお酒を飲んで酔いつぶれるだらしない郡司さんではなく、道を求める修道僧を思わせるものがありました。

そんな長い間続いたつきあいが変わったのは、彼のお母さんの病が重病化してほとんど全ての時間をお母さんの看護に費やさなければならなくなった時。それを境に「一杯」もなくなったし、あれほど熱心にやっていた人人展の活動もトーンダウン。

実は僕は郡司さんのお母さんは今でいうシングルマザー、親一人子一人でずっと生きてきたということをその時まで知らなかったのです。

そして彼が画家としてトレイニングを受けたのは昔目黒にあった鷹美術研究所。

庭園美術館からわずか徒歩二分のところにある普通の住宅でした。

郡司さんの一杯の話にこんな話は何にも出てきません。いつもニコニコしてお酒飲んでいるだけ。でも井上洋介の話になるととても力が入っていた。井上洋介は、絵本作家として有名ですが、画家としてもその鬼気迫る人間たちの葬列を始め、とても印象に残る多くの作品を残しました。人人展にもその第二回（一九七六年）から作品を出し続け、多くの作家たちに影響を与えてきました。井上さんは二〇一六年胃がんでその八四年の生涯を閉じましたが、翌年開かれた遺作展でもその強烈なイメージは郡司さんの作品群にも通じるものがあり、郡司さんが目指していた高みはそこにあったのか、そんなことを思ったものでした。

そんな郡司さんの最後は壮絶というより、郡司さんらしい静かな死。お母さんを半年前に看取った郡司さんに末期癌が見つかり、それからはひたすら自分の人生の始末を自分でつける生活。でも死後に残されたアパートの遺品処理は大変だったよう。誰も引き取る親族がいない中、人人展の画家古茂田杏子さん（洋画家古茂田守介の娘）を始め人人のメンバーがその遺作を大量に運び出し、翌年都内および埼玉の画廊で遺作展を開くに至りました。

私はここでも色々なことを学びました。

三月の雨降る寒い一日、高円寺の画廊主平井さんとともに訪れたのは埼玉森林公園にある森の中の一軒家の画廊「かぐや」。オーナーの井上さんに案内されて郡司さんの一人住まいの部屋から運び出された大量の作品群を拝見。後年の油彩作品とはまた異なった静謐な版画作品がそこにはありました。

二十代、三十代に描かれたこれらの版画（銅版画、リトグラフ）はとても完成度が高くて後世に残す価値のあるレベルの高い作品群でした。三月の寒い氷雨の中、薄暗い古民家でストーブにあたりながら井上さんから聞く若き郡司さんにまつわる話からは、郡司さんが生きぬいた静かな人生が浮かびあがってきました。

画家郡司宏について言えるのはこんなことだけ。今も僕の寝室には郡司さんのサインは無いけれど、彼がアパートの部屋に残していった、野の草花に囲まれて佇む不思議な動物を描いた銅版画が飾ってあります。

郡司さんの作品と色々お付き合いしてきたけどこれが私にとっての郡司さんの完成作品、今改めてそんなことを想います。「一杯いかがですか？」この作品からはそんな郡司さんは浮かびあがってきません。ひたすら作品の中に自分を埋め込み自らの生をそこに完結させていった孤独な作家、そんな作家像が浮かび上がってくるのです。

小山田二郎、齋鹿逸郎、浅野弥衛、郡司宏、私の人生の中で大きな位置を占める四人の画家たち。人生の中で、人とのふれあいがいかに自らの人生を豊かにするか、これら四人の名前は私にそのことを教えてくれるのです。

郡司宏　（無題）

グレン・グールドと私

近藤英子

二〇二二年はカナダの伝説的ピアニスト、グレン・グールド生誕九十年、没後四十年の年に当たるので、かねてより温めていたグールド讃歌を綴ってみることにした。

グールドといえば早々と演奏会から引退し、スタジオ録音によるアルバム作りしかしなくなったことで知られる。

「グールド体験」の言葉をはじめて耳にしたのは、鬼才が亡くなって二十六年も経った二〇〇八年のことだった。テレビで四週に亘り放映された「グレン・グールド、鍵盤のエクスタシー」を見たときだ。タイトルは「伝説の誕生」「コンサートは死んだ」「逆説のロマンティスト」「最後のゴールドベルグ」だった。グールドがピアノを弾いたりしゃべったりする――舞台人のような張りのある声、語り口が気に入った――のを食い入るように見て聴いた。ピアノを弾いている手が指が勢いよくはねる、憑かれたように指揮をする、研ぎ澄まされた指の感覚と音にビックリ仰天したのが鮮やかに思い起こされる。躍動感にあふれ、抒情的な人を惹きつける音、ほかの誰とも違う不思議な忘れることのできない音！　私の音がきこえますか？　と聴く人ひとりひとりに問いかけて奏でる音楽が私を捉えて離さなかった。これが「グールド体験」ということなのだ、と全身で受けとめた。

私が初めてグールドの名を知ったのは、一九七〇年代、当時住んでいた芦屋のマンションで出会った女性からだった。お互い二人の子育て中でマンションの砂場や近くの公園で子供達を遊ばせている間、女性と私はおしゃべりを楽しんだ。同じ二階に住んでいたこともあり、往き来するようになっていった。話がクラシック音楽に及び、彼女はご主人共々弦楽器が好きでブラームスの弦楽六重奏が大のお気に入りと言った。弦楽曲は馴染みがなかったので話についていくのが大変だったのを思い返す。今でこそ映画にも使われた渋い重厚な名曲をときどき聴いてなんともいえない美しさに心が奪われることがあるが……私が聴くのはピアノ曲がほとんど、と言うと、グレン・グールドって知ってる？　とその人はきいてきた。そしてレコードをかけてくれた。全然知らなかったピアニストの弾くバッハだった。音がすごいの、と言われても親しみやすいショパンやシューマンばかり聴いていた私にはどういうものか、なかなか届いてこなかったようだ。現在のグールド愛を思う時、「すべてにときがある」というのは本当だ、真理だ、としみじみ感じ入っている。

　私は六才の時ピアノを始めた。習い事のひとつとして母が決めたことだった。ピアノの先生のお宅へは、当時加古川の田舎はあたり一面田んぼばかりで畦道を歩いて通った。幼い私には随分遠かったと記憶している。嫌いではなかったけれども練習を一生懸命やった覚えもなく、レッスンを休んでみては又再開するというようなことを繰り返していた。中学生の時、音楽の授業で先生がモーツァルトの「トルコ行進曲」を聴かせてくれた。これがクラシック音楽、特にピアノ曲に心が動いた始まりとなった。加古川駅前のレコード店に母と出かけてSPレコードを買ってもらった。学校からいそいそと帰宅してたった一枚しかないこのレコード盤に針を落とした。軽快なリズムと舞い上がる調べに胸が高鳴るのを覚え、私を幸せな気分で充たしてくれた。その後ショパンやベートーヴェンなど、有名どころの曲は手当たり次第に聴いて酔いしれたものだ。ピアノの音に合わせてテーブルの上で指を走らせ、一人芝居をやったり空想を楽しんだりしたこともあった。

　一九七〇年、大阪万博の年だった。大学に入ってすぐアメリカで夏期講座を受けるためにミシガン州のカラマズーに二ヶ月滞在した。大学のドミートリイで過ごしたが、週末は各地のホームステイ宅を訪ねてさまざまな体験をさせてもらった。ドミートリイの入ってすぐのところにみんながくつろいだり談笑したりできるホールがあり、そこにグランドピアノが置かれていた。一緒に講座に参加した女性がよく弾いているのを、ソファーにもたれてピアノの音が私の気持ちを高めてくれるのを、心奥深くに感じながら聴いていた光景が目の前に映し出される。私も弾いてみようとホールに誰もいないときをねらって「乙女の祈り」など易しい曲を弾いてみた。たぶんここの大学の学生らしき男性が近づいてきて、上手くもない英語で言葉を交わしたのも懐かしい一ページだ。ホームステイ先でも度々ピアノを弾いて、大層喜んでもらえてうれしかった思い出は私にとって宝だ。両親が私にピアノを習わせてくれたことを心から感謝している。これがなければ今のチェロもグールドもない。

　今朝もグールドを聴いた。落ち込んだり、ざわついたりした時には「ゴールドベルク八十一年版」を聴く。どんなに嫌なことがあっても、これを聴けば気分が少しだけ軽くなる。この曲に永遠性を見出したにちがいないグールドを胸に浮かばせて聴く。大きな喜びが広がってゆく。私の心はグールドでいっぱいだ。

モンキーダンス横丁

十二歳のオランダ少年が体験した〝飢餓の冬〟

ハンス・ブリンクマン
溝口広美（訳）

第一章　自転車で危険な道のりに挑む

タイヤのない子供用自転車で、ワッセナールからハーグ市までの十キロの距離を走ることにしたのは、一九四四年の秋のことだった。これが三回目の試みだ。当時十二歳のわたしは、それより数か月前の六月に、ハーグ市郊外のワッセナールという街の中学校の入学試験に合格し、母と四歳年下の妹と、サントホースト通りの角に建つ家で暮らしていた。

一九四〇年五月、ドイツ軍によるオランダ侵攻作戦で戦争が始まり、それから一年余りが過ぎた頃、父親がわたしたちのもとを去り、他の女性と暮らし始めた。グレーテルという名のドイツ人未亡人で、彼女の亡夫と父は仕事上の付き合いがあった。

やがて、母は母で、幸運なことに、ヤン・デ・ヨングという男性と出会った。ドイツがオランダを占領した時、彼と彼の妻はたまたま赴任先のオランダ領東インド（現在のインドネシア）から一時帰国していたところだった。現地の教育担当官として働いていた彼は、ドイツがオランダ人の国外旅行を禁じたため、足止めをくわされてしまい、隣人を介して、母の下宿人となった。空き部屋があることをドイツ軍にわかられてしまうと、家を接収されてしまうことを、母は恐れていたのだ。すでに近所の家の多くが接収され、住んでいたオランダ人は退去を命じられ、親戚などを頼って他所で暮らすことを余儀なくされた。

ヤン・デ・ヨング夫妻は喜んでわたしの家に引っ越してきたのだったが、奥さんが重い病にかかり、入院し、回復することなく亡くなってしまった。男やもめとなったヤンは、十歳年下の母と彼女の子ふたりと、ひとつ屋根の下で暮らし続けた。

「ヤンおじさん」（と、わたしたちはいつしか彼をこう呼んでいた）は、初めから、わたしと妹のソンヤを気にかけ、厳格なところはあったものの、理不尽ではなく、やがて彼の存在や教えが、わたしたちにとってかけがえのないものになっていったのである。

戦争が続くにつれ、占領下のオランダの状況は急激に悪化し、物資、特に石炭や食べ物の供給が乏しくなり、中学校では新学期が始まって数か月もたたぬ間に、暖をとる手段がないという理由で閉校に追い込まれた。そのかわり、週に三日間、個人宅で授業を行うことになった。わたしには自由になる時間が増え、ハーグ市で暮らす父親にも頻繁に会いに出かけることができた。

自転車のタイヤがなかったのは、南国から輸入していたゴムが、いつのまにかオランダ国内市場から消えてしまったからだった。いずれにせよ、自家用車も大人用自転車もドイツ軍に取り上げられた。わたしの住んでいた通りの入り口にドイツ軍の番兵が立ち、自転車に乗っている人を見つけると、自転車を取り上げるために止まらせた。ある時、老いた男性が自転車に乗って通りに入ろうとした。「止まれ」という命令を聞かず番兵の前を通り過ぎたところ、兵士は背後から彼を撃ち、自転車から彼の身体が崩れ落ちた。ちょうど近所の人たちが行なっていたスープキッチン（飢えに苦しむ人々にスープなどの最低限の食事を与えてくれる炊き出しのようなもの）から戻る途中だったわたしは、歩道の縁に横たわり血を流しているその男性の姿を見て、恐ろしさにあとずさりし、自宅めざして走り、母にスープの入った鍋を手渡し、床に倒れ込んでしまった。やがて、その気の毒な男性は亡くなったということを知らされた。

オランダ人に残された自転車というのは木製のタイヤのついた特注品だけだったが、ドイツ軍には興味がなかったようだ。わたしの乗っていたタイヤのない子供用自転車も、彼らには必要なかった。わたしは車輪のリムに頼って、自転車をこいだわけだったが、なかなか難しく、横滑りしないように注意しなければならなかった。

自宅から出発し、ワッセナールとハーグ市をつなぐ舗装された高速道路を、ゼイデ通りの陸橋めざして自転車をこぐ。一九四四年十一月中旬のことで、父はグレーテルと一緒に、ハーグ市の中心地に引っ越したばかりだった。三階建の自宅の一階部分は文房具店だった。その建物はコルテ・ポテン通り沿いにあり、「アペンダンス」（英訳すると「モンキーダンス」）という名の横丁とぶつかる角地にあった。もともと高速道路に面した三軒続きのテラスハウスの真ん中の広い家に、父はグレーテルと暮らし始めたのだったが、爆撃を受けた。家に誰もいなかったのは幸いだった。ハーグ市に隣接する森林地帯にドイツ軍がロンドン攻撃のためにV2ロケット発射基地を設けていたので、父の自宅に落下した爆弾は、この発射基地を攻撃するためのものだった。ドイツ軍の軍事施設やV2ロケット発射基地を狙ってイギリス軍が爆弾を落としても、目標を逸れることがよくあった。

自転車に乗って出発をした時には、厚い雲がかかっていた。わたしの出発を判断するのはヤンおじさんの役目だった。空全体が雲で覆われていれば出発を許された。雲がポツポツと浮かんでいる日は、高速道路や陸橋などが戦闘機スピットファイアの標的になりやすいと言われていた。雲に隠れて好機をうかがい、急降下し爆撃することができたからだった。

V2ロケット発射基地への攻撃に加え、イギリス空軍の戦闘機からのマシンガン攻撃も、ドイツ軍に占領されていた近所などでは頻繁にあった。オランダ人を標的にはしなかったが、多くの家にドイツ兵が駐屯していた。わたしの自宅のガレージも軍に接収され倉庫として使われていたが、中になにが置かれていたのかは、わたしたちにはわからなかった。スピットファイアが突然急降下してくると、わたしたちは素早く身を隠した。どこでも構わなかった。ある時、わたしはガレージの裏の石炭置き場に逃げ込んだのだが、ドアを閉めそこなって、半開きにしたままだった。一分間の攻撃が止んでみると弾丸がドアを貫通していた。逃げるのが遅かったら、わたしは撃たれていたかもしれなかった。隣りのシーズー犬は弾丸を浴び死んでいた。フェンス越しに、トマト畑の地面に横たわっている小さな体が見えた。

ハーグ市に出かけるというその日は分厚い雲で空が覆われていたので、安全だと思っていたのだが、爆撃を受けた父のテラスハウスの前を通過した時、雲に切れ間ができ、青空が見えてきた。数分も経たないうちに、聞き慣れた唸り音が聞こえてきた。すぐさま自転車から飛び降り、たまたま通り過ぎたばかりの深い穴に飛び込んだ。爆撃でできたばかりのクレーターだった。「同じ場所を二度爆撃はしない」と直感して本能的にそうしたのだった。まるで雲に隠れて待機していたかのように、雲間から、二機のスピットファイアが急降下し、近くの森林地帯に二発の爆弾を落とし、甲高い音を雄々しくたてながら去って行った。その標的はV2ロケット発射基地だろう。

クレーターからこっそりと顔を出し、被害の様子をうかがった。それほどひどくはなさそうに見えたので、穴から身を乗り出した。コツコツという音が聞こえてきた。道路沿いの家の窓からだった。窓越しに老婦人がわたしのことを手招きしている。窓を開け、彼女が「こちらにいらっしゃい。怖かったでしょ」と話しかけてきた。家の中にはいると、彼女はクッキーをひとつくれた。

「あなたこそ、怖くありませんか」

「坊や、あたしは年寄りだからね。どうにか助かるだろうけど、助からなくても、いいんだよ。わかるかい」

なんと答えていいのかわからなかったので、お礼を述べ、その家を後にした。

無事にコルテ・ポテン通りまでたどり着いたわたしのことを、アニーおばさんが迎えてくれた。父の妹のひとりで、文房具店の店長として働いていた。

「また来てくれたね。爆撃、怖くなかったかい」

「今日はそれほどでもなかったです、あの、いいですか」

わたしは本を指差した。

「もちろん、欲しい本があったら、あたしに言ってちょうだい」と、アニーおばさんは優しく言った。

児童書や恋愛小説、それからブリッジ遊び、クローシェ編みなどの編み物、使い残りのろうそくを溶かして新しいろうそくを作るやり方などの指南書といった本がまだあったが、わたしの好みというわけではなかった。

それより、文房具や学用品のほうが好きだった。鉛筆の芯や木の香りが心地よかったし、鞄や定規、占領下で質の悪い灰色がかった紙を使用したノートや手帳をぶらぶらと見て回るのが楽しかった。そうした商品は最上階（屋根裏部屋）の物置部屋から、少しずつ運ばれ、店頭に置かれた。配送が途絶える前に多く購入していたので、一年以上経っても品切れになることはなかった。万年筆、戦前に製造された上質紙のノート、タイプライターのリボン、数台のレミントン社製タイプライターなどの大事な品々は店頭に出されることは決してなかった。昔からの顧客や友人のために取っておかれ、できる限り控えめに、食べ物と交換された。

急いで階段を上り、スミットソンさんの部屋を通り過ぎた。彼は半年前にドイツの軍需工場へ送られてしまったので、彼のかわりにアニーおばさんが店長となり、スミットソンさんの親切な奥さんはグレーテルの日々の食事の用意を手伝っていた。質素ながら温かい食事は、父の十五人ほどの従業員のために配膳された。父の手がける小さなビジネスは文房具店のほかに、印刷業、紙卸業、倉庫保管業から成り立っており、すべてハーグ市で営まれていた。やせ衰えてゆく従業員のことを心配した父は、グレーテルに、一日一食分の食事を用意するよう説得した。父はできる限り自分の従業員たちの暮らしを楽なものにしてあげたかったのだ。グレーテルは賛同したが、条件があった。必要な食材は父が調達すること、食事は栄養満点の濃いスープをおたまに、なみなみと一杯分のみ。

週末を除き、毎日、正午になると、帳簿係や倉庫の従業員や印刷所のアシスタントたちが仕事場を離れ、最短ルートでコルテ・ポテン通りへ向かい、三階にあるグレーテルのキッチンめざし、狭い螺旋階段に一列で並ぶ。飢えと寒さで人々が次々と死んでゆく飢餓の最中で口にするグレーテルの質素なスープは、従業員を元気にすると同時に、各家庭の食糧配給が乏しくなっているから、このスープのおかげで、彼らは自分の分を妻子に食べさせることができた。

この日は土曜日で、父もグレーテルもお休みだった。わたしが父を訪れるのは、いつもそうであったように、食べ物をもらうためだった。じゃがいも、ビーンズ、肉。食糧難が悪化してからは父が手に入れることができるものならなんでもよかった。一九四四年六月六日に連合軍がフランスのノルマンディーに上陸し（いわゆる「Ｄ－デイ」）オランダ南部地方は解放されたものの、ドイツ国内へ進撃するため、九月にオランダのアーネムの橋を占領しようとしたが、この軍事作戦は大失敗に終わった。さらに、まだ占領されていた地域の鉄道ストライキのせいで、九月十七日から鉄道が完全にストップしてしまった。ロンドンに亡命していたオランダ政府がこのストライキを命じたのだった。これでドイツ軍を懲らしめ、早期の降参を期待していたのだろうが、それ以上にオランダ人を苦しめることになってしまった。ドイツ軍は仕返しに、すでに深刻な食糧不足に陥っていたオランダ西部地方の配給をさらに統制した。都会では店中から品物がなくなってしまったため、食料引換券は単なる紙切れにすぎなくなった。飢えが各戸の軒先に忍び込んで来た。貧しい者は裕福な住宅街の家々を回り、玄関の扉の真鍮を磨く報酬として、たった一個のじゃがいもを求めた。

その年のはじめ、鉄道がまだ通常運行していた頃、南ホランド州ホルクムからそう遠くない農業地帯へ、母が二度ほど難儀な旅をしたことがあった。その地域で生まれ育った母は、十二歳の時、ロッテルダムへ移り住んだ。母の旅の目的は、余っている服や鍋やブラシなどを食べ物と交換してもらうためだった。ところが、田舎でも食糧不足は深刻なものとなっていた。一九四四年の夏にはわたしもそうしたことを実感した。ホルクムから北へ約九キロ離れたホールナール村でパン屋を営むスロップさん一家のところで、わたしたちは前年の夏の休暇を過ごし、この年も同様に宿泊客として過ごすことになった。こじんまりとした一軒家の、わたしたちが寝起きする二階の部屋の下はパン屋にあたり、店の裏側に、パンを焼く別棟があった。ヤンおじさんは北部オランダのフリースランドの生まれ故郷に住む家族を訪れていたので、休暇は母、妹、わたしの三人だけだった。

スロップさんの店の棚にはパンがひとつも置かれていなかった。店とパン焼き専用の建物は狭い廊下でつながっており、お客が買った時点で、パンが奥から店に運ばれて来る。これでは効率が悪いと思ったわたしは、この村でも食糧不足が起きているとも知らず、店の棚に異なる種類のパンをきちんと並べてあげた。こうすれば店員さんが行ったり来たりしなくてもいいだろう。このおせっかいを、お店の人たちは笑顔で応えてくれたのだが、翌日見てみると、棚にはパンが置かれていなかった。常連客のために、限られた数のパンをお店が取り置きしているから、棚にはパンを置かないのだと、母が説明してくれた。

ハーグ市の父の自宅を訪れたその土曜日に、狭い螺旋階段を上りながら、スロップさんのことを思い出した。ホールナール村での休暇は楽しかったが、それは突然終わってしまった。妹のソンヤと地元の友達ふたりと一緒に、早朝、狭い運河を、小舟を漕いで村のはしまでたどり着いた時、遠くに煙が立ちのぼっていることに気がついた。小舟を漕いで戻ってみると、スロップさんの店の裏から出火したようで、別棟が燃えており、消防隊は消火活動にあたっていた。通りに面したパン屋の部分とその上階のわたしたちの宿泊部屋は、まだ火の手が回っていないようだったが、寝間着姿の母はわたしたちの服などを道端に避難させ、店に残っている品物を持ち出す手助けをしていた。あらゆる種類のパンがすべて、見世物として往来に広げられ、村人たちはその光景をまじまじと眺めた。

「まだあんなにたくさんのパンがあったとは、クッキーまであるよ!」

それから、これはあとから聞かされたのだが、村人たちは母のことを「パジャマ姿で恥も外見もなく歩き回る都会の女」と噂したそうだ。このようにして、わたしたちの休暇は終わってしまった。

父とグレーテルは自宅におり、わたしのことを父はしっかりと抱きしめて迎えてくれた。グレーテルはいつもながら、ぎこちなく頬にキスをしてくれた。ふたりは昼食を取ろうとしていたところだった。パンと、驚くなかれ、低脂肪チーズにアップルシロップまであった。グレーテルがわたしのために皿を出してくれた。スピットファイアにあやうく攻撃されそうになったことや、クレーターに逃げ込んだことなどを話すと、父は大変驚いて、今後は日中の移動を避けるようわたしに言った。

「でも、お父さん、僕たち食べなきゃならない、そうでしょ。チューリップの球根はおいしくない」

「チューリップの球根?」

「パンがない時には、チューリップの球根をスライスして台所のストーブの側面にくっつけて温め、それを食べているんだ。知らなかったの」

「知らなかった。お父さんが知っているのは、おまえのお母さんがチューリップの球根を粉末にして、それを、お父さんからの小麦粉と混ぜてパンを時々焼いているということ。おまえの好物だろう」

「もちろん。この間、真夜中に、階段でソンヤとばったり出くわしちゃった。球根入りのパンを一切れ、こっそり、食べようとしてね。でも、小麦粉がない時には……」

今度はソンヤも一緒に連れてくるようにと父に約束させら

れてしまったわたしはふと思った。タイヤなしの自転車の荷台に彼女を乗せて走るのか。とにかく、やり方を考えなくては。

予定通り、その晩、わたしは父のところに泊まり、翌日の夕方、小麦粉、ブラウンビーンズ、スープのだしをとるための骨、それからアップルシロップの瓶ふたつが詰め込まれた大袋を荷台に積んで、家に戻った。空はびっしりと雲で覆われ、小雨が降っていた。スピットファイアは飛んでいなかったが、その日の朝、ロンドンの方角へまたもやV2ロケットが発射された。

無事に戻ったわたしの姿を見て、母は安堵のため息をもらした。ヤンおじさんも喜んだ。だが、彼はわたしに、これからは完全に曇り、もしくは快晴の日、あるいは日没後にハーグ市へ出かけるべきだと言った。

わたしの留守中に、惨事が起きた。近所のチャウチャウ犬が、ウサギ小屋の柵の間から、可愛がっていたわたしのウサギを殺してしまったのだ。ハンサムなフレミッシュジャイアントだった。飢饉の最中ではあったが、それでも、そのウサギを料理することを禁じた。すでに鍋を用意していた母にとっては残念無念だったろうが、わたしたちは裏庭にウサギを埋葬し、彼の墓に十字架をたてた。非常に悲しい一日だった。

次にハーグ市を訪れたのは一九四四年の大晦日だった。今度はソンヤを自転車の荷台に乗せていたので、彼女にとっては窮屈だったろうし、わたしにとっても重労働だった。途中で幾度も休憩をとった。快晴だったので怖くはなかった。

第二章　V2ロケットの爆発と夜にやって来たナチス親衛隊

その日の夜は父とグレーテルと一緒に家で過ごした。オランダでは伝統的に大晦日にオーリボル（ボール状のドーナッツ）を食べるのだが、材料が手に入らなかったためオーリボル抜きではあったが、食事はおいしかった（とは言うものの、グレーテルがなにを作ってくれたのか覚えていない）。

夜中の十二時になる一時間ほど前に、父がおどけて、十二時ちょうどにドイツ軍がV2ロケット攻撃をするだろうと予言した。「イギリス人へ新年のサプライズだ。当たるぞ」と言う父。そのような考えや、それが当たると言う父に身震いしたが、わたしは黙って、緊張の面持ちで、十二時になりつつある時計を見つめた。予言のことなど忘れてしまったかのような父が、新年の祝いの抱擁をするため、わたしたちとグレーテルを自分のもとに引き寄せた時、攻撃が起きた。遠くの方から、聞き慣れた強大なロケットの轟音が聞こえてきた。発射台はわたしたちの場所から数キロ離れていたのに、いつもに比べ音は大きかった。父は窓を開け、雲ひとつない夜空に向かってひとつではなく、ふたつもの火玉が素早くあがっている様子を指さした。みんな黙っていた。父の予言があたったからか、ロケットの発射が見事だったからか、わからない。ところが次の瞬間、目のくらむような閃光と壊滅的爆発が起き、家が大きく揺れ、みんな慌てて床にうずくまった。すぐに二度目の閃光と爆発音が遠くから聞こえてきたが、それから静かになった。

最初に口を開いたのは父だった。

「なんてこった、失敗した！　しかも二発とも！　信じられん！　二発発射して、両方とも爆発とは。自業自得もいいところだ！　しかも大晦日に！」

動揺がおさまったので、寝ることにした。ソンヤとわたしはコルテ・ポテン通りに面した狭い屋根裏部屋に置かれたシングルベッド二台をあてがわれた。ここで数日間滞在するからだった。横になったものの、わたしは寝付けなかった。ロケットが二発とも失敗してしまったのは父の予言のせいではないか。そんなはずはないとわかってはいたが、そう思い始めると、その考えを払拭することができなかった。爆発したロケットはどこに墜落したのだろうか。

翌朝になると明らかになった。手製のクリスタルラジオとイヤフォンを持ってきたわたしは、すぐにロンドンを拠点としたオランダのラジオ局「ラジオオレンジ」を探し当てた。最初のロケットはハーグ市の（スへフェニンゲン森林公園近くの）スターテンクワルティール地区に落ちたが、そこはドイツ軍占領区だったので死者はいなかった。二発目のロケットは北海に沈んだ。浜辺からそう遠くはなかったらしい。V2ロケットの失敗回数が頻繁になっているそうで、その原因はおそらく部品不足ではないかということだった。

それから二晩が過ぎた夜のことだった。ソンヤはぐっすりと眠っていたが、わたしはまたもや、なかなか寝付けなかったので、ダニエル・デフォーの『ロビンソン・クルーソー』を読むことにした。一九四一年六月に「ベルおじさん」から贈られた本だ。ベル・ポスマンは父のビジネスに関わっていたユダヤ人で、母のことを慕い、わたしたち一家と大変親しくしていた。多くのユダヤ人同様、ベルおじさんはドイツ軍によって連行され、あとから知らされたのだが、一九四二年十月二十二日にアウシュビッツ収容所で殺された。彼がなぜそのような目にあったのか。両親はその理由をわたしに教えてくれることができなかった。

わたしは『ロビンソン・クルーソー』に夢中だったので、何度も読み返した。ろうそくの明かりを頼りに読みふけっていたら、冬の夜の静けさを破るような、あらゆる種類の音に気がついた。ドイツへ向けて高度飛行する連合軍の爆撃機の唸り音。犬の吠え声。行き交う車のエンジン音。もちろんドイツ軍の車だ。オランダ人は車を所有することを禁じられて久しい。

すると、夜のこの時間には珍しい音が聞こえてきた。自転車だった。けたたましく軋んだりしなかったら、気がつかなかったと思う。突然ブレーキ音をたてて止まった。誰かが降りて、十歩ほど歩いた。凍てついた通りに立ち並ぶ建物の谷間に響きわたる長靴のカツカツ音。父の店のショーウィンドウにカチャンと自転車を立てかける音。そして、ドアベルを鳴らす音。恐ろしさに体をこわばらせ、じっと待った。家中が静まり返っていた。長靴の男は行ったり来たりしてから、もう一度ベルを鳴らした。わたしはベッドから飛び出し、父の寝室めがけ駆け下り、父の肩をぐっと引っ張った。

「お父さん、起きて！　誰かが来た！」

父はぶつぶつ言いながら目覚め、頭を振りながら「なんだって」と、すぐさまバスローブをつかみ、グレーテルにじっとしているように言った。それから大急ぎで階段を下り居間に向かった。わたしは父のあとについた。玄関の外の様子がわかるよう、窓に取り付けられた小さな「スパイ鏡」を覗く父。

「親衛隊のようだ。いいか、よく聞け。下に行き、鍵を開けようとガチャガチャいわせろ。でも開けるな。ガラス越しに笑顔を見せて、男を待たせておけ。もし短気を起こしたら、戻ってこい。いいか？」

心臓が、とてつもなくドキドキした。階段を駆け下り、言われた通りにすることにした。厚みのある窓ガラス越しに、中年のドイツ兵を見た。形崩れした軍服を着、白髪混じりのもつれ髪は軍帽に収まりきっていなかった。彼をまともに見ないようにした。敵に対して笑顔をふりまくことなど、そう簡単にはできず、とにかく鍵をガチャガチャさせ続けた。背後で、父が階段の途中まで下り、ちょっと立ち止まり、また上がっていく音がした。なにをしに行くのか、知っていた。ケーブルを外しに行ったのだ。封じられた電気メーターに接続されている主電線にケーブルをつなげて違法に電気を引いており、そのケーブルは居間のマントルピースの上に置かれた花瓶に隠している。オランダの家は、もう何か月間も電気の供給がない状態だった。父が主電源を利用できたのは、三ブロック離れた場所にドイツ軍の占領本部があったからだった。分厚いカーテンのおかげで、通りからは電気を違法に引いていることは誰にもしられなかったが、危ない橋を渡っていたことは確かだった。

ドイツ兵はドアを叩き続けていた。鍵を開けようとしているわたしに加勢しているつもりか。少ししゃがんで、ニヤッとし、ドイツ語でなにか話しているが、わたしにはわからなかった。「父」という単語を聞いたわたしは、階段を駆け上がり、父を呼んだが、居間にいなかったので、屋根裏部屋まで一気に駆け上がった。狭い階段を大急ぎで駆け下りて来た父と、あやうく衝突するところだった。手動で発電する懐中電灯のチラチラする明かりが壁を照らしていた。

「お父さん、ドイツ兵は若くないし、ダブダブのズボンをはいてるよ」ここで深呼吸し、「悪い人のようには見えないけど、お父さんと話したいだって」と言った途端、わたしは震え、すすり泣き出してしまった。父はわたしのことを抱きしめ、心配しなくていいからベッドに戻りなさいと言った。

ドアベルが、また鳴らされ、まるで壊れたかのように鳴り続けたが、ピタリと止まった。父がドアを開けたにちがいない。ドイツ語でなにか言い、同じことを繰り返し、笑っている父。ドアが閉められた。父が階段を上り、まず自分の寝室へ戻り、それから最上階に上がって来た。わたしたちの屋根裏部屋に入ると、父は背後にある物置部屋の方にそっと目をやり、口元を神経質そうにひきつらせていることに気がついたが、すぐに笑顔でわたしに言った。

「ダブダブズボンの爺さん、もういない」という父の言い回しが可笑しかった。

「ボスのために紙とタイプライターのリボン、それから万年筆が欲しいと言うので、店長だけが品物の置き場所を知っているから、開店時間の朝九時に来るようにと答えたら、驚いたことに、敬礼して立ち去った。だから、もう心配せず寝なさい」

なにも知らずぐっすり眠っている妹のソンヤにキスをし、いたずらっぽいウィンクをわたしにすると、父はドアを閉めた。手動発電を唸らせながら、おぼつかない足取りで物置部屋に入り、奥の方で箱をあちこち移動させながらつぶやき、寝室に下りていく父の様子が聞き取れた。

体は硬直し、胸がドキドキする。なぜ、こんな真夜中に、ドイツ兵が文房具を求めにやって来て、店は閉まっていると言ったら、おとなしく立ち去っていったのだろうか。腑に落ちない。ただ、父の機知に富む対応には感服した。親衛隊を追い返した。追い返した理由そのものはわからなかったが、とにかく、立派で大切な意味のある、ひょっとしたら屋根裏部屋に関係しているなにか、かもしれない。父の秘密を知っていると考えるだけで、わたしは鼻高々な気持ちになった。

父が家中に多くの隠し事をしていることは、わたしも知っていた。決して口外しないように約束させられた。違法で使用している電気のほかに、オランダの国旗とオレンジ色の紙帽子の製造も行っていた。やがて訪れるナチスドイツの敗北の時に使うためのものだった。国旗と紙帽子を作っていたのは父が役員をつとめるサッカーチームＶＵＣの数人の選手だった。当時、同年代の中でもっとも傑出していたベルトス・デ・ハルダー選手もいた。一九四四年、オランダナショナルチャンピオンシップの最終戦直前に、彼は、チーム会長から賄賂と飲酒を厳しく咎められたが、その真偽のほどは明らかではなかった。この結果、デ・ハルダー選手はすねてしまい、チャンピオンシップ最終戦では無気力状態、試合は五対一で負け、相手チームのフォレウェイカーズがナショナルチャンピオンとなった。この試合終了直後、デ・ハルダー選手は二年半の出場停止を言い渡された。

　当時のオランダのサッカーはアマチュアリーグのみで、一九五四年になり、ようやくプロリーグが発足した。一文無しとなったデ・ハルダー選手を、父は気の毒に思い、自分の店で単純作業を与えたわけだ。国旗と帽子は、当然のことながら、密かに、屋根裏部屋で作らなければならなかった。あの著名な左ウィンガーが、低いベンチに座り、オレンジ色の紙帽子の糊付け作業をしている。信じられない光景だった。彼は沈んだ表情をしていたが、おかげでいくばくかの収入と食事を得ることができたので、感謝していたようだった。

　さらなる隠し事は、屋根裏階の後方、つまり、物置部屋の棚の後ろにあたる部屋だった。その部屋につながる扉があったことを覚えているが、今では高く積み上げられた箱で見えなくなっていた。その箱には紙帽子とオランダ国旗がつまっていた。父はわたしに、そこには行かないよう厳しく命じ、その理由については一言もふれなかった。わたしはその「謎」が気になり、眠れなかった。

　下の階から物音がする。父も落ち着かないのだろう。居間を歩き回っている。もしかしたら、文房具品をあのドイツ兵にあげたらよかったと後悔しているのかもしれない。そうすればよかったのに。なぜ、そうしなかったのだろう。

　するとその時、通りを走る車の音がした。わたしたちの店の前を数軒ほど進み、引き返し、キキーとブレーキをかけ、店の正面で止まった。けたたましい音、ベルを鳴らす音、「開けろ」とどなる声が同時に聞こえてきたので、わたしは最悪の事態を恐れた。あのドイツ野郎に決まっている。でもダブダブズボンの爺さんだけではなさそうだ。大変なことになってしまった。父が居間の窓を開け、下に向かって「ハイ、ハイ、イマカラ、オリテイキマス。オマチクダサイ」。学校で習ったわずかばかりのドイツ語の知識で、父がすぐに下りていくと言っているらしいことがわかった。父がドイツ語を上手に話せるのはグレーテルと暮らしているからだが、ドイツ語とオランダ語が似たような言語で、ブリンクマンの先祖がもともとドイツからやって来たことも関係していたのかもしれない（ずいぶん経ってから、わたしのファーストネームとミドルネームと同じ名前の先祖のひとりが、十九世紀半ばにドイツからオランダに移住し、一八九四年にロッテルダムで亡くなったことを知った)。

ドンドン叩く音は止んだが、罵声は続いた。

「早くしろ！　ふざけるのはやめろ！　おしゃべりはたくさんだ！　開けろ、オランダ人め！」

大声の持ち主は、肥満の軍曹で、父が店のドアの鍵を外し、ドアを開けても、二階の窓に向かって失礼な言葉を吐いていた。リヒターという名の、恐ろしく背の高い、いかにもという感じの親衛隊中尉が、状況を把握していない軍曹を黙らせた。無言で、目を細め、冷笑しながら、ふたりの部下を従えて、その中尉はしっかりとした足取りで店に入ってきた。彼の部下とは、失態を隠すため偉そうに咳払いをしている軍曹と、ダブダブズボンの爺さんだった。バスローブ姿の父は、揺らめくろうそくの灯をかざしながら挨拶をし、彼らを招き入れるとドアを閉め、緊張した笑い声をたてながら、夜の寒さと星空についてドイツ語で言った。わたしは、わずかばかり階段を下りて、一部始終を見下ろした。

中尉は機敏に回れ右をし、軽蔑的に父に対し「見事なドイツ語だ、ミスター……」

「ブリンクマンです、はじめまして」

「ミスターブリンクマン。われわれ親衛隊の代表であるこの男を店に入れなかった理由を教えてもらいたい」

彼は大げさに手袋を兵士の方に振り回した。兵士が体をこわばらせていることは一目瞭然だ。

「とある大事な品物を求めたのに、愚かな態度をとったのは、なぜなのか？」

罠に陥ってしまった父。夜更けだし、疲労困憊しているから勘弁してくれと訴えるかわりに、父は兵士に言ったように、店の開店時刻と、自分は品物の場所がわからないということを繰り返した。

すると、待ってましたとばかりに彼は「店の営業時間などドイツ当局にはまったく興味がないことを、考えてもみなかったのか？　ドイツ語を話すオランダ人にしては、賢くないな。品物の場所を見つける手助けをしてあげよう。ウェルナー、来なさい」

自分の名前を呼ばれた軍曹は店の中に突進した。眩しい明かりが照らされた。素早く見回し、求めている品物がないことを悟ると、収納場所を父に問うた。

「あいにくですが、最上階です」

「心配無用」中尉はそう言って「ここにいる我が友にとって格好の運動になる」

敵の目の前で部下をからかう中尉に、わたしは度肝を抜かれた。この時ばかりと、わたしは階段を上り、ベッドに戻った。鼓動が早まった。一連の物音でついに目が覚め、恐ろしさのあまり顔を真っ青にさせた妹は、わたしのベッドにやって来て、なにが起きているのかと聞いた。わたしは「しーっ」とささやいた。「心配しないで、でも、まだ終わってはいないけど」

父に導かれドイツ人たちが階段を上がっていく。父は上階にいる子供達を怯えさせないよう頼んだ。それは軍曹に対してのものだった。中尉は応えず、少しだけ口元を引き締めた。次の瞬間、唐突に軍曹がわたしたちの寝室のドアを開け、部屋の中を見回した。手にはピストルが握られていた。父はわたしたちに「大丈夫だ」と言い、そして、中尉の腕に触れ「物置はこちらです、あの……」

すると中尉は「邪魔するな」と怒鳴り、いまいましく振り向いた。

「じっとしていろ！　命令するのは、わたしだということを忘れるな！　ウェルナー、続けろ」

肥満の軍曹が息を切らしながら、よつんばいになってベッドの下を詳しく調べている間中、中尉は何度かつま先で背伸びをしながら、眉を上げ、腕組みし、父のヘソのあたりをじっと見つめていた。

「さあ、今度は物置を調べるぞ。まずは奥からだ！」

父を階段の最上部分の暗闇に残して、三人のドイツ人は廊下を突き抜けた。とっさに、父は中尉のことを呼んだ。

「オーバーシュトゥルムフューラー殿、申し訳ございませんでした。お探しのお品物を見つけました。タイプライターのリボンと紙でございます。万年筆も何本か、まだございます。あいにく、それが、あなた様のお気に召されるすべてでございます」

わたしは思った。そんなのは単なるでまかせだ。父は中尉が噂を聞いてここにやって来たのだと思っている。しらみ潰しに調べても、なにも見つからず、部下の前で面目を失うことなど、中尉には我慢がならないと父は察していた。ところが相手からの反応はなく、軍曹は天井高くまで積み上げられた箱を見つけるまで、探し続けた。

「オーバーシュトゥルムフューラー殿、わたしが運び出しましょうか？」

「中身はなんだ？」

中尉が聞いた。軍曹は箱のひとつを足で蹴り、ブーツで大きな穴を開け、オレンジ色の帽子を箱から掴み出した。

「ミスターブリンクマン、なんとも面白い。これこそ、「あなた様のお気に召される」そのものだ」

中尉は嘲笑的な口調で「あまりにも控え目ではないか」

父は動じなかった。「ハイ、ごもっともでございます。もっと早くに、この古い在庫を廃棄するべきでしたが、人の目に触れず、どこに捨てていいものやら、わかりかねまして」そう言って、反応をうかがった。

「というと……」

「そうです。開戦直前に請け負った最後の納品でした。大損しました」

中尉は父の証言を秤にかけていたようだった。まだ負けを認めたくないようだが、父を追い詰めたいという欲求は萎えてきたようだ。

「よくできた話だ、ミスターブリンクマン、大変よくできている……。さて、品物だが」

中尉はキビキビと廊下を引き返し、父の方に歩んだ。数分前に品物を「見つけた」と言った父。

「タイプライターのリボンは全てもらう。それから万年筆と紙も。ファアマン！」

ここで初めて兵士が呼ばれた。緊張しながら前に進み、敬礼し、「はい！」と答えた。

「これを全部、大急ぎで下へ運べ。ウェルナー、手を貸せ。それからミスターブリンクマンに、我々の支払いを受け取れる場所を伝えろ。親衛隊はいつもきちんと支払いをするのだ」

中尉は階段の方へ向かった。ふたりの部下は両肩に箱を乗せて彼のあとに続いた。

落ち着かない様子で父が彼らのことを見ていた。食料や石炭と交換するために手元に残しておいた多くの文房具品が持ち去られてゆく。ドイツ人たちにとっては、欲しくてたまらない品々だ。あの第三帝国がぐらつき出し、オランダの南東部は連合軍のものとなり、ドイツ軍は供給不足に陥っている。

父は大胆にもこう言った。

「オーバーシュトゥルムフューラー殿、お願いがございます。よろしいですか？」

「ああ、ただし、手短に！」

「お品物を必要となさっていることは存じ上げますが、わたくしの必要とするものはお金ではございません。わたくしを頼りとしている多くの飢えた者がおり、そのうちのひとりは、飢え死にいたしました。いつも引き換えるのは……」

中尉は聞く耳を持たず、「不届き千万。そんなことを口にすれば、明日にでも監獄に送り込むこともできるが、聞かなかったことにしよう。今後は慎みたまえ。我々はここを監視する！」

父はそれ以上なにも言わなかった。三人のドイツ人と、彼らに取り上げられた品物が、螺旋階段を下りていく様子をうかがっていた。ファアマンだけが父に「オヤスミ」と挨拶をした。彼の目にかすかな同情の色が表れていることに、父は気がついた。


（続く）

ハンス・ブリンクマン氏は「ハブリ」サイトを公開しておりますのでご覧ください。https://habri.jp

敗戦、旧満州、シベリア抑留・・・

「シベリアでの日本兵捕虜（前号）」に寄せて

熊谷文雄

日本が関わった「日露」「第一次世界」「太平洋」の各戦争で日本軍の捕虜となり、日本国内の捕虜収容所に収容された外国軍人捕虜の処遇などについて、豊中市の本多祥吾さんと熊谷が交互に本誌上で四回に亘って論述した。

東京の「POW研究会（POW＝Prisoners of war＝戦争捕虜）」の調査では、太平洋戦争で、日本国内の収容所に収容された外国の軍人捕虜は十三万人、日本国内、約百三十カ所の鉱山、工場などに送られて強制労働、その死者が三千五百人を数えたと報告されている。

本誌前号では、視点を変えて、ソ連での日本軍捕虜の悲惨な「シベリア抑留」を取り上げ、京都府舞鶴市にある「舞鶴引揚記念館」の見学記も紹介された。

前号掲載の「シベリアでの日本兵捕虜の過酷な体験」について、多くの人から感想が寄せられた。

それは「敗戦」「シベリア抑留」「旧満州」「外地」などがテーマの感想であるが、特に下記の三人の方から寄せられた寄稿を一部抜粋、要約して紹介する。

それは兵庫県の佐々木一雄氏、東京都調布市・川野嘉彦氏のお二人で、さらに自費出版の単行本「ラーゲリ（収容所）物語」（３６０頁）であり、著者は神戸市中央区・坂本義和氏である。

外地での叔父の体験など

佐々木一雄

僕は十年以上前に舞鶴市の「舞鶴引揚記念館」へ行った。舞鶴から少し西の天橋立に行く途中の短い時間だったが、ここは日本人が決して忘れることができない戦争とそのあと始末の場所であることを知っていて、引揚船専用の桟橋あとも見てきた。

僕の親戚たちの外地での聞き書きを記したい。

僕の叔父（かなり前に死去）もあわやシベリア送りになる寸前、命がけでロシア軍の捕虜の身から「脱走」して「内地」に帰り着いた。

叔父は元「満鉄」の社員だったが、大戦末期に満州で関東軍に「召集」され一兵卒になって間もなく、満州へのロシア軍の侵入の結果捕虜になってしまった。

もともと大阪外語学校（現在の大阪大学外国語学部）の英

語科第一期卒業生で即満鉄採用という、当時のエリート社員だったらしい。リットン調査団が来たおりには満鉄側の通訳の一員だったそうだから、もう歴史上の人物かもしれない。

捕虜としてロシア軍に捕まったまま、どうやらシベリアあたりまで連れていかれるらしいとなり、仲間数人と収容所から脱走を決行したという。発見されれば撃たれる危険をおかした。

脱走は成功したが、それには現地の満州人や中国人のひそかな協力もあったらしい。叔父は「外語」出身者だし満州勤務もある程度長かったから中国語なども多少話せたというのもよかったのかも知れない。

叔父の家族は叔父が兵隊にとられたあと、そのままロシア軍占領下の新京にいて一冬すごし、叔母一家は昭和二十一年三男二女と富山出身のお手伝いさんと共に引き揚げてきた。

もちろん着の身着のまま同然。叔父はその時は未帰還で生死もわからない。叔母の苦労は想像に絶した。大事な手持ち品のひとつは大きな薬缶だった。

在留邦人の引き揚げに尽力したという中国要人が来日して日本人たちがお礼を述べたという新聞記事を見て「あんな連中、馬賊の親分」とつぶやいたという。

叔父は昭和二十二年やっと帰国し一家は再会したのは運がよかったというほかはない。長女は占領下の満州や引揚時の苦労がたたって結核で間もなく亡くなった。昭和二十年の敗戦当時は新京の高等女学校生で英語もよくできた。

それから僕の父の親友も満州の某会社勤務だったがこの人も叔父と同じような経緯で兵隊となりシベリアへ。帰国がかなって明日は引揚船に乗れるという日に病死。

また、今度は僕の母の妹のご亭主（つまり叔父）だが、彼は戦前の旅順工科大学卒のエンジニア。この人は確か鞍山の製鉄所勤務。彼は兵隊にならずに済んだが、一家は敗戦後はこれも着の身着のままで引揚。一家が無事だったのが何よりだった。

母校の旅順工科大学はそのままチャイナに接収。引揚後は故郷の富山県の会社に職を得た。晩年は俳句を趣味とした。

僕の中学時代の友人のお父さんも旅順工科大学卒でこれは友人の家に卒業アルバムがあって僕がその中に叔父が写っているのを発見したのでわかった。また、僕の学生時代、家庭教師をした生徒の父上も旅順工科大だとわかったことがある。

それからこれも母の親戚のひとりは上海の東亜同文書院に進学。日本が中国・大陸関係の人材養成のために作った学校で、本人は三高か同文書院に行くかとなって同文書院にしたとか。同文書院は難関だったらしい。

しかし在学中にこれも結核で亡くなっている。

戦後東亜同文書院は中国に接収され、後に中国の上海交通大学の一部になった由、この大学、中国では名門で政財界に有数の人材を輩出している。「交通」というのは日本語の交通より意味は広く、通信・情報という意味もあるようだ。

つまりコンピュータなども含まれるのだ。今やチャイナ有数の総合大学。江沢民も卒業生。また名古屋の愛知大学（南山大学とも）は東亜同文書院ゆかりだそうである。

僕は若いとき、勤務先の会社の福岡支店にいたが、佐賀県唐津の得意先の幹部が東亜同文書院の卒業生だった。くわしいことは聞けなかったが、現地から引き揚げてそこに勤められたのではないかと想像している。僕の遠縁も東亜同文書院生だったと言ったら喜ばれた。

また、僕の友人のお父さんは日本の財閥系商社上海支店勤務だった関係で上海育ち。敗戦後一家は散々苦労して帰国したが、幼かった彼は帰国途中に親にはぐれたら当然在外残留子女になっていた由で、危ういこともあったらしい。日本人の子どもは頭がいいといわれていて、かの地ではよく混乱に乗じて攫われた、というのが常識だった。この某君、残留子女のニュースに接するたびにいまでも泣くという。

僕の福岡時代、支店の倉庫管理にやって来た人がこれまた「満鉄」特急「あじあ号」の機関士だった。

戦後、国鉄は海外で働いていた大量の鉄道マンを引き受けざるをえず、各地の国鉄や関係機関に再雇用した。いろいろ無理がたたってのちに大きな「国鉄争議」も発生する。

当時、福岡県内には国鉄傘下の炭鉱もあり（石炭を使う蒸気機関車全盛の時代だった）誇りある満鉄特急の機関士といえども、まずそこに配置されたらしい。

ことほど左様に僕の親族や友人関係にも大陸関係者が多くいた。

シベリア抑留体験者にインタビュー
東京都調布市医師会 会報「二十年史」より一部抜粋、要約

川野嘉彦（医師・インタビューアー）
中村　博（元軍医、医師・シベリア抑留体験者）
木口駿三（元軍医、医師・　同右　）

川野　出征なすったのは何年頃ですか
中村　昭和十七年四月です。内地で二ヵ月待機して北支へ行き、すぐ討伐です。
川野　討伐というと、八路軍、毛沢東との戦争ですか。
中村　でも軍医だから戦争は楽だったと言うべきでしょうね。
川野　それで終戦になったのですね。
中村　北朝鮮の清津で終戦になり、九月二十三日にシベリアに連れて行かれ、以後二年三カ月も抑留されたのです。
とにかく、腹が減って仕方がなかったですね。金網から見ると、ジャガイモ畑がありましてね、周囲にゲンノショウコ

が自生しているのです。向こうの将校に言いましてね、あれは下剤の薬だ、兵隊に飲ませたいから採らせてくれと言い、ロシア兵がついて来て外に出してくれました。こっちの本当の目的はジャガイモです。一生懸命掘って上をゲンノショウコでおおって隠すんです。

川野　ロシア兵は怒らないのですか。

中村　彼らは一人一人は全く良い人ばかりなんです。それで何食わぬ顔をして医務室で皆でジャガイモを食べましたね。

川野　ロシア兵は、教育程度は低かったそうですね。

中村　そうですね。時計なんて知りませんでしたしね。日本には太陽が二つあるんだと言ったら、そりゃ暖かくていいなあ、と言うのです。

川野　今日はソ連抑留中のお話を伺いに参りました。

木口　初めは朝鮮の仁川に派遣され、次いで満州の鞍山(あんざん)へ行って終戦になりました。世界一の製鉄所のある鞍山です。そこで終戦になったのですが、満州では陛下の玉音放送はまるっきり聞こえなくてね。師団長は皆を集めてソ連軍に対して徹底抗戦だとか言って、翌日には負けたということが分かって、パニックになりました。師団長から、おい木口、青酸カリをくれって言われて困りました。

川野　ソ連軍はいつやってきました？

木口　鞍山にやってきたのは八月の末でした。はじめは戦車隊で、これはタチが悪かった。やって来てすぐに女を出せと言うのです。

ロシア兵から金をもらって、どこどこの奥さんはキレイです、なんて密告する日本人がいて、つくづく情けない日本人がいると思いました。

ところが現地にいた日本人の赤線の女たちが、どうせ私たちは汚れた体、私たちが行きます、と言い、拝みたい気持ちでしたね。

川野　聖女ですね。それから鞍山からシベリアに連行されたのですね。

木口　それがね、一度に一万人ずつ連れて行かれました。佐官以上は二等車と言うからどんな列車かと思ったら、貨車の一部にある車掌が乗る場所なんです。とにかくトイレが大変だった。

川野　行先はどこですか。

木口　中央アジア、ウズベキスタンの首都タシケントから、さらに十日ほど行った先で、そこは保養地というけれど、とんでもない、砂漠また砂漠で雀一羽いやしない。結局着いた所はカスピ海のほとり、イランの近くだった。暑さ四十八度、蠅がすごくて食事にいっぱいたかっている。

川野　そこで働くのですね。

木口　石切りの作業です。その石でアパートを建てるんです。何しろ、ドイツ人、イタリア人、ハンガリー人、蒙古人、朝鮮人、白系ロシア人など十カ国の人間が働く。とにかく暑いから朝四時から八時まで、夜六時から十時までが作業時間です。

川野　白系ロシア人もですか。

木口　白系ロシア人は祖国を売った敵だとみなされていて、可哀想でした。日本が負けたからこんな目に遭う、と白系ロシア人は恨んでいました。

川野　日本に帰りたかったでしょう。

木口　そりゃそうです。僕は多少ロシア語が分かるので、ロシアの軍人に聞いて、もうすぐ帰れそうだと思って、皆を喜ばせたが、たいがいそれは外れてがっかりさせました。

川野　帰国できずに死んだ人は可哀想ですね。

木口　死にそうな日本兵が小声で言うのです。このパン、食べてください。残せばロシア兵に取り上げられるでしょう。それより日本人に食べてもらいたいと言うのです。

そのうちに日本から手紙が来るようになったが、手紙の来ないのもいて、他人の手紙を何度も読んでもらって、自分のことのように喜んでいるわけです。

川野　それでやっと帰国になったのですね。

木口　三年目です。皆集められて〈トリアーモ・ダモイ・ブ・ヤポーニユ〉と言われた時は嬉しかった。

川野　何と言う意味ですか

木口　真っすぐに日本へ帰国、という意味で、皆一斉に万歳をしました。作業をしている連中はクワやツルハシを投げ出して一時間くらいぼさっとしていました。しかし、今回は帰れない者もいて、彼らから日本に帰ったら無事だと家族に伝えてくれと頼まれたが、紙も鉛筆もないから、頭の中に三十人くらいの住所を覚えるのですよ。

川野　それは大変ですね。

木口　ナホトカに着いてから、もう一回「思想教育」を受けさされ、いよいよ興安丸に乗ったんです。沖へ出たら、革命歌が浪花節と講談に変わった……

抑留中、ソ連べったりで日本の仲間をいじめたアクテイブ（左翼の活動分子）の連中に対してリンチを加えこともありました。お前の祖国はソ連だろう、泳いでソ連に帰れ、とね。舞鶴に上陸してからも殴られて顔をはらしたアクテイブもいました。

川野　ソ連からの帰国者をアメリカが調べたそうですね。

木口　私もＧＨＱに呼び出されました。行って見たら驚きました。ソ連で共産党員だった日本人が私を調べる側に回っている。本当に腹が立ちました。

川野　シベリアが懐かしい、という気持ちはありますか。

木口　ありません。三年しかいなかったのに三十年いたような気持ちで、人間の一番醜い部分、いわば恥部をお互いに見たり、見られたりした者同士ですから、もう顔も合わせたくない、という気持ちが本当の気持ちです。

『ラーゲリ（収容所）物語』坂本義和 著
より一部抜粋、要約

終着駅

凍てついた地の果ての終着駅に着いたのは昼前だった。

昨日の昼、バサバサの黒パンをかじったきり何も食っていなかったから、私たちは黙りこくって空腹を噛み殺していた。

窓の外は相も変わらず白一色。空は重く垂れて地の果てとのけじめもつかない。ここで下車したら私たちはこの白い海で溺れ死んで、もう日本に還れぬのではないだろうか。

思えば長い長い汽車の旅だった。それは車輪のついた牢獄だった。

停車してからもう一時間以上たつ。

いいかげんに「めし上げ」の号令がかかってもよい頃だのにどうしたんだろう……。

あの苦くて酸っぱい黒パンに、ロシア漬けのキャベツが浮いた小便のようなスープでも、今は待ちこがれている。飯盒に入れてもらったスープの温かみに掌を当て頬すりよせて暖をとり、黒パンをかじりながら小便汁を飲み干す。それがいまは一番の愉しみになっている。私は重い貨車の扉をこじ開けて、列車の中央部の炊事車の方を覗いた。

列車は六十トン貨車で、三十輌余り連結されていた。最後尾にソ連輸送指揮官と警戒兵たちが乗り、次に日本軍の隊長である大塚大尉、副官、指揮班の連中が乗っていた中央部には糧秣車、炊事車が連なっていたが、「めし上げ」は日に二回、一回の時もあった。

炊事車には煙も見えない。そのとき命令が伝達された。食事ではなく下車命令だった。怒りと空き腹を押さえつけて、重い荷物を背に凍てついた異国の大地、ウズベキスタン国パフタラルを重い足取りで踏みしめたのは昭和二十年十一月十九日だった。

満州、奉天から六十トン貨車に押し込められて出発したのが九月十七日だったからまる二カ月の旅だった。途中、ソ満国境を舟で渡り、待機中にラボータ（強制労働）した七日間を除けばノロノロ運転の貨車の中だった。

計千五百名が六十トン貨車の列に押し込められ、六十トン貨車といっても畳二十枚敷けるだろうか。そこに六十余名が入り、夜はメザシのように一部の隙間もなく横につながって寝る。トイレが大変だった。

地獄絵、ムッソリーニ、ヒットラー、
東条英機　処刑の図

前人未踏のような雪原に向かい三十キロほどの荷を背に雪

の行軍が始まった。雪は深いところは膝まであり、空腹のためによろめいて足を滑らす。

「ダワイ、ダワイ、ダワイ……」

ソ連の警戒兵が両側から銃を突きつけせき立てる。

氷の花を咲かせた柳並木の土手に突き当たる。柳並木は幅三、四メートルの運河をはさんで遠くへ消えている。

足を引きずり歩く。いま何時だろう。二時間ほど歩くと運河の向こうに白い建物が見えて来た。ラーゲリ（収容所）らしい。

近づくと鉄条網の中の白い壁に赤茶色の泥絵の具で素覚ましい凄まじい肉弾戦の絵が描かれている。

ムッソリーニ、ヒットラー、そして日本の東条英機大将が、赤軍兵士に銃剣や胸や喉をえぐられたり、首を刎ねられたりしている。その断末魔の貌（かお）が今にも壁から飛び出しそうに見える。目をそらし、また見直すと東条大将の顔がゆがんで見えた。

不安な私たちの前途にまたしても言い知れぬ恐怖が、戦慄がおおいかぶさって来た。

赤い門の上の赤い星。左右の扉の上からは鎌とハンマーの紋章が、初めて見る日本兵に睨みをきかせている。またしても、ポ、ピァーチ、ポ、ピァーチのやたらに時間のかかる点呼だ。輸送側、受け取るラーゲリ側の、慎重の上にも慎重な員数合せだ。日本側の点呼は迅速だ。中隊ごとに番号を取り、副官から隊長へ報告される。「現在、七百四十七、列外三、列外三は病（やまい）のため馬車内、以上総員、七百五十名、異状ありません！」

ポ、ピァーチ、とダワイ、ダワイには、ダモイ（帰国）の船に乗るまで悩まされつづけることになる。

日本新聞

第三番目のラーゲリに移動して初めてのラボータ（強制労働）は10センチ余りに伸びた綿の苗の間引きだった。

二本の畝を受け持ち、林立する綿の苗を30センチおきに二本ずつ残していく。抜いた綿の苗は燃やしたり地に埋めたりした。多くの苗には病菌があるからだった。

五月一日、ソ連では最大の祝日、メーデーである。

ラボータは休み、炊事から特別食でも出るのではなかろうか。中央アジアの朝は早く、遠くでロバが啼き、アカシアの若葉の間から白い花の蕾が甘い香りをただよわせている。

特別食は期待はずれだったが、パン工場から三百グラムの白パンと砂糖の配給があった。白パンといっても小麦が三割ぐらい入った黄色い白パンだった。アカシアの木陰で黄色の白パンに砂糖をつけ、どす黒い紅茶でゆっくり味わった。

つづいて日本新聞が何日分か班に四、五枚ずつ配られた。ハバロフスクからのもので、他の収容所の何千人、何万人いる大きな収容所では「民主運動」なるものが兵士間から持ち上がり、その運動が各地で展開されているとか、書いてあるが、この七百五十名ほどの田舎の収容所では、「民主化」などあまり関心がない。

それよりもタバコの巻紙がないから丁度よいとか、トイレの紙に使おうということになり、等分に切って分配した。

トイレの紙に困っていたのは兵隊ばかりでない。将校たちも困っていたのだ。

ソ連側から日本兵は大切に育てた国家の綿で尻を拭くとは何ということだ、尻など拭かなくてもよい、と言われていたが、日本側の将校は

「尻を拭くのは文明人として当然のことだ。紙を支給せよ」と言って突っぱねていた。

ソ連のお偉方はお尻を拭かないのだろうか。警戒兵に聞くと、

「お尻を拭かずに、そのまま立ち上がり、しばらく歩いているると、ズボンを伝わって糞は乾いて、右と左に泣き別れ」などという返事だったそうである。

食い物の違いもあるかもしれない。

食べること、出すこともソ連とは違い、ままならぬ生活が続く。

文庫を読む⑮

高田宏『言葉の影法師』（ちくま文庫）

斉田睦子

高田宏さんはわたしが好きな文筆家です。その作品の一部を読んだきりですが、『大言海』を著した大槻文彦さんの生涯を描いた『言葉の海へ』は大佛次郎賞を受賞したことで知られているとおり、大槻文彦の人となり、辞書作りへの情熱をあますことなく描いた名著と思います。猫好きな高田さんらしく『大言海』から「猫」の項目を引いて、その文章をたたえています。わたしはこの本で大槻さんの猫解釈を知りましたが、的確で真面目であるがゆえにユーモラスな表現に恐れ入り、孫引きのように同好の人たちへ紹介したことを思い出します。

本書は一九八四年に筑摩書房から単行本が出て、九〇年に文庫化され、巻末の解説は赤瀬川隼さんで「歩く達人」と題されています。文庫化するとたいがい解説がつくのも文庫化の楽しいところですが、やはり解説は読んでからのお楽しみとすべきでしょう。ともかくこの本でも高田さんの読書量に圧倒されます。しかもそのことを微塵にもださず、I章「雪について」から仕舞の「家について」まで、それぞれのテーマに相応しい洗練された本を紹介しています。たとえば「風について」では坂口安吾の「風博士」をあげたのち、「風は　嵐」と言い切った清少納言の凄さにふれます。一つの項目で五、六冊の本を紹介していますが、その選択でどのぐらいの本が捨てられたかと思えばため息が出ます。二〇一五年、高田さんはお亡くなりになりました。一読者は感謝するばかりです。

徳仁親王著『テムズとともに、英国の二年間』を読みながら

川本卓史

第一章　若き日の英国留学

（第一節）

一九六〇年生れの現天皇は、昭和天皇存命中の親王時代、一九八三年から八五年までの二年四カ月英国に滞在し、オックスフォード大学マートン・カレッジに留学、テムズ川の水運の歴史について修士論文を書き上げました。

帰国して八年後の一九九三年に、回想記『テムズとともに、英国の二年間』が学習院教養新書から出版され、二〇〇六年には英訳が出ました。この間に皇太子になっています。

今回は本書を取り上げますが、自ら筆を執って一人称で書いた点を尊重して、敬語・敬称は最小限度にとどめました。

また副題は「英国の二年間」ですが、本文では「英国」とも「イギリス」とも表記しますので、本稿でも両方を使用します。

まずは留学時代への著者の思いを受け止めるべく、「はじめに」からの引用です。

「……とても一口では表現できない数々の経験を積むことができた。私がオックスフォードを離れてからすでに七年を経過した今も、それらは常に青春の貴重な思い出として、時間、空間を超えて鮮やかによみがえってくる。その多くが今日の私の生き方にどれだけプラスになっているかは、いうまでもない」

「この文章を書きながら私の脳裏を去来するのは、オックスフォードでの楽しい学生生活である。……この短期間のうちにオックスフォードで得たものは計り知れない」

と書いたうえで、「本書を私の両親に捧げたい。両親の協力なくしては、これから書き記す、今にしてみれば夢のような充実した留学生活は、実現しなかったと思われるからである」という感謝の言葉で終えます。

私が初めて読んだのは実は英訳です。新天皇が即位し、元号が平成から令和へ改まった二〇一九年のことです。

『The Thames and I, A Memoir of Two Years at Oxford』の訳者は、もと駐日大使のサー・ヒュー・コータッチです。私事ながら私も本書に描かれる時期のほぼ三年後にロンドン

に二年半暮らしました。日英協会の会長をしていたサー・ヒューに会う機会もありました。

英訳本はチャールズ皇太子（当時）による署名入りの「推薦文」が冒頭を飾り、「鋭い観察眼、優雅なユーモアのセンス、旺盛な好奇心、そして文章力があり、楽しく興味深く読める」と高く評価します。「優雅なユーモアのセンス」とは、イギリス人の最高の褒め言葉でしょう。

〝Naruhito〟の署名が印刷された「英語版序文」が続きます。「留学から二十年も経っているが、あたかも昨日のことのようにいまも懐かしく思い出す」とあり、チャールズ皇太子や訳者への感謝の言葉を述べます。

本書英訳ペーパーバック版

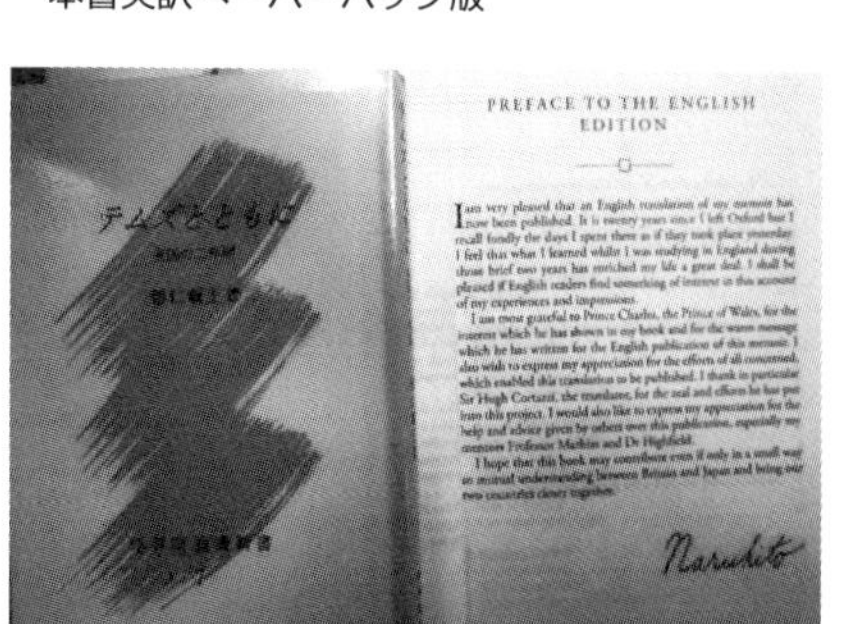

本書と英訳本の著者の謝辞

そのあと訳者の「覚書」があり、「実は雅子皇太子妃（現皇后）が本書の翻訳を手掛けたいと長年願っていたのだが、公務多忙もあり叶わず」、私がその任に当たることになったと記します。原著と英訳に十三年の間隔があります。雅子妃はこの間に少しは訳業を手掛けたのであろうか、などと考えました。

（第二節）

本書は、将来の天皇になる人物の若き日の留学の記録であり、その経験といい、本人が書いたことといい、きわめてユニークな書物であると言ってよいでしょう。

祖父の昭和天皇も父の現上皇も、海外の大学で学ぶことはありませんでした。昭和天皇は、戦後、明仁皇太子（現上皇）の家庭教師として米国からヴァイニング夫人を招へいします。夫人の回想記『皇太子の窓』によると、四年間の責務を終えて米国に帰国する旨を皇太子に伝えたときのことをこう回顧しています。「……殿下が少しの間でもアメリカで勉強なさればよいと思っています、とも申し上げた。（略）殿下は喜びの色を顔に浮かべて、そうしたいと思う、とおっしゃった」（小泉一郎訳第三十五章）。

学習院の幼稚園から大学まで明仁皇太子と同級だった徳川義宣（尾張徳川家第二十一代当主）が一九五八年に書いた「殿下の〝人間宣言〟」という文章があります。当時の正田美智子現上皇妃との婚約発表に当たって依頼され執筆したもので、共同通信が配信し地方紙に掲載されました。

私がこの文章を知ったのは、かつての職場の先輩堀井功氏からです。徳川義宣氏は卒業後旧東京銀行に入行し、当主になる前の五年間、堀井氏の親しい同僚でした。彼に依頼されて当時の皇太子とテニスをしたこともあったそうです。

文章（引用が旧仮名遣いの場合はママ）からは長年の友への暖かい友情が伺えます。皇太子が大学生になる頃から、徐々に自由を奪われ、次第に無気力になっていくように見えたという印象をもらします。「もう以前のわれわれの仲間ではなかった」ことに寂しさを感じます。「高等科時代から自分の意思をまげられ続けてきた彼、たとへば望んだドイツ語の代りにフランス語をやらされ、理科進学の望みは政治学専攻となったやうに。最初は抵抗もし、悩みもしたが、そのたびごとに若さは奪はれ、自信は失はれ、やがてはあきらめと無気力の底に安住してしまふかと思われた彼」。

大学卒業の直前、著者はこう言って励ましたと言います。「東洋の片隅の国の皇太子なんて問題にもしない外国へ行かなければダメだ。思ひ切って二、三年外国へ行けよ……。」

これに対して皇太子は「それは僕も考へてゐる」と答えたそうです。しかし「いろいろな事情があって」実現することはなかった。……と書いてきた上で筆者は、今回の婚約が「自分の意思を貫き通した」ことに感銘を受けます。幼年時代の友が戻ってきたという思いです。そのうえで、「二人は結婚したら外国へ行ったらいい」と考えます。「いまだ。思い切ってもう一度学校に行け。日本で学べなかった大学生活を、自分の志す学問を探求してこい……」。

しかし、その後の皇太子は、海外訪問の機会は多かったが大学での学びは実現しませんでした。

徳仁親王の先達としてあげられるのは、昭和天皇の弟秩父宮です。彼は一九二五年、親王に先立つこと五十八年前、英国に一年半ほど滞在しオックスフォード大モードリン・カレッジに入学しました。しかし、「少なくとも一年は学びたいと思っていたのですが、大正天皇の崩御のため、わずか一学期で帰朝のやむなきに至ったことは、ぜひないことでありましたが、今でも残念に思っていることです」と、本人が一九四七年に書いた「英国の思い出」にあります。

このように祖父、大叔父、父それぞれの思いを受けて徳仁親王が留学生活を全うすることが出来たという事実を、始めにおさえておきたいと思います。

第二章　「青春の貴重な思い出として」

（第一節）

以下、本書の内容紹介に入りますが、チャールズ皇太子が「鋭い観察眼」を評価していることは前述しました。この点を幾つかの事例からみていきます。

初めての長い滞在で、何に気づいたか、何が記憶に残ったか、日本との違いは？……それらについての記述を読むことで、その人がどのような「眼」の持主かがわかるのではないでしょうか。

例えば、「私」こと徳仁親王は、到着早々エリザベス女王からティーへの招待を受けて、バッキンガム宮殿を訪問しました。「英国の「ティー」とはどういうものかと思っていた私には、女王陛下自らがなさって下さる紅茶の淹れ方と、（略）サンドイッチやケーキの組み合わせに興味をひかれた」。

ここを読んで、秩父宮勢津子妃の回想記『銀のボンボニエール』にも同じような記述があったことを思い出しました。勢津子妃は、一九五三年に夫を肺結核で亡くしたあと日英協会の名誉総裁に就任し、英国を何度も訪れます。一九七四年の訪英時に、クイーン・マザー（皇太后）のお茶の招きを受けました。その時の模様を、「給仕人は一人もいなくて」、「ご自分でお茶をおいれになって、私にすすめてくださるのです」、食卓上のサンドウィッチもお菓子も「ご自身でおすすめになるのでした」と回想します。

二人ともこういうところに興味を持つのは、日本では自分でやるなど考えられないからだろうか、と私はその方が記憶に残りました。

大学に入学する前に英語の個人授業を受けるため、日本滞在の経験もあり語学学校の経営にも関わり女王付きの勤務もあるホール大佐のオックスフォード郊外にある「煉瓦造り三階建ての豪壮な」屋敷に当初の三カ月を滞在しました。

ある日、大佐の長男が村の祭りに連れて行ってくれました。彼は、自分の家では「プリンス・ヒロ」と呼んでいるのだが、お祭りの会場では「ヒロで通してくれた」。「私」はその違いに気づき、気遣いに感謝し、こう付け加えます。「日本にいてはなかなかできないことだが、プライベートに、自分が誰かを周囲の人がほとんど分からない中で、自分のペースで、自分の好きなことを行える時間はたいへん貴重であり有益であった」。

オックスフォード大学滞在中は、「先生方や学生にはヒロと呼んでもらった。ナルヒトに比べれば覚えやすいと思ったし、ヒロという言葉の響きも好きであったからだ」。

大学で何をテーマに論文を書くか、入学するまでは決めていなかった。子供のときから御所に住んで外の世界との接触が制限されていたこともあって、「道」や「交通」に関心を持ち、学習院大学でもその研究を続けた。

英国に来て、テムズの美しさにひかれて、水運の歴史を取り上げることになるのだが、川を眺めた印象についてこう書き記します。

「改めて日本の川とテムズ川の相違点を認識させられた。氾濫原のない緩やかな流れ、そして川べりはそのまま川岸へとつながっている」。この点は、この地に旅し、地続きの緑の間を流れるテムズ川を眺めた人は誰もが同じような印象を持つのではないでしょうか。

入学に先だって大学を表敬訪問すると、マートン・コレッジ（著者は「コレッジ」と表記しますので、以下これに従います）の学長が校内を案内してくれました。コレッジは八十人の院生と二百三十人の学部生がいて、「ヒロ」は院生の一員になるのですが、学長は歩きながら、すれ違う学生に会うと一人一人に言葉をかけて、どうやら全員の名前を覚えているようだと感心し、「早くもコレッジ制度の良さを垣間見たように思った」。

テムズ川の「緩やかな流れ」

コレッジの自室での著者

後の章で著者は、オックスフォード大学のどのような点が優れているか、その特徴を詳細に説明します。第一にこの「コレッジ制度」、第二に「チュートリアル制度」、そして第三に多様な学生の交友が可能になる様々な仕組みです。

「コレッジ制度」とは、「（三十五の）コレッジが各々独立しながらオックスフォード大学という一つの連合体を形成している」。「コレッジはいってみれば学寮であり、学生の宿泊単位のようなもので、専攻分野を異にする学生が生活を共にする場である」。一方、日本の大学の学部学科に当たるものとしてファカルティがあり、すべての学生はこの両方に必ず所属することになっています。

そして「チュートリアル制度」とは、「指導教授であるチューター（Tutor）と学生との一対一で行われる授業を指す。学生は週一回自分のチューターに会い、エッセイ（小論文）または研究中に生じた問題点を整理して提出し、それをもとに通常一時間のディスカッションを行い、さらに次の週までの宿題が出される。チューターからはエッセイ作成のための参考図書、必読書が提示されるがその量はきわめて多く、読破する時間もなみたいていではない……」。

大学院生の場合は、二人の指導教授を持つ場合が多く彼の場合も論文指導は別のコレッジに所属するマサイアス教授だったと付け加えます。

「コレッジ制度」に戻ると、ヒロもコレッジ内で暮らし、三度の食事を原則ここでとります。彼の部屋は最上階三階の端にあり、書斎と寝室の二間続きで、他の寮生と異なり私用の浴室もあります。「自分の部屋をまったく自分の意志のまま使えるのはいいものである」と述懐します。

しかし、セントラル・ヒーティングの設備はなく電熱器だけで、おまけにすきま風に苦労した。ベッドの上の窓枠の隙間から入り込む風は異常に冷たく、協力も得て「目張りをしてしのいだ」。

もう一つ寒い思いをしたのはお風呂でした。「自分用の風呂があることには感謝すべきであるが、浴槽に約半分ほど給湯すると湯がなくなってしまい、およそ温まるという状況には程遠い有様」にいささか閉口し、「どうもイギリス人はゆっくりと風呂につかるという習慣がない模様」であると考えます。しかし、「すきま風といい、風呂といい、いずれも今となってはいい思い出だし、このような環境で生活するのもオックスフォード大学の教育の一環なのかも知れない」。

四十年近い昔ですからその後事態は改善されているかもしれません。しかし今もロンドン郊外に暮らす娘の家に泊まって風呂に入ったときの私の記憶は、さほど大きな違いはなかったような気もします。

他方で日々の暮らしの中での気付きもあります。街での見知らぬ人たちに親切にされたことに触れたあと、「優しさといえば、私はイギリスの人々が自分でドアを開けた場合、後から来る人がいればドアを開けたまま待っていてくれるのにも感心した。私は滞在中鼻先でドアが閉まるような不快な思いをほとんどしなかった」。

こういう日常生活のマナーや風習で、他にも著者が気付いたことはいろいろありました。知らない人に対しても「有難う」や「失礼！」を頻繁に口にする光景もその一つでしょう。後から来る人にドアを開けたまま待っているというイギリスで日常よくみる光景は、日本では自動ドアが普通なのに対して、この国では今に至るもきわめて少ない、だからマナーとして定着しているという事情もあるかもしれません。

実は私も、単に習慣になっているだけですが今でも、自動でないドアを通る場合は、通り過ぎたあと振り返って、後から来る人のためにドアを開けて待つようにしていますが、日本ではあまり見かけません。お礼を言わずに黙って通り過ぎる人も多いような気がします。

自動ドアにした方が便利だし、荷物を持った高齢者や障害者にとっても安全ではないかと思ったりするのですが、どうも英国は「保守的」というか、昔からの習慣をそう簡単には変えません。長年暮らす娘に言わせると、「荷物を持った人が手動ドアを入ろうとしたら、近くにいる誰かが必ず助けるから心配ない」そうです。

それにしても、彼が、家庭で、大学で、街中でさまざまな経験をする、気づく、失敗もする、その逸話を丁寧に紹介するのを面白く読みました。

（第二節）

無論、親王の身分としての特別待遇はありました。常に警護がつき、外務省から派遣された「側近として諸事に当たってくれる」専属の参事官とその家族も近くに住んでくれました。警護については、英国の首都警察から二人、一週間交代で、彼らも寮に寝泊まりし、終始行動をともにしました。

数多くの公務もあります。日本庭園の開園式に出席のためリバプールに行き、スコットランドで夏を過ごす女王の招きでバルモラル城に滞在します。英国王室や貴族たちや欧州の国々の王族からも招かれます。「私が訪れたヨーロッパ諸国は十三ヵ国に及ぶ」。

しかし、彼にとっていちばん大事なのは、学業を全うする留学生だという意識と行動だったでしょう。洗濯もアイロンかけも含めて自分のことは自分でやり、時に失敗し、失敗を通して親しくなった学生もいました。大学の教職員や友人からも町の人からも学生としての扱いを受け、そのことを十分楽しみました。寮に暮らし、よく学び・よく遊び、学生生活を堪能しました。

真面目に学んだことは、論文をどのように書いたかについての丁寧な記述から察せられます。パソコンもインターネットもない時代に、あちこちの図書館や地方自治体の資料室を訪れ、コピーをとり、筆写する。参考文献を読み、関連する史跡を見て回る。二人の教授から論文指導と一般指導をうけて、論文を書き上げる。その真面目さには感心します。良く勉強しました。論文は後にオックスフォード大学出版局から出版されました。もっとも彼が特別だったわけではなく、「オックスフォードの学生は一般によく勉強する」、それにはチュートリアルの効果が大きいと理解します。

「また、学生は自分自身の意見をはっきり表明する。それはゼミナール（略）はもちろん、日常会話の節々にも現れる。チュートリアルの時には、エッセイに自分の意見が入っていなければ、先生に満足してもらうことはできない。私が接した多くの学生がひじょうに幅広い教養を身につけていることも驚いたことの一つであった。特に、彼らは何人かが集まった時の話題の出し方がとても上手であり、居合わせた人すべてが何らかの興味を示しそうな話題を選び、それを発展させていく。一言でいえば社交上手である」。

ヒロ自身も、チャールズ皇太子が評する「旺盛な好奇心」を発揮し、買物などで街によく出かけます。英国内外をあちこち旅してまわり、気楽に学生の仲間に入って、友人を作ります。映画や演劇、オペラやコンサートに出掛けます。ヴィオラの演奏やテニスなどのスポーツに秀でていることも利点です。

「自分で音楽活動に携わることができたことも、マートン滞在中の大きな喜びであり、楽しみであった」。ヴィオラの演奏をし、友人とカルテット（四重奏）を組んで、モーツァルトやシューベルトなどの室内楽を学内外で演奏しました。週に一回はカルテットの練習を続けたこと、初めて弾く曲もあったがなんとか乗り切ったこと、ロンドンの教会でのヘンデルのメサイアにも出演したことなど、多彩な活動が本書で紹介されます。音楽への深い愛着と相当の演奏技量の持ち主であることを伺わせるところです。

欧州旅行の際には音楽家ゆかりの場所を訪れ、ザルツブルグのモーツァルトの生家では彼の使っていたヴィオラを弾かせてもらい、ウィーン郊外のベートーヴェン・ハウスでは、ウィーン・フィルのメンバーと合奏した。また「滞在中はできる限り今自分がいるイギリスの作曲家の作品に親しむように努め」た。

スポーツにも熱心に取り組みました。テニスでは「マートンの一選手としてコレッジの対抗戦」に出場しました。登山やジョギングも楽しみました。登山では、スコットランド・ウェールズ・イングランドそれぞれのいちばん高い山を登りきりました。ボートを漕いだり、スカッシュに初めて挑戦したりもしました。何事にも積極的に取り組み、仲間をつくり、それらすべてを楽しむ、二十三歳の活発な青年の姿が目に浮かびます。

これらの日常生活と諸活動について、例えばこんな風な逸話を紹介します。

（一）ひとりで銀行の窓口に行って両替をしてもらい、友人とディスコで遊び、パブでビールを注文する言い方を学ぶ。パブを「はしご」するという英語も教わります。

ディスコではこんなこともありました。「……入ろうとして、入り口で差し止められてしまった。理由を聞くと、ティーシャツやジーンズではその晩（週末だかららしい）は入れない由である。ちなみに私がジーンズ、友達がティーシャツ姿であった。さらにその人は私たちの後方にいた（ブレザー姿の）警護官を指差し、「あなたは結構です」と言った。（略）素直にそのままあきらめて帰った」。

こういった出来事がいかに楽しかったかを記したあと、銀行もディスコも生まれて初めての経験であり、おそらく二度とないだろう、と書き加える。

（二）写真を二千枚も撮り、その都度街の写真店に行って現像してもらい、店員とすっかり顔見知りになる。

ある日、「今日はたまたま古い店員が辞めるのでパーティがある。参加しませんか?」と突然言われて驚くが、喜んで出席する。

（三）カルテットを結成した経緯も面白い。学食での朝食で大学院の音楽専攻の院生とたまたま隣り合わせになり、「多少恐る恐るではあったが自分がヴィオラを弾く旨を話し、できれば室内楽をやりたいという希望を伝えた」。そしてその学生は「二つ返事で引き受け」、他のメンバーを探してくれた、無事にカルテットが結成され、多くの演奏会を実施することになりました。

「好奇心」に加えて、物怖じしない積極性と人柄の魅力を感じさせます。まずは仔細に「観察」し、その上でこういうことを言っても耳を傾けてくれるという判断をしたのでしょう。初めて弾く曲にもしり込みせずに挑戦する、努力する、これは生来の性格かもしれません。

（四）そして、カルテット結成の事例のように、寮に暮らし、大学の食堂で三度の食事をとることがいかに交友を拡げる大事な場かを語ります。その理由として、「周囲に座った学生と誰とでも自由に会話するあたりは、日本の大学とだいぶ違うのではないだろうか」と考えます。

昼食が終わると三十分ほどラウンジで時間を過ごす楽しさにも触れます。

（五）食事やパーティの席での日本との違いにも気づく――「私たち日本人はどうしてもグループでかたまりがちであるが、彼らにはそのようなみぶりはまったく見られず、実に見事に誰とでも会話を楽しんでいる」、そして話題も幅広く、例えば、当時の首相サッチャーの施策についての率直なディベイト（論争）だったりする。

だから、学外で同じ仲間と食事する学生も少なくない中で、彼はいつも学内の食堂で食事をし、たくさんの友人をつくり、多様な知を吸収する。

夕食はときどき工夫を凝らすこともある。年に一度「玄米だけの夕食（Brown Rice Week）」が一週間続くことがある。粗末だが、食事代は常と変わらず、差額の代金はチャリティに寄付されると聞いて彼は、このようなシステムは、「学生たちの苦しんでいる人々への理解を増すことになり、すばらしいことである」と気付く。

（六）学内で知り合い、仲良くなったP君とそのフィアンセの話も紹介しましょう。

「P君とそのフィアンセと名乗るカップルには、留学中実によくしてもらい、彼らの存在が私のオックスフォード留学をより楽しいものにした」。

「P君たちとはよくパブにも一緒に行った」「よく私の部屋に遊びに来てくれ」、P君は尺八を習い、フィアンセは日本のデザインに関心があった。日本語もいろいろ教え、「今でもいくつかの言葉をしばしば私への手紙の中で使用している」。

「Your Highnessに当たる日本語も聞いてきた。そこで私は「殿下」であると教え、よせばいいのに天井の電気を指して、これはデンカではなくてデンキだから混同しないようにと言ってしまった。しまったと思った時は後の祭りで、彼らは私を指してデンキと言ったり、天井の電気を指してデンカと言ったりするようになってしまった……」

学生生活を堪能しているヒロの姿が目に浮かぶようです。と同時に、このあたりがチャールズ皇太子の好む「ユーモアのセンス」なのでしょう。

（第三節）

本書は、最初の三章に続いて第四章は「オックスフォードについて」述べ、以下「日常生活」「芸術活動」「スポーツ」「研究生活」「二年間を振り返って」「あとがき」と続きます。

終章「二年間を振り返って」は「私の見たイギリスの人々」と「離英を前にして」に分かれます。

イギリスについて感じたこととして、まず「古いものと新しいものが実にうまく同居しているように見える」。

「古いものを大切にしながら一方では新しいものを生み出す「力」の蓄えが感じられる」。「オックスフォード大学入学式での服装といい、ラテン語で行われる式の進行といい、荘厳な儀式の中に数百年にわたって継承されている伝統を感じる」。

コレッジ制度をとってみても、そこに息づく歴史を感ぜずにはおられない。「しかし、専門分野を異にする学生が寝食を共にし、知的好奇心を刺激し合う機会に恵まれていることは素晴らしい」として、新しいものに挑戦する国でもあると認識します。

次いで「常に長期的視点に立って物事を考えているように感じている」と述べ、他方で私たち日本人は、とかく目先のことにあれこれとらわれてしまい、長期的視点で物事を考えるのがあまり上手ではないように思うとし、その理由の一つに、木の建築と、年月のかかる石の建築の中で日々を送る違いもあるのではないか、と考えます。

第三に、「日本とイギリスにおける「プライベート」ということに関する考え方の相違である」。

イギリス人はプライベートな時間、生活、空間をひじょうに大切にする、話をしていても、ある部分までは自分のことについて話すが、あるところから先は他人の踏み込めない領域があるように感じるという印象を述べます。

第四にそうは言っても、社会的な人間関係に巧みで、障害者などの弱者に対して優しい社会であるとも指摘し、以下の実例も紹介します。

「私がマサイアス先生の講義を聞きに（略）行っていた学期、前をしゃべりながら歩いている学生たちが、すうっと脇によけ、空間を作ることがあった。何かと思うと、その中を白い杖をついた学生が背筋をピンとのばして通っていく。（略）オックスフォードの町を歩いていると、体に障害を持つ人々が堂々と振る舞い、生活しているように思う。そして彼らも、見事に町の中に溶け込んでいるように感じるのである」。

そして最後に、「二年間の間に「光」に対するイギリスならびに大陸の人々の感じ方を垣間見たように思えた」と記します。彼らの冬が寒く、どんよりとした日が多く、寮の部屋も底冷えがしたこと、それだけに「イギリスの春は美しい」こと。暖房のきいた日本での生活を懐かしく思うこともあったし、日本と多少異なる季節感や「光に対する強い憧れ」についても考えます。

次いで「離英を前にして」です。

最終学期になったある日のチュートリアルで、マサイアス先生から、残り時間はこれから加速度的に少なくなり、最後は打ち上げ花火のように終わるだろう、と言われます。

この言葉を聞いてヒロは、残された日々や仲間との会話を含めて「どんな小さなことでも、その一つ一つが非常に大切なもののように思えた」と感じます。同時に、修士論文の仕上げに忙しい中を、「歩き慣れた道や私の好きなスポットを、もう一度確認し、写真を撮りながら歩いてみた」。次回訪れるときは、自由な一学生としてこの町を見て回ることはできないだろうと考えると、「妙な焦燥感におそわれ、いっそこのまま時間が止まってくれたらなどと考えてしまう」。

仲間の開いてくれた送別会では、「私が、楽しく——おそらく私の人生にとって最も楽しい——時期を送られたのも、彼らの協力と心遣いがあったればこそである」と別れの寂しさを思います。

そしてこの二年間、実に様々なものを学んだと痛感します。「この経験の中には、自分で洗濯したりアイロンをかけたりしたことももちろん入るが、英国の内側から英国を眺め、様々な人々と会い（略）、さらには日本の外にあって日本を見つめ直すことができたこと、このようなことが私にとって何ものにも代えがたい貴重な経験となった」。

そしてヒースロー空港から飛行機に乗って遠ざかるロンドンの街を窓から眺めながら、「しばし心の中に大きな空白ができたような気がした。それとともに、内心熱いものがこみ上げて来る衝動も隠すことはできなかった。私は、ただ、じっと窓の外を見つめていた」と万感胸にせまる思いを伝えて終章を終えます。

最後に「あとがき」にも触れましょう。一九九一年に「ジャパン・フェスティバル」出席のため英国を再訪し、オックスフォード大では「はからずも」名誉法学博士号を受領、恩師や旧友にも再会しました。そして、尺八を吹く例の学生からパブに誘われ、夜のオックスフォードの通い慣れた道を踏みしめながら、少しも変わっていないと思い、「そこかしこにあふれんばかりの思い出がつまっていた。私はこれからもこの思い出を大切にしていきたい。そして、いつの日か再びこの地を訪れる日がくることを心待ちにしている」。

第三章　かつての若者はいま天皇に

（第一節）

英国留学がいかに充実した日々だったかを懐かしく回想する『テムズとともに』を著したかつての若者は、いまは天皇です。

そこで本章ではまず、令和を迎えた三年前を思い出しつつ（思えば、世界的な大流行となる新型コロナウイルス感染症の発生は、この年末でした）、海外とくに英国のメディアが天皇の交代をどのように取り上げたかを紹介したいと思います。二〇一九年五月一日の即位については、海外も大きく報じました。

戦後生まれの新しい天皇が「皇室と日本社会を一層〝近代化〟することを期待する」論調が見られました。その前提として、留学先の英国でより自由で開かれた王室に強い印象を受けた筈だという理解があります。

英米の名だたる大学で学業を重ねた新しい天皇と皇后とが、一層〝国際的な志向〟を強めていくのではないかという期待もありました。

英米のメディアは二人の学歴を高く評価しており、〝Oxford educated Emperor & Harvard graduated Empress（オックスフォードで学んだ天皇とハーバードを卒業した皇后）〟と名付けて、強調しています。

英国の日刊紙ガーディアンに至っては〝Japan's anglophile new emperor（英国びいきの新天皇）〟という見出しを付けていて、こういった取り上げ方にやや「上から目線」と感じる向きもあるかもしれません。

新上皇も新天皇もともに、地味な学問分野についての研究者であるとの指摘もありました。上皇はハゼの、天皇は水運や環境問題の研究であり、国連で二度基調講演を行ったことも紹介します。これを読んで私が思い起したのは、福沢諭吉が明治十五（一八八二）年に著した「帝室論」です。福沢がここで「帝室」の在り方として強調するのは、「帝室は社外のものなり（政治には関わらない）」、「一国の緩和力」である、そして「学術技芸」を奨励する存在、すなわち「文化の擁護者」となるべきということです。

上皇・天皇の二人が「社外のもの」かつ「一国の緩和力」

であることはもちろんでしょう。加えて、「奨励する」だけにとどまらず自ら学術に励み、研究者の道を地道に続けている生き方は、諸外国の君主と比較しても高く評価できるのではないでしょうか。

そして最後に、どのメディアも取り上げたのが「女性天皇」「女系天皇」が認められない問題です。記事からは批判するというよりむしろ「信じられない」といった驚きのニュアンスを感じました。そしてそれが「天皇制の衰退」につながりかねないことをどこまで日本自身が認識しているかという問題提起につなげています。

ということで、新天皇の誕生について日本のお祝い報道とは少し視点が違うと感じた点をまずは紹介しました。

即位をニューヨーク・タイムズは
1面トップで報道

2019年10月19日エコノミスト誌記事

（第二節）

次に週刊誌エコノミストが、即位直前の四月二十七日号に載せた「君主制はいかにして現代を生き延びるか（How monarchies survive modernity）」と題する記事が目につきました。個々の君主の資質が重要であるという視点に立って、退位する現上皇にきわめて好意的な内容です。

記事は冒頭で、日本で近く新天皇即位の厳かな儀式が行われることに触れた後、「君主制がいま存在しないとしたら、新しく導入したいと考える人は誰もいないだろう」と書き起こし、以下に続きます。

君主制は、統治の正統性を理性や合理性にではなく、古くからの儀礼的な子供じみた物語に依っている。それは時に、性差別、階級、人種差別の象徴ともなり、多様性や平等、実力主義とは相いれない制度である。

だからこそ二十世紀には、革命や世界大戦を通して徐々に衰退に向かうと思われた。ところがその予想は外れた。二十一世紀に入って君主制が消えたのは、ネパールとサモアの小国だけ（その後二〇二一年に英連邦に属する小国バルバドスが共和国になった）。豪州のような名目だけの国や小国も含むが、他方で英国、オランダ、日本、デンマーク、スペイン、中東の諸国、タイなどで健在である。

何故か？

・殆どの君主が政治的な実権を持たない存在であること。権力が小さくなるほど、それを取り除く意欲は薄れるものである。

・しかも、弱く・貧しい君主制はすでに淘汰され、いまは中東やタイのように巨大な資産を有する君主が多く、それを制度の維持に有効に使っている。

・かつ、「アラブの春」の時のモロッコやヨルダンが好例だが、弾力性に欠ける共和国よりも穏健で、巧みな国家統治を行っている。

・民主主義への逆風が吹いていること。一九九二年にフランシス・フクヤマが「歴史の終わり」を主張したときには、リベラル民主主義の世界的な勝利は目前のようにみえた。しかし今世紀に入り、民主主義の進展は停滞し、反民主的な指導者が力を増している。

・ポピュリズムや社会の分断化が進んでいる状況下、英国のような民主主義国であっても、（福沢諭吉の言葉を使えば「一国の緩和力」としての）非政治的な元首の存在が再認識されている。英国のたとえ共和制支持者であっても、いまエリザベス女王に代えて例えばトランプ（前アメリカ合衆国大統領）のような人物に元首になってほしいと思う人はまずいないだろう。

このように君主制の存続に有利な状況もないではないが、しかし依然として脆弱な基盤に立っていることも間違いない。

共和制であればシステムそのものに合理性があり、国民主権による「交代」が制度化されている以上、個々人の倫理性・人格・資質は君主制ほど重要ではない。

君主制の場合、統治の正統性に合理性がなく、かつ君主自身が容易には「交代」しないこともあって、その存続は、はるかに大きく個々の君主の資質に依存する。

従って君主制では、継承の時点が重要であり、新しい君主への支持が同じように続くかどうかがきわめて重要である。この点でタイ、サウジ・アラビア、スペインの君主の資質については懸念がないではない。

他方で英国王室は、バッキンガム宮殿の国民への開放、税金の支払い、ヘンリー王子の黒人の血を引き離婚歴のあるアメリカ人女性との結婚を認めたこと、広報への細心の配慮など、「近代化」への努力を進めている。しかしエコノミスト誌は、日本の明仁天皇はエリザベス女王以上に成功し、「革命的な」天皇であったとする意見を紹介します。彼は、

・宮殿の中で国民のために祈るだけではなく、自ら外に出て、国民に近く接した。時に跪き、彼らと語り合った。

・特に、障害のある人、高齢者、被災者たちに寄り添った。

・この国の「保守的な」政治家と異なり、「戦争中の日本の行為」に深い悔いを表明した。

・一九九二年には天皇として初めて中国を訪れ、第二次世界

大戦の戦場を何度も訪れた。
・そして彼は、靖国神社には参拝しなかった。
・「保守的な」政治家はこのような天皇に憤慨した。しかし表立って批判することは困難だった。
・こういった言動を通して、天皇皇后の二人は、「倫理性(morality)」と「気品(decorum)」の模範となり、同時に宮中の伝統や儀式もきちんと守っている。国民の支持もきわめて高い。

他方で同誌は、天皇を支えるシステムや保守主義者の存在にはかなり批判的です。即位礼正殿の儀が行われた二〇一九年十月二十日の直前のエコノミスト誌十月十九日号は、「〝堅固な亀の甲羅〟の奴隷(Slave to the tortoise shell)」と題する記事を載せました。

――「息苦しい官僚制と慣例のため、新天皇は宮中にいても囚われの身のようだ」という小見出しに続いて、彼のオックスフォード留学時代に触れます。

――そして彼はマートン・カレッジで二年間を過ごして、帰国後書いた『テムズ川と私』(英訳の題名)と題する回想録に、「おそらく私の人生でいちばん楽しい時間を過ごした」と述べた。しかしこの本の出版を宮内庁は望まなかった。読者を「馴れ馴れしさ(familiarity)」と「冷やかし(ridicule)」の気持ちに導くのではないかと懸念したのである。

ことほどさように、彼の英国での楽しい日々が日本で再び日の目を見ることはないのではないか。代わって彼はいま、格式と神秘に包まれ、規則と伝統に縛られている。その点は新皇后も同じで、皇太子妃時代に、最初の記者会見でほんの少し夫より長く話したことや公衆の前で一歩前を歩いたことで注意された。

日本のメディアもこのような約束事に概して同調しており、夫妻の婚約(一九九三年)も、皇太子妃時代の適応障害(二〇〇三年)も、日本のメディアは知っていたにも拘わらず、最初に報じたのは外国のメディアだった。そして彼らの個人資産は比較的わずか(limited)である。個人資産の殆どは戦後国家資産に没収された。宮殿も住まいも国有であり、その運営管理費も国家負担である。専門家の推定では、上皇夫妻が天皇であった当時の私的活動費は年に五百万円である。これでは欧州のような〝プレイボーイや向こう見ず〟の王子や王女たちが生まれる可能性はないだろう――。

といった話題を取り上げます。その上で、現上皇が天皇時代に、皇室の時代遅れの決まり事に控えめながら抵抗したと伝えます。即ち、二〇一一年の津波と原発事故の後、天皇として初めてテレビで国民に語りかけた、遠回しにではあるが(albeit obliquely)日本の平和主義の象徴である憲法九条を改正したいとする当時の首相に疑問を投げかけた、二〇〇一年には記者会見で遠い祖先が韓国人であることを持ち出した、最近では明らかに消極的な政府を説得して、退位を可能にする法律を成立させた……。しかし、新しい天皇が近代化を望んでいるか、それが可能かについては分からないとし、今の硬直化したシステムが天皇を歴史遺産にしてしまう危険もあることに懸念を示しています。

一方で現上皇への高い評価と新天皇への期待があり、他方でこの二人を支えるシステムの保守性・閉鎖性を憂うる、エコノミスト誌の二つの文章の違いを興味深く読みました。

ちなみに『テムズとともに』に話を戻すと、本書の出版を宮内庁が望まなかったという指摘が事実かどうか、私は知りません。

そもそも、回想録を執筆したこと自体知りませんでした。記事から、日本での出版は反対されたが英訳は出たと誤解して、それならと英訳を読んだのです。しかし、その時は気づかなかったのですが本書は、学習院大学の「学習院教養新書」から出版されています。ただアマゾンを検索すると中古しかなく四千円ほどします。本稿を執筆するにあたり、遅まきながら十八歳の青年親王の肉声に活字を通して接しました。

それにしても、この本のどこに宮内庁が望まない内容が含まれているのか、理解できませんでした。エコノミスト誌が推測するように「馴れ馴れしさ」と「冷やかし」の気持を国民に起こさせる心配でしょうか。むしろ、失敗しながら洗濯機の扱い方を学んだり、ディスコやパブで楽しんだりする日々を温かく想像する読者の存在、それこそ彼が願ったことではなかったでしょうか。

（第三節）

他方で英国では、本稿執筆中の二〇二二年九月八日、エリザベス二世が死去しました。直ちに皇太子がチャールズ三世として即位しました。

女王は、つい三カ月前に即位七十年のプラチナ・ジュビリーを祝ったばかりでした。この慶事を迎えるにあたって、六月二日付のエコノミスト誌は論説でこう触れました。

——四日間のお祝い自体はばかげたものである。しかし「英国史上最長七十年の在位は決して小さな出来事ではない」。

一八六〇年から十七年本誌の編集長を務めた政治思想家のウォルター・バジョットは、英国憲法は二つの「部門（branch）」から構成されると指摘した。すなわち、君主が「威厳と品位（dignified）」部門を、議会と政府が「機能的な（efficient）」部門を担当する。

いまこの国の政府は「機能的」とは言い難く、スキャンダルと内向き志向に明け暮れている。それだけになおさら、女王が体現する継続性とコンセンサスの意味は大きい。女王の長寿は、他の制度が弱体化しても国家が継続していることの象徴であり、コンセンサスについて言えば、十人に八人の割合で、あらゆる年齢層の英国人が女王に好意的である。社会が分断化し、幅広い合意がまれになっている今日、君主制についての意見がどうあろうと、大きな成果といえるだろう。

今回の君主の交代に当たっても、九月十七日付の同誌は「何故、君主制は大切なのか」と題する論説を載せました。基本的な論旨は変わっていません。

君主制は時代錯誤である。正当化されない、生まれながらの特権に根ざした制度であり、本来なら本誌が時折想像したように君主制への支持はエリザベス二世のもとで揺らぐはずだった。ところが、繁栄した。このことは、彼女の後継者や他の民主主義国にとっても教訓を与えてくれる、といつものように留保条件から始まりつつ、肯定的な論に及びます。

繁栄の理由としては、女王自身の個人的な資質と努力、「偉大なるかつての編集長バジョット」の指摘、立憲君主制が継続性と伝統の保持の観点から大統領制に勝る利点を備えているという三つをあげます。

そして最後に、新国王チャールズ三世を待ち構える前途は多難である。しかし、「幸運にも女王が道筋を示してくれたのだ」と結んでいます。

このように、この国では、「威厳ある」部門の特性が簡単に変わることはないというのが大方の見方だろうと思われます。

そしてそのことは同時に、君主制と並立するもう一つの「部門」である議会と政府についての特性を思い起す大切さも意味するでしょう。「民主主義の基本は健全な政権交代にある」という信念です。

君主たる「威厳・品性」部門は「安定と統一」の役目を果たし、他方で、「機能的」部門（議会と政府）は政権交代によってチェック・アンド・バランスを機能させる、この二つがあいまって国が動いていく、これこそがバジョットの考えた英国憲法と英国流民主主義の理想であると考えます。

第四章　終わりに——君主制のこれから

かつての若者いまの天皇のこれからについては、どう考えたらよいでしょうか。

日本の研究者の言説を紹介しましょう。サントリー学芸賞を受賞した『立憲君主制の現在、日本人は「象徴天皇」を維持できるか』（君塚尚隆、新潮新書、二〇一八年）です。

本書は、「はじめに」で、「二一世紀の今日ではもはや「時代遅れ」とみなされることも多い、国王や女王が君臨する君主制という制度を、いまだに続けている国々の歴史と現状を検討していくことを目的としている」と述べ、その際に議会制民主主義にもとづく「立憲君主制」をキーワードにします。

そもそも「君主国」はいまどのくらいあるか。中東のような「王朝君主制」も含めて、二〇一七年現在、国連加盟国一九三のうち、「日本も含めると二八ヵ国となっている。これにイギリス女王が国家元首を兼ねる「英連邦王国」十五ヵ国をあわせても四三ヵ国であり、国連加盟国の五分の一に過ぎない」。すなわち著者は、「自国の君主を戴く君主国」と、オーストラリアやニュージーランドのようなエリザベス女王を元首とするいわば名目だけの英連邦王国とを区別して考察します。その上で、「君主制を採る国は少数派となっている」。それにも拘わらず、とくに立憲君主制において国民が豊かに暮らしている国が多いことを指摘します。

「国際通貨基金（ＩＭＦ）が発表する二〇一五年度の「国民一人あたりの国内総生産（ＧＤＰ）」のランキングで上位三十位に入る国のうち、第一位のルクセンブルク大公国を筆頭に実に十三ヵ国が君主制を採り、英連邦王国も含めればその数は十七ヵ国に及んでいる。（略）「社会福祉の充実」という点から考えてみても、その先進国はスウェーデン、ノルウェー、デンマークといった、いずれも北ヨーロッパの君主国なのである」。

さらに、「国民統治の面でも、君主制が共和制に劣っているとはあながち言えないかもしれない」として、以下の逸話を紹介します。

——第二次世界大戦の末期の一九四五年七月、連合国の首脳がベルリン郊外のポツダムに集まった際に、アメリカの海軍長官ジェームズ・フォレスタルが「天皇制」を廃止すべきか否かについて、労働党出身のイギリスの外相アーネスト・ベヴィンに尋ねた。

そしてベヴィンは次のように語ったとされる。

「先の世界大戦（第一次大戦）後に、ドイツ皇帝（カイザー）の体制を崩壊させなかったほうが、われわれにとってはよかったと思う。ドイツ人を立憲君主制の方向に指導したほうがずっとよかったのだ。彼らから象徴（シンボル）を奪い去ってしまったがために、ヒトラーのような男をのさばらせる心理的門戸を開いてしまったのであるから」。

本書はこれらの点に触れた「はじめに」のあと、続く本論では、立憲君主制の各国の現在を丁寧に説明します。イギリスに大きく紙数を割き、北欧、ベネルクス三国、アジアの君主制についてそれぞれ独立した章で取り上げます。

そして終章「日本人は象徴天皇制を維持できるか」の中で、次のように述べます。

「立憲君主制の存続は、君主自身の個性にも基づいているが、その君主を取り巻く側近や政府、さらには国民が、この制度の優れた特質を理解し維持しようとする「成熟した」環境にある限り、二一世紀の今日においても充分に保証されていると言えるのではないだろうか」。

「もちろん君主制のあり方は一様ではなく（略）、日本の皇室にも独自の文化・伝統に根ざした君主制のありかたを模索する必要がある。それでも、そのような新しい時代の風を敏感に感じ取るのは、つねに「国民とともにある」ことによってのみ可能となろう」。

「おわりに」には以下のような一節もあります。

「本書で扱った「君主制」という制度は（略）、人類の有する制度のなかで最も古く、恒久性があり、それゆえ最も光栄ある制度のひとつである。（略）二一世紀に入ってから混迷を深める国際情勢を見るにつけても、必ずしも君主国の方が「古くさい」「不安定な」状況にあるとはいいがたい。むしろ君主制とは最も古くて最も新しい制度ではないだろうか」。

「最も光栄ある制度の一つ」であり「最も新しい制度ではないだろうか」と言われると、いささかためらいを感じる人も多いかもしれません。

前章で要約したエコノミスト誌の記事「君主制はいかにして現代を生き延びるか」は、もう少し醒めた見方をしているようです。この要約を事前に読んでくれた友人の向坂勝之氏からは以下のコメントを頂きました。

「記事は冷静ですね。君主制がいずれ地上から無くなるということは、他ならぬ君主たち自身が最もよく理解しているでしょう。しかし人類は未だそこまで賢くはなく、しばらくは君主制が残らざるを得ないということも。前天皇（上皇）は、戦争責任を負ったまま戦前の姿勢を基本的に維持してきた昭和天皇とは大きく違い、その点ではまさに「革命的」であったと思います。しかし日本の君主制は世界の潮流からは取り残されたもので（女性、女系天皇を認めないのはその最たるもの）、これを改めない限り他の君主制より先に消滅するでしょう。だが天皇自身にその改革の力はなく、国民の意を受けた国会にしか出来ない。日本人はどうするつもりなのでしょう?」

第一章で、徳川義宣氏の「殿下の〝人間宣言〟」と題する文章を紹介しました。筆者は、「象徴とは、人間でなければならない」、それを、自らの意思で結婚相手を選ぶ決意を貫き通した当時の皇太子の言動から教えられた、と書きます。このような「人間らしさ」をこれからも発揮してほしいという、長年の親しい友人の思いが伝わってくる文章です。

六十年以上昔の徳川氏の思いはいま果たして実現されているでしょうか。発揮できるためには、君塚教授の言う「成熟した環境」が必要ではないでしょうか。

それは例えば、新天皇が、かつて英国で味わったようなヴィオラの担当者としてカルテットを組んで演奏するとか、好きな学問・研究を続けるといった機会が可能となることを意味するでしょう。そして、国民一人一人の自由と幸せを願う彼自身の気持ちとつながる路でもあります。

もう少し広い視点で捉えれば、天皇制の特殊性や神秘性をあまりに強調せず、むしろ英国をはじめとする他国の立憲君主制とさして変わらない姿を目指すべきだと私たちが意識する大切さではないかと思います。

最後に、私自身の過去のささやかな体験を披露させて頂きますということで、「古くさい」と言われるかもしれませんが、ロンドン勤務時に、ギルドホール（旧市庁舎）で開催された、日英合同の民間人が出席するブラックタイの晩餐会に参加したことがありました。食事に先だって主催者が出席者に杯を持って立ちあがるように依頼し、「女王に（To the Queen）！」と杯をあげ、全員が唱和しました。次いで、今度は「天皇に（To the Emperor）！」と杯をあげ、また全員で唱和し、それが終わると着席し、晩餐が始まりました。

もう三十年以上昔の出来事なので、いまもこんな儀式が続いているかどうか知りません。しかしこの時は、その場の英国人と日本人とがより親しくなったような快い瞬間だったなといまも記憶しています。

『歌集生命萌えたつ』（関根キヌ子著）　茅野太郎

以前『あとらす』に短歌を寄せた著者が、昨年七月、歌集を出版された。もちろん西田書店から。私は素人だが、とても興味深く読んだ。

（一）著者は昭和十八年一月生まれ。福島県の鮫川村で農業に従事するかたわら、平成十年から作歌を始めた。以来二十年以上詠み続けた約六百五十首をこの度一冊にまとめた。

（二）歌作の場となった短歌会が昭和十九年から続いていることにまず驚いた。人口四千人ちょっとの山村の文化レベルに感心し、そういう日本の農村に誇りも感じる。

（三）歌の一つ一つからは、農業と和牛の飼育に取り組み、村議を務めた夫を支え、見送り、六人の子どもを育て、曾孫まで生まれる「生」が鮮やかに浮かび上がる。

詠まれる里山の情景や風物にも惹かれた。売られていく仔牛、稲架(はさ)を組み上げる作業などの日々の労働の情景も眼に浮かぶ。「大いぬのふぐり」「シャラの花」「凌霄(のうぜん)」など草花の言葉が新鮮だった。

（四）著者は、終戦の年に二歳半。戦争の悲惨を伝える歌、「忘れるものか決して許してなるものか悪の極みの戦さ生むもの」

ほかに心に残った歌二首をあげると、

「消しゴムを使えぬものが人生とさとせし父に心かさねる」

「徹夜してパール・バックの『大地』読みしあの頃の目の力欲しかり」

本の名前が出てくるのはこの一冊だけ。いかにも農業に一生を捧げている女性が挙げるのにふさわしい本だと思った。

啓翁桜

関根キヌ子

冬空にたわわにありし柿の実を鶫（つぐみ）の群れは三日でたいらぐ

小さき部屋に鉢花たくさん取り込みて今年は独りの年越しをする

凍（しみ）大根つくらんとして寒中の冷たきに耐え皮をむきおり

寒風にさらして冬を干し上げし凍大根は甘き香りす

穏やかな冬の陽射しの一刻を芽吹き始めのふきのとう摘む

寒中の我が誕生日祝うとて啓翁桜の花束届く

十年間暮らし支えし娘（こ）の車役目を終えて運ばれてゆく

『私がローマだ』若き日のユリウス・カエサル

岡田多喜男

スペインのカタルーニャ自治州（首都バルセロナ）では、毎年四月二十三日にサン・ジョルディの日が祝われます。サン・ジョルディは古代ローマ末期の聖人ですが、ドラゴン退治の伝説でも有名です。姫を救けるため誅したドラゴンの赤い血にちなみ、男性が女性に赤いバラを贈る習慣が生まれ、そしてセルバンテス、シェイクスピアが亡くなった日が、一六一六年四月二十三日だったことから、この日は「本の日」とされ、女性が男性に本を贈るようになりました。女性には薔薇、男性には本です。

カタルーニャでは、サン・ジョルディの日に、この年のベスト・セラーが発表されます。バイリンガルの土地柄、カタルーニャ語の出版、スペイン語の出版のそれぞれでベスト・セラーが選ばれるのですが、二〇二二年のスペイン語出版の部で第一位になったのが、サンティアゴ・ポステギッリョ著『私がローマだ』ROMA SOY YOという小説でした。

この著者はそれまでに古代ローマを舞台とする小説を八冊出版してきたのですが、今度はユリウス・カエサル（英語ではジュリアス・シーザー）を主人公とする小説を出版したのです。四月に催された出版説明会で、「カエサルについても、これまでのスキピオやトラヤヌス同様三部作が予定されているのか」という問いに対し、彼はこれをきっぱりと否定し、カエサルを主人公とする小説は三部作ではなく、六部作となる筈で、十二年かけて完成させるとの決意を披露しました。

カエサルの生涯を辿り、今後もガリア戦記、ポンペイウスとの戦い、クレオパトラの愛、ブルートゥスによる暗殺などが、豊富な資料を想像で補いながら書かれていくのでしょう。私はいま八十二歳ですから、第六部の完成を見るには九十二歳まで生きなければなりません。そこまで生き延びる自信はありませんが、取りあえずは今後二年毎の続編の出版を待って、出来得る限り『あとらす』に投稿したいと思っています。

ポステギッリョは、ジュリアス・シーザーをスペイン語でフリオ・セサルと表記していますが、本来のラテン語の名前は、ガイウス・ユリウス・カエサルで、それぞれが、個人名・氏族名・家族名です。この著者は、言語学者らしく、文中にふんだんにラテン語が使われ、巻末に二十三頁にも及ぶラテン語語彙集が付録として付いているのですが、残念なことに人名はスペイン語表記に変えられています。私は、これらを極力ラテン語の表記に戻します。

ところで、ユリウス・カエサル（ジュリアス・シーザー）と言えば、今の世に迄伝わる名句、「賽は投げられた」「来た、見た、勝った」「お前もか、ブルータス」が有名です。

この小説の題『私がローマだ』ROMA SOY YO は、若き日のカエサルの絶叫ですが、残念ながら史実に基づくものではなく、ポステギッリョの創作です。（註一）

一、著者　サンティアゴ・ポステギッリョについて

著者サンティアゴ・ポステギッリョは、一九六七年、スペインのバレンシアで生まれました。現在五十五歳。言語学を専攻、バレンシア大学から、欧州博士号（doctor europeo）の学位を得ています。米国オハイオ州グランビルのデニソン大学で文学を学び、英国の大学で言語・翻訳を学びました。現在は、スペインのジャウメ一世大学（バレンシア州カステリョン県）で教鞭をとり、イギリスのエリザベス王朝文学（シェイクスピアなど）の講義を行なっています。

最初の小説は、二〇〇六年に出版された『アフリカヌス：執政官の息子』でした。これはザマの戦いでカルタゴの勇将ハンニバルを破った、スキピオ・アフリカヌスを主人公としたもので、これに次ぐ『呪われた軍団』（二〇〇八年）、『ローマの背信』（二〇〇九年）と共にスキピオ三部作を構成しました。彼はこれに次いで皇帝トラヤヌスを主人公とする三部作を発表しました。『皇帝の殺人者たち』（二〇一一年）、『戦車競技場』（二〇一三年）、『失われた軍団』（二〇一六年）です。さらに、二〇一八年に『私はユリア』という、皇后ユリア・ドムナの物語を発表、プラネタ文学賞を受賞し、二〇二〇年にはその続編『ユリアが神々を叱る』を出版しました。今般出版した『私がローマだ』は、古代ローマを舞台とする彼の小説の九作目に当たります。

彼はエピグラフ（巻頭言）に、シェイクスピアの戯曲からカエサルの次の言葉を引用しました。

〝臆病者は、現実の死を迎えるまでに、何度でも死ぬものだ。勇者にとって、死の経験は一度しかない。〟（シェイクスピア著『ジュリアス・シーザー』第二幕、第二場。福田恆存訳）

これは、紀元前四四年三月十五日、元老院に赴くカエサルに、当時の妻のカルプルニアが、前夜に悪夢を見たため、出かけぬよう懇願したのに対し、カエサルが返した言葉でした。

二、小説の構成

ポステギッリョがカエサルの生涯の物語を始めるに際し、狙いを定めたのは、紀元前七七年に行われたドラベラ裁判でした。この裁判を大きく取り上げ、いわば大きな地震のよう

に、読者を揺さぶろうと企てたのです。

二十三歳のカエサルが、前マケドニア属州総督ドラベラの悪業を告発したのですが、実はこの裁判に関しては困ったことに記録が殆ど残っていないのです。因みに、プルタルコス（プルターク）、スエトニウス、塩野七生の著書を読んでみたところ、この裁判についてはごく僅かの記述しかありませんでした。（註二）

それで、彼は、バレンシア大学でローマ法を教えるアレハンドロ・マリア・バリーニョに協力を求めました。「紀元前七七年のローマでの事だけどね」と話しかけると、教授が「ああ、ドラベラ裁判があったね」と応じたので、「そうそう、あの裁判について知りたいのだけど」とたたみかけたのですが、「あの裁判の記録は残っていないよ」とのつれない返事でした。裁判で判明していることは、ドラベラの不法を訴えたのがマケドニアの住民だったこと、検事が二十三歳のカエサルだったこと、裁判が紀元前七七年に行われたこと、判決が被告無罪だったこと位で、肝心な審理内容は伝わっていないと言うのです。

そこで、ポステギッリョは、バリーニョ教授の助けを得ながら、紀元前七七年の裁判の内容を創作することにしました。

更に言えば、カエサルの二十三歳までの生涯については、この裁判同様、ほとんど資料が残っていません。その後の生涯については、彼自身の書き残した『ガリア戦記』『内戦記』やキケロの著作など豊富な資料があるのですが、若き日のカエサルの年月は、空想で補うしかありません。

三、母アウレリアがユリウス・カエサルの祖先を語る

小説の冒頭で、母親のアウレリアが、生まれたばかりのカエサルに次のように話しかけます。

〝あなたの氏族ユリウスは、ローマでも最も高貴で特別な氏族なのです。女神のウエヌス（英語ではビーナス）とトロイの貴族アンキセスが愛し合い、アエネアス（註三）が生まれました。トロイがギリシャに滅ぼされた時、アエネアスはトロイから逃げ、イタリアを目指しましたが、父と妻クレウサは途上で亡くなりました。息子のアスカニオスはまたの名をユールスと言い、彼がユリウス氏族の祖になったのです。何代か後の王女レア・シルビアを軍神マルスが見初め、生まれた双子がロムルスとレムスで、ロムルスはローマの初代王になりました。〟

つまり、カエサルのユリウス氏族は、ローマ神話の二人の神々を祖先に持つというわけです。

四、外伯父ガイウス・マリウスの教訓

ガイウス・マリウスは紀元前一五七年の生まれで、平民出身の軍人でしたが、カエサルの伯母で貴族階級のユリアと結

婚しました。つまり、カエサルには外伯父に当たります。

マリウスは、北アフリカのヌミディア王国のユグルタ王を打倒する勲功を挙げ、ローマの軍政を徴兵制から志願兵制度に大改革する大仕事を成し遂げたのですが、その頃ローマは北方のゲルマン族に脅かされていました。

紀元前一一二年から一〇六年にかけて、ゲルマン族が、三度の戦いでローマ軍を破り、南下の勢いを見せていたのです。これを阻止するため、執政官マリウスが一〇三年に新生のローマ軍団を率いて、ローヌ河畔まで進み、そこで陣営を設けマリウス運河を掘らせました。しかし蛮族がガリア南部に居座って動きを見せぬ間、マリウスも出撃しませんでした。

蛮族たちは、生噛りのラテン語でローマ兵を揶揄い、挑発しました。

Romani, quid vestris mulieribus mittere vultis? Quoniam illae nostrae mox erunt!

（ローマ人たちよ、お前たちの女房らに届けて欲しいものは無いか？　もうすぐ彼女らは俺たちのものになるからな！）

マリウスは、怒りで出撃しようとする兵達をなだめ、戦闘のための訓練に励まさせ、自らは、臆病者と陰口をたたかれても、意に介しませんでした。

そして、紀元前一〇二年に至り、ついにテウトニ族とアンブロネス族がローマを目指して南下を始めました。この時、マリウスは、自軍をアクアエ・セクスティアエの丘陵地に先回りし、高地に陣を張り、よじ登ってくる蛮族を全滅させました。

テウトニ族の王テウトボドはここで息を引き取ったのですが、これには他の説もあり、それによると、勝利の後、ローマに戻ったマリウスが凱旋式を行なった際、テウトボドは、式典の余興としてローマ広場（フォロ・ロマーノ）で鞭打ち刑に処された上で絞首刑にされたとされています。ついで、マリウスは、キンブリ族もウエルケラエの戦いで破り、ローマの英雄と称えられました。

しかし、当時のローマの支配層は、閥族派（元老院議員などの貴族）と平民派（新興富裕層など）に分かれて争っていて、平民派を率いていたマリウスは、その後、閥族派との闘争に破れ、九九年には一旦小アジアに逃れていたのですが、九一年にいわゆる同盟市戦争（註四）が起こるとローマに呼び戻されました。

この小説では、こうしてローマに戻ったマリウスが、紀元前九一年に九歳になっていたカエサル少年とどのように出会ったのかが語られます。

カエサルはマリウスの甥なので平民派とみなされていましたが、ある時、閥族派の貴族の子供達数人が、「裏切り者！」と罵りながら、ローマ広場で襲いかかりました。それをたまたま見かけた同年の少年ラビエヌスが見かねて助けに入ったのですが、しかし多勢に無勢、散々な目に遭っていた際、「何事だ」と言って止めに入った軍人がいました。これが、カエサルの外伯父、ガイウス・マリウスだったのです。

マリウスは、カエサルとラビエヌスがたった二人で多数の閥族派の少年たちと戦ったのは愚かなことだと叱りました。勝ち目のない戦いは、たとえ臆病者と罵られても回避し、勝てる機会を見つけたら反撃し、最後に勝者となるのだ、と諭し、自らもテウトニ族との戦闘に際し、そのように振舞ったことを語って聞かせました。

五、マリウスとスッラの抗争

同盟市戦争は、カエサルの伯父が提出した『ユリウス市民権法』により全イタリア人にローマ市民権が付与されたのを機に、八九年には終息しました。戦争を主導したのは閥族派を率いていたルキウス・コルネリウス・スッラでした。彼はかつてマリウスの配下でユグルタ戦争に参戦、ユグルタを逮捕する活躍をした男で、八八年には執政官になりました。

スッラは、そのころポントス王ミトリデス六世が近隣諸国への侵攻を始めたのを見て、オリエント出征のための軍団の編成をノラ市で始めました。するとローマで平民会議が、マリウスをオリエント出征の総指揮官とする決議をしました。スッラはすぐにローマに軍団を連れて戻り、平民派を粛清しました。マリウスは国賊にされアフリカに逃亡しました。

スッラが、八七年に執政官キンナに後事をまかせ、オリエントに出陣したところ、キンナが裏切り、マリウスをアフリカから呼び戻し、ローマを制圧しました。マリウスによるスッラ派への復讐は凄まじいものでした。

八六年には、マリウスが執政官に就任しました。これが七度目の執政官就任で、ローマ史上、他に類を見ません。しかし就任直後の一月十三日に死亡してしまい、キンナが独裁を始めました。

スッラは、急遽ミトリデス王と講和しましたが、ローマに戻らず、ギリシャに居続けました。

八四年にはカエサル（十六歳）が、コルネリアと結婚しました。コルネリアは、執政官キンナの娘で、婚約した時には十一歳でした。彼女が十三歳になり、まだ半ば少女ながらも子供が産めるようになるのを待って、結婚式を挙げました。

スエトニウスの『ローマ皇帝伝』で、「カエサルは色を好み、放埒であった。そして名門の婦女子を多く誘惑し、辱めたというのが定説である」とされていますが、ポステギッリョは、「カエサルが生涯で本当に愛したのは二人だけだった。ひとりはクレオパトラで、もうひとりは彼の最初の妻コルネリアだった」としています。典型的な政略結婚でしたが、彼らは熱愛し、すぐに娘のユリアをもうけました。

八四年に、キンナはスッラを討つため、ギリシャに向かったのですが、途中、アンコーナで不満を抱いた部下たちに囲まれ刺殺されてしまいました。

八三年には、スッラが遠征から戻り、メテルス・ピウス、クラッスス、ポンペイウスの参戦も得て、平民派軍と激戦、八二年十一月一日のローマ城壁の戦いで戦争を終結させました。平民派は一掃され、マリウスの息子は死に、マリウスの副官だったセルトリウスはスペインに逃亡しました。

カエサルも、マリウスの甥でしたから、処刑者リストに入っていたのですが、まだ十八歳と若く、政治活動もしていなかったので、スッラ周辺からも助命が乞われ、スッラは渋々同意しながらも、「君たちには分からんのかね？　あの若者の中には百人のマリウスがいることが」と言ったとされています。

スッラは、カエサルに、キンナの娘コルネリアと離婚し、自分の薦める貴族の娘と結婚せよと迫りましたが、カエサルはこれを拒否しました。スッラが自分への侮辱だと怒るのを見て、カエサルは身の危険を感じ、小アジアに逃亡しました。

そこで、レスボス島攻略戦に参加、その時スッラ死去の報を聞きました。スッラは八〇年には独裁官を辞任、クーマ市に引退、娼婦を侍らせて放蕩に暮らし、七八年に死去したのです。そこでカエサルはローマに戻りました。帰国早々、平民派のマルクス・アエミリウス・レピドゥスが挙兵。カエサルにも誘いがあったのですが、彼はこれを拒否しました。レピドゥスの挙兵はポンペイウスによって鎮圧されてしまいました。

六、ドラベラ裁判

当時、有能で野心的な若者が世に出る手段として、弁護士がありました。当時の弁護士は検察側にもなり、罪を犯した者を告発することもありました。カエサルもまず告発側に回ったのですが、最初の裁判では敗訴でした。そして次に、手がけたのが、七七年のドラベラ裁判でした。

前マケドニア総督のドラベラの悪行を、被害者のマケドニア住民の要請で検事として告発したのです。ドラベラは時の権力者でしたから、裁判長、判事、弁護人も買収、カエサルは、検事役を引き受ければ命を狙われる危険もある中で、敢然と受けて立ちました。

裁判は、先ず検事の選出で始まりました。検事に立候補したのは、雄弁家として名高いキケロとカエサルでしたが、五十二人の判事たちが全員カエサルを推しました。カエサルは、買収された判事たちが、検事にはより無能な者を推すことが分かっていましたので、故意に未熟なスピーチをして自分が選出されるよう計らったのでした。被告のドラベラは、未熟な若者が検事に選出されたのを喜んではいましたが、かねてスッラが「あの若者は危険だ」と言っていたのを思い出し、一抹の不安を覚えました。

カエサルは、検事に選ばれるや、裁判長メテルスの忌避を申し立てました。彼は直前までスペインの総督だったのですが、当時のスペインではマリウスの腹心だったセルトリウスが蜂起していました。それを制圧もせずスペインを離れたのはローマの危機を招くものだと攻撃し、メテルスを辞任に追い込みました。後任の裁判長には、カエサルの生涯のライバル、ポンペイウスが就きました。

そして、審理が始まり、ドラベラの悪事を告発した最初の証人は、道路技師でした。彼は、マケドニアの主要道路の補修工事を契約したのですが、ドラベラが着任すると契約が取り消され、工事はドラベラの手の者に渡されました。しかも、現実には補修工事はなされず、道路が悲惨な状態になっている、それにも拘わらず、工事代金は支払われている、というのが告発の内容でした。するとドラベラの弁護士が、技師の旅行費用は誰が出したのかと糾し、カエサルだとの答えを引き出すと、このように買収された証人は無効だと退けました。

次の証人はアフロディテ（英語ではビーナス）寺院の老司祭でした。ドラベラが、道路補修のため税を設けたにも拘わらず、工事が行われなかったこと、マケドニア産の小麦をエジプトから輸入したと偽り、運輸費用と税金を着服したこと、アフロディテ寺院から彫像その他の宝物を略奪したことを告発しました。するとドラベラの弁護士は、司祭に様々な質問を投げかけ、司祭が高齢と長旅の疲労ゆえに答えが乱れると、このような耄碌した老人を証人にするとは、カエサルが経験の浅い若者とはいえ、ひどすぎないかと非難し退けました。

三人目にマケドニアの貴族の娘ミルタレが証人として、ドラベラの凌辱を告発しましたが、ドラベラの弁護士は、女の証言は信用できないとして、トロイの総大将だったアガメムノンを風呂場で殺害した妻クリュタエムネーストラを例として挙げました。カエサルは、アガメムノンが出陣に先立ち娘のイービゲネイアを犠牲にしたこと、トロイから戻った時にはカサンドラを伴ってきたことから、妻には夫を殺害する謂れがあったのだと反論しました。そして、ミルタレには、ドラベラを告発する十分な理由があるとしました。

ドラベラは、被告人の最終弁論で、「マケドニア人はローマの裁判に値しない。過去に見るべきものがあったにしろ、ローマの情けで生き延びているに過ぎない。あのアレキサンダー大王は何世紀も前に死んでいるのだ」と述べました（註五）。この「アレキサンダーは死んでいる」という発言が実は彼の命取りになりました。

弁護人の最終弁論では、カエサルがマリウスの甥であり信用できないこと、検事は証人を買収したり、ぼけ老人に証言させたり、淫らな女を証人にしたり、全くとるに足らず、ドラベラの無実は明白であるとしました。

カエサルは、最終弁論でこう締めくくりました。「この裁判では、ドラベラとその犯罪を裁くのみならず、より大きなものを裁くのだ。ドラベラとその弁護人たちは、ドラベラはローマだと私たちに思い込ませようとしたが、それは真実ではない。あなた方、判事たちもローマではない。ローマとローマの民を代理するのは私だ。今日、この場で、この瞬間には、私がローマなのだ。」

聴衆は熱い拍手を送りました。

裁判長ポンペイウスの判決は、「被告人は判事全員一致で無罪」とするものでした。ドラベラが、個人の利得のため虚偽の税金を住民に課したこと、アフロディテ神殿を略奪したこと、貴族の娘ミルタレを凌辱したことを含むすべての容疑に無罪が宣告されたのです。

聴衆は静まり返りました。ローマでは何も変わらないと思い知らされたのです。カエサルが床を見つめる姿は敗北そのものでした。

七、マケドニア人による真の裁判

ローマは数刻前から嵐に見舞われていました。ミルタレは、嵐のなか、許嫁と父親の他数人のマケドニア人と集い、このような虚偽の裁判ではなく、自分たちが真の裁判を行うとの決意を固めていました。なるべく人気のない所でドラベラを襲って刺殺する、勿論、刺殺が成功するかどうかは分からない、自分たちはおそらく皆殺されてしまうだろう、それでも、ドラベラ襲撃はせずには済まされない、という思いだったのです。


カエサルは、嵐の中を母と妻が家路に急いでいるのを見ました。自分が彼女たちと同行すれば、彼女たちにも危険が及ぶことが分かっていましたので、家に直行せず、迂回することにしました。彼には、友人のラビエヌスの他、十人ばかりのマリウス軍の古参兵が付き添っていました。

すると、ドラベラが、雇い入れた数十人ものならず者や殺し屋を率いて迫ってきました。ドラベラは裁判の間中、カエサルに散々非難され、罵られたのを恨み、カエサルを殺すと決めていたのです。

ローマを流れるティベリウス河の近くで戦いになりました。ドラベラは、多数のならず者たちがカエサルを刺し殺してしまうと確信し、二人の護衛とともに激闘の場から離れました。するとそこに大雨をついてマケドニアの人たちが現れたのです。彼らは護衛を殺したうえで、ミルタレにドラベラを刺すよう促しました。ミルタレはドラベラの下腹部に短剣を突き刺しましたが致命傷にはなりませんでした。

ドラベラのならず者軍団が異変に気が付き助けに来ました。しかし戦闘そのものはカエサル側に優勢に傾いていました。カエサル側は、数は少なくても戦さで鍛えぬいた軍人たちですから、数が多くても訓練されていないならず者の集団には負けません。ドラベラはならず者に護られつつ、ティベリウス河の埠頭へと逃げ込みました。

するとミルタレが、ドラベラを刺した短剣を天にかざし、こう絶叫しました。

「テサロニカよ、アレキサンダーの妹のテサロニカよ。今埠頭にいるその男は、アレキサンダーは死んでいると言ったのですよ。それを大声で、はっきり言ったのです。あなたは、その男と手下どもを殺して、マケドニアの恨みを晴らしてください。」

するとおりしもの豪雨で水かさが増していたティベリウス河が、まるで千のゴーゴンが水から立ち上がったように、あるいは海の神ネプチュンがすべての人魚とともにこの河に怒りをぶつけたかのように、ドラベラとその手下どもを皆水中に呑み込んでしまいました。（註五）

しかし、ドラベラがこの裁判の後どうなったかについては、実は全く知られていないようで、ポステギッリョは敢えてこういう虚構を作り出したのでしょう。

その夜、カエサルは自宅に戻り、母と妻コルネリアと無事を喜びました。すると、外から群衆の叫び声が聞こえてきました。彼らは「カエサル、カエサル、カエサル」と叫んでいたのです。

敗者になったにも拘わらずカエサルを讃えていたのです。カエサルというのは単なる姓に過ぎなかったのが、いずれ皇帝を意味する言葉に昇華し、更にはドイツのカイセルにもなっていきました。これがその走りだったのです。

カエサルは、閥族派からの報復を避けるため、いったんローマを離れることにしました。紀元前七七年、カエサル二十三歳の時でした。その後の彼の活躍は、おそらく二〇二四年に出版される第二部で語られるのでしょう。ここまでのカエサルの生涯については資料がごく少なく、ポステギッリョは想像で補い、一部はまるで御伽噺になっていますが、第二部以降は豊富な資料に裏打ちされた読み応えのあるものになるかと期待します。

（註一）

“alea iacta est（賽は投げられた）”

紀元前四九年一月十日、共和政ローマの本土の北限であったルビコン川を、国法を犯して軍を率いて渡り、ローマへの南下を始めた際に発した言葉でした。英語のCross the Rubicon同様、後戻りのできない重要な決断、行動を取ることを指すのに使われる句になっています。

“veni, vidi, vici（来た、見た、勝った）”は、紀元前四七年ゼラの戦いに勝利したカエサルが、ローマに書き送った言葉です。

“Et tu, Brute?– Then fall, Caesar!（お前もか、ブルータス？　それなら死ね、シーザー）”

これは、シェイクスピアの戯曲『ジュリアス・シーザー』（福田恆存訳）に登場するもので、紀元前四四年三月十五日にカエサルがブルートゥス等に殺害された時に発したとされる言葉ですが。Et tu Brute? は英語ではなく、ラテン語で書かれています。

この台詞がシェイクスピアの創作ではなく、彼の時代には良く知られていた言葉だったのでしょう。三世紀の著作家ディオン・カアシオスの『ローマ史』には、「我が子よ、お前もか」と出ているそうです。

（註二）
プルターク、スエトニウス、塩野七生のドラベラ裁判の記載内容は次の通りでした。
『プルターク英雄伝』（河野与一訳、岩波文庫）
（カエサルは）ローマに戻ると、ドラーベルラを州の統治の専制の廉で告発し、ギリシャの多くの都市がカエサルに証人を送った。ところが、ドラーベルラは無罪の判決を受けた。
スエトニウス著『ローマ皇帝伝』（国原吉之助訳、岩波文庫）
カエサルは執政官級の人で凱旋将軍にもなったことのあるコルネリウス・ドラベラを不法誅求のかどで告発した。彼が無罪放免に決まると、カエサルはロドス島に隠れて住もうと決心した。
塩野七生著『ローマ人の物語』（新潮文庫）
二十三歳になっていたカエサルは、弁護士で身を立てることを考えたようである。弁護士開業はしたものの初回は敗訴だった。
二回目は、大物を狙った。スッラの側近として知られ、執政官も務め、前執政官の官名で小アジアの属州総督までつとめあげたドラベッラである。元老院内でも有力なこの人物への訴因は、属州統治中に不正なやり方で蓄財をした、と言うことだった。ところがこれも敗訴に終わった。
いずれにしても、二十三歳のカエサルの弁護士開業は、見事な失敗に終わった。

（註三）

古代ローマの詩人ウェルギリウスが、アエネアスを主人公とする叙事詩『アエネーイス』を残しました。古代ローマ文学の最高峰です。ギリシャのホメロスの『イリアス』『オデッセイア』に比肩するもので、翻訳には京都大学学術出版会、岡道男・高橋宏幸訳があります。


（註四）

同盟市戦争は、紀元前九一年に都市国家ローマと同盟を結んでいた同盟市のうち、主にイタリア南部の都市国家や部族が、ローマ市民権を求め蜂起した戦争。九一年に、全イタリア人にローマ市民権が付与されたことから実質的に終結した。


（註五）

これは、ギリシャ、マケドニアに伝わる伝説にもとづく虚構です。

ギリシャでは有名な伝説としてエーゲ海に住むテッサロニカという人魚の話があるそうです。伝説によると、アレキサンダーは不死の泉を求めて旅立ち、困難の末に手に入れ、瓶一杯の不死の水で彼の妹の髪を洗いました。アレキサンダーが死んだ時、哀しみに打ちひしがれた彼女は海に飛び込んで命を絶とうとしました。しかし、彼女は死ぬことができず、人魚となって海の男たちに質問を投げかけ続けるようになりました。彼女と出会った男たちに投げかけられる質問は決まっており「アレキサンダー王は生きていますか?」というもので、正しい答えは「彼はまだ生きて国を治めています」です。こう答えると彼女は船を安全に通すため海を穏やかにしてくれます。しかし、「アレキサンダーは死んでいます」と答えた者がいると、彼女は怒り狂ったゴーゴンに姿を変え、船を曲げて船員ごと海にひっくり返してしまったというものです。（ゴーゴンとは、ギリシャ神話で、頭髪が蛇でその姿を見た者を石に変えたと言う怪物）

万葉集を訪ねて
よろずのことのはをあつむ

岩井希文

一、万葉集巻頭の長歌（雄略天皇御製）

泊瀬朝倉宮　御宇　天皇代　大泊瀬稚武天皇

籠もよ　み籠持ち　掘串もよ　み掘串持ち　この丘に
菜摘ます児　家聞かな　名告らさね　そらみつ　大和の
国は　おしなべて　吾こそ居れ　しきなべて　吾こそ坐
せ　吾にこそは　告らめ　家をも名をも

万葉集は二〇巻四五〇〇余首でできているが、雄略天皇御製とされる、この巻頭の長歌で始まる。万葉集の研究家として、東の代表が中西進とすると、西の代表は犬養孝であろう。

中西進には『万葉の心』（毎日文庫）の著書があり、その巻頭に万葉集が次のように紹介されている。

純粋な詩は美しい。日本ばかりでなく、世界の文学の長い歴史は、さまざまな詩をうんで来たし、その中には、われわれの深い感動をよぶものも少なくない。しかしもっとも美しい詩とは、やはりもっとも純粋な心の表現であろう。

「万葉集」というぼう大な歌集は、それこそあらゆる人間感情にわたる詩をおさめていて、それを単純に要約することはむつかしいし、この多様性の中に、われわれのどのような問いに対しても答えてくれる要素もあるのだが、つきつめていった「万葉集」の基本は、心の純粋さにある。

「万葉集」のさまざまな意匠も、実はこの原点をけっして忘れたものではないのである。多様性はその上における変化にすぎない。（中略）

「万葉集」の歌は、凝った技巧を使ったり、複雑な表現はけっしてしないかわりに、単純・率直に表現される。飾りはないかわりに偽りのないこの純粋さは、人間の真実の一点だけを言いあらわしていて、気高く美しい。（中略）

人間はすべて万葉の詩人となることが可能だった。「万葉集」に歌を残した人は、天皇から大道芸人まで、あらゆる種類の人々である。兵士もいれば遊女もいる。農民も漁師もいる。彼らは心から、歌いたいことを歌う形で、この詩集に参加している。

天皇に反逆したとして処刑された、有間皇子や大津皇子の辞世の歌も載せられ、歴史の敗残者へも哀情が深い。この冒頭の長歌は、雄略天皇の宮廷があったと伝わる、泊瀬朝倉宮の丘辺で、籠を抱え掘串をもって、菜摘みをしている乙女に、天皇が家や名前をたずね、ひたむきに求婚しているさまが歌われる。古代では、家や名を訪ねることは求婚を意味した。

しかしこの長歌は、雄略天皇御製というよりは、宮廷の催事や宴等の際に、宮人たちに好まれて詠われた、昔から伝わる歌謡とされる。声を出して詠うと、荘重な力強い調べが伝わる。宮廷だけでなく庶民の間でも、菜摘みや豊作を祝う行事などの際、大勢の人々が大地を踏み、手ぶり身振りで踊り、みなで声高く歌った。これは天皇御製となっているが、庶民の間では、歌詞を適当に変え、自分たちに合わせて歌った。

万葉集には詠み人知らずの歌が半数以上あるが、これらはお祭りなどの際に、庶民に歌い踊りされて伝わったものである。万葉集は現在私たちが手にする、個人の歌集とは性格を異にする。この雄略天皇御製とされる歌も、本来は詠み人知らずで、いつからか雄略天皇御製と伝えられた。

雄略天皇は中国南朝の史書に、朝貢してきた五世紀の倭の五王、讃（仁徳）、珍（反正）、済（允恭）、興（安康）、武（雄略）のうち、倭王武とされる。雄略天皇の和名は、大泊瀬幼武と称され、大は美称、幼は形容詞、泊瀬は大和の長谷で、雄略の宮廷のあった地で、語幹の武をとって武と称した。

他の王の比定には異説もあるが、武王には異説がなく、間違いなく雄略とされる。この五王は仁徳の父である、応神を始祖とする、河内王朝の係累である。四七八年に倭王武が、南朝の宋に提出した上表文がよく知られる。

> 皇帝の冊封をうけたわが国は、中国からは遠く偏って、外臣としてその藩屛となっている国であります。昔からわが祖先は、みずから甲冑をつらぬき、山川を跋渉し、安んずる日もなく、東は毛人（蝦夷）を征すること五十五国、西は衆夷を服すること六十六国、北のかた海を渡って平らげること九十五国に及び、強大な一国家をつくり上げました。王道はのびのびとゆきわたり、領土は広くひろがり、中国の威ははるか遠くにも及ぶようになりました。わが国は代々中国に仕えて、朝貢の歳をあやまつことがなかったのであります。（中略）
>
> いまとなっては、武備をととのえ、父兄の遺志を果たそうと思います。正義の勇士としていさおをたてるべく、眼前に白刃をうけるとも、ひるむところではありません。もし皇帝のめぐみをもって、この強敵高句麗の勢いをくじきよく困難をのりきることができましたならば、忠節をはげみたいとおもいます。

このように応神王朝の諸王は、北から攻勢を強める高句麗に対抗するため、中国王朝の爵号を求めることに熱心であった。倭王武の雄略天皇は、使持節都督倭・新羅・任那・加羅・秦韓・慕韓六国諸軍事安東将軍倭国王と認められた。実はこの上表文では、百済を含めて七国を申請したが、宋は高句麗を配慮してか百済は認めなかった。

四世紀末から五世紀の初めにかけて、高句麗の王だった広開土王の碑が発見され、この頃から日本は上表文にもあるとおり、朝鮮半島に進出し、高句麗などと戦っていた。朝鮮半島の戦況は、時々によって複雑極まりないが、概して言えば日本と百済、高句麗と新羅が与して戦った。

私は雄略天皇を含めた倭の五王を、応神を祖とする河内王朝の諸王としたが、天皇の漢風諡号は、天皇の死後に贈られた。この諡号に神がつくのは、初代の神武、一〇代の崇神、そして一五代の応神の三名である。そして神武と崇神の二人は、ハツクニシラススメラミコト、初めて国を統治した天皇と称される。

皇統は初代の神武以来、万世一系と公称されるが、戦前はともかく戦後は、複数の王統が交替したとする説が、有力に称されている。神武とそれに続く八代の天皇は、津田左右吉以来、神話上の天皇とし、実在しなかったとするのが通説である。崇神天皇は三輪王朝の創始者として、実在したとするのが有力である。

応神天皇は中国の倭の五王の記録などから、存在が確実視される最初の天皇である。神功皇后を母とし九州で生まれ、大和に攻めあがり、異母兄弟の香坂・忍熊二王を倒して、河内王朝を開いた。母の神功皇后にも神の称号があるが、応神が幼少であったため、母の神功が並んで、王朝の創始者とみなされた。雄略天皇はその応神の三世孫である。

埼玉県にある稲荷山古墳から、一九七八（昭和五三）年に発掘された鉄剣を、一九八八（昭和六三）年に、錆止めの修復を行っていた際、エックス線写真により、今まで知られていなかった金象嵌文字が発見された。銘文は表に五七文字、裏に五八文字、あわせて一一五文字が、はっきりと解読でき、世紀の大発見と脚光を浴びた。

（表）辛亥年七月中記　乎獲居臣　上祖名意富比垝　其児多加利足尼　其児名弖已加利獲居　其児名多加被次獲居　其児名多沙鬼獲居　其児名半弖比

（裏）其児名加差披余　其児名乎獲居臣　世々為杖刀人首　奉事来至今　獲加多支鹵大王寺　在斯鬼宮時　吾左治天下　令作此百錬利刀　記吾奉事根原也

（訓読文）

辛亥の年七月、ヲワケの臣記す。上祖の名はオホヒコ。其の児の（名は）タカリのスクネ。其の児の名はテヨカリワケ。其の児の名はタカヒシワケ。其の児の名はタサキワケ、其の児の名はハテヒ。其の児の名はヲワケの臣。世々杖刀人の首と為り、奉事し来り今に至る。ワカタケルの大王のシキの宮に在る時、吾、天下を左治し、此の百錬の利刀を作らしめ、吾が奉事の根原を記す也。

上祖のオホヒコから、この刀剣を作らせ、墓に副葬したヲワケまで、八代の系譜が掲げられている。オホヒコは崇神王朝が、高志道（越の国。後の越前・越中・越後）の征討に、遣わした将軍と伝わり、上祖とすることにより系譜を飾った。その後のヒコ・スクネ・ワケなどの、尊称を有する者も系譜を飾ったとされ、最後の三代のみが実在したと推測される。最後のヲワケの臣が、ワカタケル大王（雄略天皇）のシキの宮に、杖刀人の首、親衛隊長として奉事した。この刀剣を作らせ、刀とともに稲荷山古墳に葬られた。辛亥年は雄略が在位した四七一年と推測される。

この刀剣により獲加多支鹵が、ワカタケルと解読され、雄略天皇であることが判明した。これより先に一八七三（明治六）年に発見され、摩耗が著しく解読できなかった、熊本県の江田船山古墳から出土した鉄剣の銘も、ワカタケル、雄略天皇と解読された。五世紀末には大和王権の支配が上表文の通り、九州から関東まで及んでいたことが判明した。

万葉集の冒頭に、なぜ雄略天皇の御製とされる長歌が選ばれたのか。天皇になるにあたり、ライバルとなる皇子など五人を誅し、暴虐の天皇とも評されるが、一方で古代の画期を成した、英雄的な天皇とも称賛される。

当時天皇家と深い縁戚関係にあり、天皇家を凌ぐと称されるほど、勢威のあった葛城氏を滅ぼし、その他大和の有力豪族をおさえて皇位についた。この時まで王家は実質上、豪族たちに支えられた、連合政権であったが、雄略天皇から専制国家となり、初めて王から大王と称された。この頃はまだ天皇の尊称はなかった。万葉集の巻頭を飾るにふさわしい天皇だった。

ここまで万葉集巻頭の、雄略天皇の歌を紹介したが、万葉集で年代的に一番古い歌は、仁徳天皇の皇后、磐姫の歌（巻二―八五〜八八）四首と考えられる。磐姫は武内宿祢の孫、葛城襲津彦の子であるが、古代にはいかに勢力を誇った葛城氏とはいえ、臣下の身では皇后になれなかった。磐姫は臣下で皇后になった最初で、嫉妬深かった皇后としてもよく知られる。

しかしこの歌も雄略天皇御製と同じように、巷間に流布していた歌が四首集められて、磐姫の作として載せられた。万葉集の頃は、歌は作者が誰かなど論外で、人々の共有財産であった。

ありつつも　君をば待たむ　打ち靡く

わが黒髪に　霜の置くまでに（巻二―八七）

こうやって外にいつづけて、あの方をお待ちしています。この靡いている私の黒髪に、夜の霜が重ねておくまで。別に年老いて白髪になるまでとの説もある。

陰口（こもりく）の泊瀬

私は梅雨入り前の六月初旬、雄略天皇が在位したとされる、泊瀬朝倉宮旧跡を訪ねた。近鉄大阪線の大和朝倉駅で降りる。大阪からは長谷寺のひとつ手前の駅である。初瀬川に沿って、旧伊勢街道、国道１６５号線が並行して走る。陰口（こもりく）の泊瀬と愛称されるように、山に囲まれた隠れ里の情緒を残す。

今も旧家が並ぶ伊勢路を、駅から三〇分程歩いて、加賀白山（はくさん）から勧請（かんじょう）したとされる、白山神社にたどり着く。伊勢街道は、日本最古の神社と伝わり、三輪山をご神体とする、大和の一の宮大神（おおみわ）神社と、天皇の祖神天照大神を祀る、伊勢神宮を結ぶ、最古の街道の一つである。この白山神社の境内に、地元桜井市の生んだ、保田與重郎（やすだよじゅうろう）の手になる、「万葉集発耀讃迎碑」の石碑が立つ。雄略天皇御製の歌の発祥地の記念碑である。

万葉集発燿讃迎碑

保田は戦前の昭和一〇年代から戦時中にかけて、日本を代表する文芸評論家で、伝統的な日本文化の擁護を、舌鋒鋭く訴えた。戦後は好戦的知識人として、公職追放を受け文壇から葬られた。しかし戦後日本の論壇にも激しく反抗し、自己の節操を曲げなかった硬骨漢である。保田が最も嫌いそうな、ゆがんだ写真となってしまったが、足場が悪くお許しいただきたい。

大和朝倉には食事する店もないので、次の長谷寺まで行き、その参道で食事とお酒をいただいた。牡丹(ぼたん)の咲く頃ここ長谷寺を訪れ、さらに二時間程山道を歩いて、石楠花(しゃくなげ)の咲く室生寺を尋ねたのを、懐かしく思い出す。このコロナ禍で、参道を賑わしたお店の、半分ほどが閉じたと聞いて、暗澹たる気持ちを抱いて家路についた。

二、大伴家持の万葉集最終の歌

（天平宝字）三年春正月一日、因幡の国庁にて、国の郡司等に饗を賜へる宴の歌一首

新しき年の始めの初春の今日降る雪のいや重け(し)吉事(よごと)

右の一首は、守大伴宿禰家持之を作る。

先に万葉集は二〇巻、四五〇〇余首でできている旨記したが、これが最後の四五一六首目にある、大伴家持の歌である。正月一日に因幡の国司であった家持が、国庁で詠んだこの歌が、万葉集の最後の歌である。この律令制初期の頃は、後の時代と違って、国守は必ず現地に赴任した。

正月の一日には宴を開いて、地元の有力者である郡司等を招いて、国庁の関係者とともに、お祝いをするのが慣例であった。大雪は豊作の吉兆とされ、正月に当たり今年の豊作と、吉(よ)い年であることを、歌にして言霊(ことだま)に託した。しかし因幡の国司への赴任は、後にも記すが明らかに左遷で、家持は歌の内容とは異なり、大伴氏の傾き行く将来を思い、祝いの歌とは裏腹に、暗澹とした気持ちであった。

万葉集の編集者が誰かは定かでなく、複数人いたと考えられるが、家持が全編にわたり重要な役割を果たし、完成時の最終の編集者であったと推測される。万葉集に蒐集されている時代とは、舒明天皇の御代（六二九～六四一）から、この家持の最終の歌が作られた、七五九（天平宝字三）年まで、約一三〇年程を指す。なお舒明天皇は、天智・天武天皇の父である。

家持は歌人でもあった父の旅人(たびと)を亡くして後、大伴氏の長である氏(うじ)の上(かみ)を継ぎ、伝統ある名門大伴氏を、統率する立場にあった。次は『古事記』が描く、天孫降臨の描写であるが、大伴氏が天孫を先導する重大な役割を果たす。

天津日子番能邇邇芸命(あまつひこばのににぎのみこと)に詔(の)りたまひて、天の石位離(いはくらはな)ち、天の八重たな雲を押し分けて、いつのちわきちわきて、天の浮橋にうきじまり、そりたたして、筑紫(つくし)の日向(ひむか)の高千穂のくじふるたけに天降(あまくだ)りましき。かれここに天忍日命(あめのおしひ)、天津(あめつ)久米命(くめの)二人、天(あめ)の石靫(いはゆき)を取り負ひ、頭椎(くぶつち)の太刀(たち)を取り佩き、天のはじ弓を取り持ち、天の真鹿児矢(まかこや)を手挟(たはさ)み、御前(みさき)に立ちて仕え奉りき。天忍日命(あめのおしひ)、こは大伴連等(おおとものむらじら)の祖(おや)、天津(あめつ)

久米命、久米直等の祖なり。

（現代語訳）

天つ神はヒコホノニニギ命に仰せ言を下され、ニニギノ命は高天原の神座をつき離し、天空にいく重にもたなびく雲を押し分け、神威をもって道をかき分けかき分けて、途中、天の浮橋から浮島にお立ちになり、筑紫の日向の高千穂の霊峰に、天降りになった。そのときアメノオシヒノ命・アマツクメノ命の二人は、立派な靫を負い、頭椎の太刀を腰に着け、櫨弓を手に執り、真鹿児矢を手挟み持って、天孫の先に立ってお仕え申し上げた。なおそのアメノオシヒノ命は、大伴連の祖先、アマツクメノ命は、久米直の祖先である。

このように大伴氏の始祖は天忍日命で、天照大御神の孫、天孫の邇邇芸命を先導し、この国に降臨したとある。このような大伴氏の名誉ある地位は、古事記記述の背景となった、六世紀の頃に大伴氏の果たした、名誉ある歴史的役割を反映している。

五世紀末に雄略天皇が即位した時に、物部氏とともに大伴室屋が、最高の位階である大連になる。雄略天皇が亡くなった時に、皇位を競い、起こった吉備の乱では、室屋はこれを鎮圧し、雄略天皇の第三皇子を、第二二代清寧天皇として、位につけ王統を守った。

応神王朝の末裔にあたる、第二五代武烈天皇には子がなかった。この時越前から、応神五世の孫と称する男大迹王が、武烈天皇の姉の手白髪命を皇后として、天皇家を女系でつないで、継体天皇として即位した。継体天皇は越前の豪族出身で、応神天皇の五世孫と自称したが、実力で天皇位を奪った、征服王朝とする説も有力である。越前を出てから大和にたどり着くまで、本格的な戦争はしていないが、抵抗する勢力があったか二〇年を要している。

この時越前から男大迹王を呼び寄せ、継体として即位させ、皇統の断絶を防いだ第一の功労者が、大伴金村大連である。金村は先述した大伴室屋の孫である。先に歴代の天皇の漢風諡号に神がつくのは、王統の創始者との説を記したが、継体は神はつかないものの、王朝の創始者を連想させる、意味深長な諡号である。

継体は五〇七（継体元）年に、河内の樟葉宮（現大阪府枚方市）に迎えられて、二六代天皇として即位した。ここの宮に四年居て五一一（継体五）年に、宮を山背の筒城（現京都府京田辺市）に移し七年居た。五一八（継体一二）年に、宮を同じ山背の弟国（現京都府長岡京市）に移しここに八年、そして五二六（継体二〇）年に、やっと大和の玉穂（現奈良県桜井市）に宮を設けた。

大和王権の本拠地に入るのに、二〇年の歳月を要した。継体天皇擁立に大きく貢献のあった大伴氏は、物部氏とともに、最高の階位である大連を引き継いだ。継体天皇治世の時に、九州で新羅と組んで磐井の大乱があったが、この大乱を征圧したのも、大伴氏と物部氏である。

このような六世紀の歴史的貢献があって、『古事記』の描く神話の世界で、大伴氏が天孫降臨の先導役を、そして物部氏は神武東征に重要な役割を果たす。大伴氏や物部氏は、天皇直属の親衛軍であり、葛城氏、蘇我氏、和邇氏、平群氏、後の藤原氏等、奈良盆地在俗の豪族とは出自が異なる。大伴氏はこのような出自に対して、高い誇りを抱いていた。

また後世のこととなるが、六七二（天武一）年に、壬申の乱があった際には、大伴一族の大伴吹負が、三輪氏や鴨氏等大和の豪族を味方につけ、大海人軍に味方して大和を制圧した。近江朝は兵力を二分して、美濃と大和に向かわねばならなかった。この戦いでも大伴軍は、大海人軍勝利に大きく貢献し、『古事記』編纂の発起人である、後の天武天皇の信頼を勝ち得た。

家持は若い頃、七四六（天平一八）年から、七五一（天平勝宝三）年までの五年間、越中の国守として赴任した。二九際から三四歳の頃である。この越中生活は家持にとって、歌人となるための都ではできない、貴重な体験を得る年月であった。

万葉集に残る家持の歌は、四八五首と他の歌人より断然多く、家持を万葉集の編集者とみなす、最大の根拠である。そのうち越中時代の歌が、半分近い二二〇首である。赴任の後半には、歌人として有名な伯母の、大伴坂上郎女の娘で妻となった、坂上大嬢を呼んで同居した。強い望京の念を抱きつつも、都の政争から離れた、家持にとって幸せな時代であった。次はこの越中時代の代表作の一つである。幸せな雰囲気が伝わってくる。

天平勝宝二年三月一日の暮に、春の苑の桃李の花を眺めて作れる歌

春の苑　紅にほふ　桃の花
下照る道に　出で立つをとめ

家持は七五一（天平勝宝三）年に、少納言となって都に戻り、七五八年因幡国守となって、因幡に赴任するまで七年間都にいた。大伴家の家運は傾くばかりで、家持の苦悩の続く時代となる。七五六（天平勝宝）年二月には、頼りにしていた左大臣の橘諸兄が失脚し、尊敬し庇護してくれていた聖武上皇が亡くなった。

変わって聖武上皇の妻の光明皇太后と、皇太后をいただく藤原仲麻呂の時代となる。光明皇太后は藤原不比等の娘、仲麻呂は不比等の孫である。名門大伴氏・物部氏等が没落、藤原氏の専横の時代が始まる。

聖武上皇の決めた皇太子道祖王が廃され、仲麻呂の都合の

よい大炊王に変えてしまう。遂に翌年の六月に、橘諸兄の子橘奈良麻呂が、藤原仲麻呂に叛乱を起こす。家持は反乱に加勢しなかったが、橘家と大伴家の多くが反乱に味方し、最終的に戦いに敗れ仲麻呂に殺された。

次はこの在京時代の代表作の一つであるが、心楽しい春の雲雀を詠っても、心寂しい孤独感がにじむ。

うらうらに　照れる春日に　雲雀あがり
情悲しも　独しおもへば

春の日遅々として、雲雀正に啼く。傷める意、歌に非ずは、撥ひ難し。よりてこの歌を作り、式ちて、締緒を展べたり。

この歌には「春日に雲雀が鳴く。しかし傷んでいる心は、歌以外に表しようがない。春愁で幽玄優美なだけでなく、私には苦しみに傷む心がある」のような注がある。

因幡国庁跡の家持歌碑
『万葉の人びと』（新潮文庫）
より転載

家持は七五八（天平宝字二）年に、因幡国守となって因幡に赴任する。因幡は前回の赴任地である、能登半島全域を領地に含んでいた、越前と比較しても小国で、また赴任前に就いていた兵部大輔と比較しても、明らかに左遷である。

ただこの在京時代に、家持は兵部大輔として、防人の派遣に携わり、多くの防人の歌や、東歌を収録し万葉集に遺した。東国から徴集された防人は、陸路で難波に集まり、難波からは海路で九州に送られた。

この因幡の国司の時、家持はまだ四〇歳にすぎずこの後、七八五（延暦四）年まで二六年間生きたが、その後の歌はまったく伝えられていない。

私は家持が万葉集最後の歌を詠んだ、因幡の国庁跡を訪ねたいと思っていたが、新型コロナ感染で躊躇しているうちに、急病を患い、入院となり実現できなかった。この「因幡国庁跡」の写真は、そのような理由で、『万葉の人びと』（犬養孝著）から拝借した。

私たちの世代にとっては、因幡と言えば『いなばの白兎』が懐かしく想起される。鳥取駅の北西に、物語の舞台となった白兎海岸がある。この話は『古事記』にあり、主人公の大国主神は、須佐之男命の子孫とされる。

異母兄弟の神々の従者として、大きな袋を背負って、一行の後に従っていた。気多の岬にやって来た時、皮をはがれた白兎が、痛みに苦しんで、泣き伏していた。大国主神が「どうしたのか」と聞くと、「隠岐島に流されて、本土に帰りたいと思い、海にいるワニ（実はサメ）に、仲間を全部集めて、気多の岬まで並んでくれたら、私がその上を踏んで、君たち仲間がいくらか数えてあげよう」と誘った。

渡り終えて岬に着く寸前に、「お前たちは私にだまされたのだ」と言うや否や、最後のワニが私を捕まえて、私の着物をはぎとってしまった。あなたの先に行った、一行が言うには、「海水を浴びて、風の吹く山の上で、風にあたっておればなおる」と言われ、そのとおりにしていると、全身傷だらけになり、ますます痛むと兎は訴えた。

心優しい大国主神は、「今すぐ河口に行って、真水で体を洗い、河口の蒲の花粉を体に塗り、静かに寝転がっておれ」と教えた。この教えどおりにすると、兎の体は元どおりとなった。この後、大国主神は兄弟神達から逃れ、須佐之男命のもとを訪ね、幾多の試練を克服した後、須佐之男命より娘との結婚を許され、葦原中国の統治を譲られる。

その後幾人かの天つ神が、国譲りの使者として、大国主命のもとに派遣されるが、行ったきりで帰らず成功しない。天照大御神は最後に、武力に訴えてもと判断し、剣の神建御雷之男神を遣わした。

出雲国の伊耶佐の小浜に降り到りて、十掬剣を抜き、逆に浪の穂に刺し立て、その剣の前に趺み坐して、その大国主神に問ひて言りたまはく、「天照大御神の命似ちて、問ひに使はせり。汝のうしはける葦原中国は、我が御子の知らす国と言依さしたまひき。かれ、汝の心奈何に」

「この葦原中国は、命のまにまに既に献らむ。ただ僕が住所は、天つ神の御子の天つ日継知らしめす、とだる天の御巣の如くして、底つ石根に宮柱ふとしり、高天原に氷木たかしりて治めたまはば、僕は百足らず八十くまでに隠りてまた侍らむ」とまをしき。

この葦原中国は、仰せのとおり、ことごとく献上いたしましょう。ただわたしの住む所として、天つ神の御子が皇位をお継ぎになるりっぱな宮殿のように、地底の盤石に宮柱を太くたて、大空に千木を高々とそびえさせた神殿をお造り下さるならば、私は遠い遠い幽界に隠退しておりましょう。

この神殿が出雲大社であり、大国主神が祀られている。『古事記』は出雲神話から、この大国主神の国譲りを描き、続いて邇邇芸尊の天孫降臨を描く。

七八一（天応元）年に、桓武天皇が即位する。桓武の父の光仁天皇が、天智系であるにもかかわらず、天皇即位できたのは、光仁の妻である井上皇后が、天武系の聖武の子だったからである。井上皇后の子の他戸(おさべ)皇子が、皇太子となり将来皇位を継げば、天武・聖武の血脈が引き継がれると考えた。

ところがこの母子は、他戸皇子の兄の桓武（当時は山部王）の策謀により、讒訴の罪で幽閉の身となり、後に殺されてしまう。桓武は自分が殺した井上皇后や、他戸皇子の亡霊が揺曳(ようえい)し、また道鏡など堕落した僧侶の巣窟と化した、平城京からの遷都を決意する。七八四（延暦三）年に、新都長岡京を造営し遷都するが、反対の多いこの遷都にあたり、桓武を強力にバックアップし、遷都を進めた藤原種継が、七八五（延暦四）年に暗殺された。

首謀者として早良(さわら)皇太子、桓武の実弟が挙げられた。この事件の直後に家持は没していたが、皇太子の教育・世話役である、春宮職(とうぐうしき)を勤めていた家持も、謀反の張本人として嫌疑をかけられ、官位勲等すべてを剥奪された。桓武は実子の安殿(あて)親王を皇太子にするため、父光仁の意向で皇太子にしていた、弟の早良皇太子をこれも策略でもって廃した。

早良皇太子はこれに怒り、食を断ち憤死している。桓武はこのような、度重なる悪行のためか、晩節悪霊に悩まされる。長岡京は怨霊の都と称され、一〇年で新都平安京に再び遷都された。

烏鷺の戦い

大津港一

「烏鷺の戦い」と言えば囲碁の対局を指すことは周知のとおりである。私は将棋派で囲碁については門外漢であるとしても、井山裕太名人を若手の棋士たちが追い上げているらしいことは承知している。

その「烏鷺の戦い」そのものを最近（十一月中旬）見た。場所は多摩川中流で黒軍はカラスではなく、カワウであったのがちょっと残念であるにしても、黒軍には違いがない。シラサギ数羽が水面のカワウ目がけて威嚇すると、カワウ五十数羽が一斉に飛び立ち、再び白軍を蹴散らすように羽をばたつかせ白軍を退去させること数回。カワウが水面を波立たせて鮮やかに着水するさまは見ごたえがあった。近々白軍はシベリア方面へ退去することになるのであろうが、この戦いに死者はなく、謂わば毎年の風物詩なのであろう。

この風物詩に出くわした幸運を感じながら、思いを西方に転じれば、人間同士の「ウ・ロの戦い」は悲惨である。今年二月、ロ軍は新ナチズムの台頭を許さないとか何とか理由をつけウクライナに侵攻し、今や紛れもない戦争状態が続いている。これから厳寒期にはいり、気温はマイナス十度を超えるという。ウクライナ首都のインフラは壊滅状態らしい。私たちは西側からの情報だけでロシア（プーチン）の非を鳴らすが、実情はわからない。としても、ウ・ロ両国の庶民の暮らしが難儀していることは想像がつく。かつて朝鮮戦争で「成り金」が続出したように、戦争で誰が笑っているのかも……。

春雷

タカ子

微熱の掌（て）そへればひらく冬菫（ふゆすみれ）
冷えまさる長き廊下を摺り足で
雪空や熊はときをり覚醒す
日当りて客ある気配冬館
金の湯の濁りにほろと春の雪
ものの芽や忘るることも良しと為し
豆苗（とうみょう）のいつせいに向く春の窓
いもうと来（く）ミモザの花屑こぼしつつ

春雷やピエロ人形ぎくとして

揚羽には揚羽のおもひ飛び去りぬ

紫陽花の白こそよけれ夕されば

ズハズハと浅漬の茄子裂きにけり

老人に情念すこし豆寒天

斥候の蟻一兵を見失ふ

「それでね」と続きのやうに秋立ちぬ

新涼の風入れてより二度寝かな

ふた筋に雲別れゆく秋夕焼(あきゆやけ)

水澄むや具象で語る詩を愛し

ひとり居に月冴えわたる何事ぞ

いさよふて欠けつつ月の上りくる

漢詩の世界　第五回
――唐の詩　晩唐

桑名靖生

唐代約三百年（西暦六一八年～九〇七年）の最後の八十年を中国文学史では晩唐としている。

唐が滅亡直前の、燃え尽きる炎が一瞬輝きを見せるが如く、唐詩最後の華を咲かせた時期である。

杜牧・李商隠・于武陵・林逋などの詩人が唐詩の掉尾を飾る。

荊　叔（生没年未詳）

生まれも生地も、官歴もいっさい分からない人物。明末に編纂された「唐詩選」に次の一首を残すのみである。

題慈恩塔　　　慈恩の塔に題す

漢國山河在　　漢国　山河 在り
秦陵草樹深　　秦陵　草樹 深し
暮雲千里色　　暮雲 千里の 色
無處不傷心　　処として 心を 傷めざるは 無し

《語釈》

慈恩塔：長安（現在の西安）大慈恩寺の境内に残る七層の仏塔。大雁塔とも呼ばれる。貞観二十二年（六四八）に建立され、玄奘三蔵が初代の住職となった。漢国：唐朝廷をはばかり、唐を漢に託して表現する（白楽天「長恨歌」など）ことが多いが、ここはそのまま漢の国の意味である。秦陵：秦の始皇帝の御陵。西安市の東郊、驪山の麓にある。千里の色：果てしなく空をおおう雲の様子。

《大意》

今に残る漢の国のものといえば、見渡す限りの山や河だけ。権勢を誇った秦の始皇帝の御陵も、草や木が生い茂り、人の世のはかなさを感じさせる。

果てしなく空を覆う夕雲、宵闇。どこもかしこも目にふれる風景は心をわびしくするものばかりである。

国家の衰運を傷む響きをこめた懐古の詩であり、大雁塔から眺めた光景に、今の世の行く末を案じる思いを詠っているかのようである。

唐の荒廃した国土、退廃した世相を視て、作者の悲哀感は痛切である。起承の二句は、杜甫の「春望」《国破れて山河

在り 城春にして草木深し》を思い浮かべる。

杜牧（八〇三〜八五二）

字は牧之。号は樊川。太和二年（八二八）進士に及第、更に上級試験である賢良方正科にも及第してエリート官僚としての第一歩を踏み出す。

洪州（江西省南昌市）・宣州（安徽省宣城県）・揚州（江蘇省揚州市）各地に赴任。当時揚州は有数の大都会で、繁華を誇っていた。

美男子で遊び好きで三十歳を過ぎたばかりの杜牧は、夜ごとに酒と女に酔いしれていたという。

杜牧の詩は、軽妙洒脱が持ち味で、特に七言絶句にその才能が発揮された。盛唐から中唐へと洗練されてきた詩の美しさ、うまさの感覚を継ぎ、風流な貴公子杜牧の才能が花開いたと考えられる。晩唐第一の詩人である。杜甫を「老杜」というのに対し。「小杜」と呼ばれる。

題烏江亭
勝敗兵家事不期
包羞忍恥是男児
江東子弟多才俊
捲土重来未可知

烏江亭に題す
勝敗は 兵家も 事期せず
羞を包み 恥を忍ぶは 是れ男児
江東の 子弟 才俊 多し
捲土重来 未だ知るべからず

《語釈》
烏江亭：安徽省和県の東にあった渡し場。漢の劉邦と戦って敗れた楚の項羽が、ここまで落ち延びてきて、ついに壮絶な最期をとげた。　兵家：兵法家。軍事専門家。　不期：予測することができない。　江東：長江の東岸。江南地方、項羽の本拠地。　才俊：優れた人材。　捲土重来：一度敗れた者が再び力をたくわえて勢力を盛り返すこと。

《大意》
いくさの勝敗のゆくえは、戦略家でさえも予測のつかないものである。恥をしのび、耐え、再起を計ってこそ真の男児といえよう。項羽の本拠地である江東の若者たちには、優れた人物が多いというから、もしその地に力をたくわえて、地を巻き上げるような勢いで攻めのぼってきたら、その結果はどうなっていたかわからなかったであろうに。

遣懐
落魄江湖載酒行
楚腰繊細掌中軽
十年一覚揚州夢
贏得青楼薄倖名

懐いを遣る
江湖に落魄して 酒を載せて行く
楚腰 繊細 掌中に 軽し
十年 一覚 揚州の 夢
贏し得たり 青楼 薄倖の 名

《語釈》
遣懐：心にわだかまっている思いを述べる。　落魄：落ちぶれ不遇となること。ここでは心がすさみ、行いが乱れること。杜牧は若い頃、揚州で酒色におぼれる生活をしていた。
江湖：江南地方。　楚腰：腰の細い楚の国の美女。　贏得：結局得たのは、ただそれだけだった。　青楼：妓楼・遊女屋。本来は高貴な女性が住む高殿の意味。　薄倖：幸せがうすいこと。ここでは薄情者、浮気男。

《大意》

江南地方で遊び暮らした時には、どこへ行くにも舟に酒樽を乗せて行った。昔の楚の美女もかくやと思うばかりのほっそりした腰の美女も抱いたものだ。

それから十年、揚州の夢が覚めてみると、残ったものは青楼での浮気男の評判ばかり。

当時、中国第一の商業都市として繁栄をきわめた揚州、そこには数えきれないほどの妓楼が軒を並べていたという。この揚州での数年間、杜牧は日々妓楼に入りびたって、歓楽の生活におぼれていた。それから十年後の追憶と悔恨を詠っている。

江南春

千里鶯啼緑映紅
水村山郭酒旗風
南朝四百八十寺
多少樓臺煙雨中

江南(こうなん)の春(はる)

千里(せんり)　鶯(うぐいす)　啼(な)いて　緑(みどり)　紅(くれない)に　映(えい)ず
水村(すいそん)　山郭(さんかく)　酒旗(しゅき)の風(かぜ)
南朝(なんちょう)　四百八十寺(しひゃくはっしんじ)
多少(たしょう)の　楼台(ろうだい)　煙雨(えんう)の中(うち)

《語釈》

江南：長江下流の南の地方。　水村：川のほとりにある村落。　山郭：山すその村。　酒旗：酒屋の看板ののぼり。　南朝：江南地方の建業（現在の南京）に都を置いた呉・晋・宋・斉・梁・陳の六王朝。　多少：多くの。　楼台：寺院の塔や鐘楼などの高い建物。　煙雨：霧雨。

《大意》

見渡す限り広々とつらなる平野のあちこちからうぐいすの声が聞こえ、木々の緑と花の紅が照り映えている。

水辺の村や山沿いの村の酒屋の旗が春風になびいている。

一方、古都金陵には、南朝以来の寺院がたくさん立ち並び、その楼台が春雨の中に煙っている。

江南地方の春を詠みこんだ詩である。前半は晴天の明るい農村風景。うぐいすが啼き、見渡す限りの緑と紅の世界。そこかしこに酒屋ののぼりがはためいている。後半は一転して春雨にけぶる古都の風景。天候も風景も大きく変わっているが少しの矛盾も感じさせない江南地方の春を見事に描いている。

山行

遠上寒山石徑斜
白雲生處有人家
停車坐愛楓林晩

山(さん)行(こう)

遠(とお)く　寒山(かんざん)に　上(のぼ)れば　石径(せっけい)　斜(なな)めなり
白雲(はくうん)　生(しょう)ずる処(ところ)　人家(じんか)　有(あ)り
車(くるま)を　停(とど)めて　坐(そぞろ)に　愛(あい)す　楓林(ふうりん)の晩(くれ)

霜葉紅於二月花　　霜葉は 二月の花よりも 紅なり

《語釈》

山行：山歩き。　寒山：秋、木の葉が枯れ落ちたもの寂しい山。　石径：石の多い小道。　坐：なんとはなしに。　霜葉：霜によって紅葉した楓の木の葉。　二月花：旧暦二月は現在の三、四月ごろ、紅い桃の花の盛りのころ。

《大意》

遠く、もの寂しい山に登って行くと、石ころの多い小道が斜めに続いている。その遥か上の白雲が生じるあたりに人家が見える。

車を停めさせて気の向くままに夕暮れの楓の林の景色を愛で眺めた。霜のために紅葉した楓の葉は、春二月ごろに咲く花よりも、なお一層赤いことであった。

この詩の特長、妙味は、霜に打たれて色づいた楓の葉を、二月の春の花よりも赤いと言ったことである。我が平安の頃からの「花鳥風月」、和歌の道などに詠われた「蛙は鳴くもの」といった世の習いを、芭蕉は「蛙を飛び込ませる」ことによる新しい世界、情景を産み出し、習性の常識を覆したことと軌を一にしていると言えないだろうか。

秋　夕

銀燭秋光冷畫屏
輕羅小扇撲流螢
店階夜色涼如水
看臥牽牛織女星

秋　夕

銀燭 秋光 画屏に冷やかなり
軽羅の小扇 流蛍を撲つ
天階の 夜色 涼 水の如し
臥して看る 牽牛 織女 星

《語釈》

秋夕：旧暦七月七日 七夕。　画屏：絵の描いてある屏風。　軽羅小扇：薄い絹を張った小うちわ。　流蛍：時期遅れの蛍。　天階：天子の宮殿の階段。

《大意》

銀の燭台にともる灯は、秋の光を帯びて屏風の絵を冷たく照らしている。宮女は所在なく絹のうちわで流れ蛍を打ったりしている。

天上の夜の気配も冷たい水のように寂しく、床について眺める星は、年に一度だけ逢うという身につまされる七夕の星なのである。

清　明

清明時節雨紛紛
路上行人欲斷魂
借問酒家何處有
牧童遥指杏花村

清　明

清明の 時節 雨 紛紛
路上の 行人 魂を断たんと欲す
借問す 酒家は 何れの処にか有る
牧童 遥かに指さす 杏花の村

《語釈》

清明：季節をしめす二十四節気の一つ。春分から十五日目、陽暦の四月五日ごろに当たる。　行人：道行く人。作者自身。

断魂：心が滅入ること。　借問：ちょっと尋ねたい。　酒家：

酒を売る店。居酒屋。　牧童：牛などを世話する子供。

《大意》

春の盛りの清明節だというのに、こぬか雨がしきりに降っている。その雨は道を行く旅人の私の心をすっかり滅入らせてしまう。

「ちょっと聞くが、酒を売る店はどちらの方にあるのかな」と、牛飼いの子が「あっちの方だよ」と指さした。その彼方には、白い杏の花咲く村があった。

獨　柳

含煙一株柳
拂地搖風久
佳人不忍折
悵望回纖手

独（どく）柳（りゅう）

煙（けむり）を含（ふく）む一株（いっしゅ）の柳（やなぎ）
地（ち）を払（はら）い風（かぜ）に揺（ゆら）ぐこと久（ひさ）し
佳人（かじん）折（お）るに忍（しの）びず
悵望（ちょうぼう）して纖手（せんしゅ）を回（かえ）す

《語釈》

悵望：悲しげに遠くを見る。　纖手：しなやかな細い手。

《大意》

薄もやに包まれた一本の柳。枝は低く地に垂れて風にそよいでいる。

一枝手折ろうとした佳人も、そのやさしい風情が愛おしく折るに忍びず、何を想いめぐらしたのか、憂わしげに遠くを見つめ、そのままそっと手を引いてしまうのだった。

赤　壁

折戟沈沙鐵未銷
自將磨洗認前朝
東風不與周郎便
銅雀春深鎖二喬

赤（せき）壁（へき）

折戟（せつげき）沙（すな）に沈（しず）んで鉄（てつ）未（いま）だ銷（しょう）せず
自（おのず）から磨洗（ません）を将（も）って前朝（ぜんちょう）を認（みと）む
東風（とうふう）周郎（しゅうろう）が与（ため）に便（べん）ならずんば
銅雀（どうじゃく）春（はる）深（ふこ）うして二喬（にきょう）を鎖（しょう）さん

《語釈》

赤壁：古戦場。現在の湖北省蒲圻（ほきけん）県西北にある。長江の南岸。三国時代に、呉の周瑜、蜀の劉備玄徳連合軍が、魏の曹操の百万の水軍を打ち破った処として有名である。蜀の諸葛孔明が風乞いをしたところ、東風が吹く。そこで油をかけた薪に火をつけて船に積み込み。上流から攻めて来る魏の水軍に突っ込ませて全滅させたという。

折戟：折れた矛。　銷：削られてすりへる。　将：手で持つ。　前朝：前の時代。ここでは六朝三国時代を指す。　周郎：呉の周瑜のこと。当時二十四歳の若大将。　銅雀：楼台の名前。曹操が魏の都に建てたもの。屋根に銅製の孔雀がのせられてあった。　二喬：荊州（けいしゅう）の橋公（きょうこう）の二人の娘。二人とも絶世の美人、姉を孫策（孫権の兄）が、妹を周瑜が側室とした。

《大意》

折れたほこが川岸の砂に埋もれて、その鉄がまだすり減っていない。そのほこを手に取って水洗いして磨くと、それはまさしくあの三国時代のものであった。

もし東風が呉の周瑜のために吹いてくれなかったならば、

あの曹操のために、春も深いころ、絶世の美女である喬姉妹は捕らえられ、手ごめにされていたであろう。

　赤壁の古戦場に赴いた杜牧は、六百年という歳月を飛び越えて、その場の人となったかのように、起承二句で、矛を砂の中から掘り出し往時の戦いの武器であると描写。この臨場感は杜牧の優れた才能を思わせる。そして、転結で「あの魏の水軍を焼き打ちにした東風が吹かなければ、きっと喬姉妹は、あの色好みといわれた曹操に手籠めにされていただろう」と、もしという仮定の話にした発想は、北宋から明初にかけて出版された「三国志演義」という三国時代を舞台とした通俗・時代小説によって、蜀の劉備を善玉とし、魏の曹操を悪役とするイメージが一般に流布され、信じられてきたからであり、吉川英治の「三国志」もこの「三国志演義」を下敷きにして書かれている。

《余談》

　漢学者石川忠久先生の講演で、この杜牧の「赤壁」の解説をされ、その際にユーモアたっぷりに、次のような話をされた。

　石川啄木の歌に、《いたく錆びし ピストル出でぬ 砂山の砂を指もて 掘りてありしに》「一握の砂：我を愛する歌」がある。啄木は「唐詩選」をいつも懐中に入れて旅をしていたから、この詩を承知していてこの短歌を詠んだのであろう…と。

　石原裕次郎の歌った「錆びたナイフ」にも、作詞者はこの杜牧の詩を承知していたのではないかと、（これは私の想像であるが）思われる。

　《砂山の 砂を指で掘ってたら まっかに錆びた ジャックナイフが出て来たよ どこのどいつが 埋めたのか 胸にじんとくる 小島の秋だ》（作詞：萩原四朗 作曲：上原賢六）

于　武　陵（八一〇～？）

名は鄴。字の武陵で呼ばれる。杜曲（陝西省西安市南郊）の人。進士に及第したが、役人勤めが性に合わず、琴と書物をたずさえて諸国を歴遊した。洞庭湖、湘江一帯を巡り、その地の風物をこよなく愛した。漂泊の詩人ともいえる。後に、嵩山（河南省洛陽市の南）にこもり、隠遁した。

勸　酒

勸君金屈巵
滿酌不須辭
花發多風雨
人生足別離

酒を勧む

君に勧む 金屈巵
満酌 辞するを 須いず
花発けば 風雨 多し
人生 別離 足る

今、繰り広げられている酒宴は、心楽しくも、またもの悲しいものであると、詠っている。

《語釈》
金屈巵：黄金色をした酒杯。　満酌：なみなみと酒杯に注がれた酒。　不須：…する必要がない。　発：花が開く。
足る：十分にあること。

《大意》
さあ、この金色に輝く杯、心をこめて一献さしあげよう。なみなみと注がれた酒、これを前にして、もう十分だなどと断りなさるな。花が咲いたら嵐が来るのは、この世の人生のならいなのだ。
ほんとうにまあ、人生というものは、別れに満ち満ちていることであるよ。

満酌の「満」が精いっぱい楽しもうというこの酒盛りの雰囲気をよく伝えている。酒を飲む楽しさも、やがては別れ別れになって終わる。それが人生さ、と達観したような口ぶりの裏に、無限の哀愁が漂うのである。
室町時代初期の、頓阿法師（とんあほうし）の和歌

世の中は　かくこそありけれ　花ざかり
山風吹きて　春雨ぞ降る

も、この詩に基づいたものといわれている。

井伏鱒二『厄除け詩集』訳詩

コノサカヅキヲ受ケテクレ
ドウゾナミナミツガシテオクレ
ハナニアラシノタトヘモアルゾ
「サヨナラ」ダケガ人生ダ

杜荀鶴（とじゅんかく）（八四六～九〇四）

池州（安徽省貴池県）の人。杜牧の愛人の子であるとも言われている。四十六歳で進士に及第したが、唐末期、世の混乱を避けて故郷に帰った。
のちに、唐の天下を奪った後梁の朱全忠に重んぜられ、翰林博士となったが、勢力を恃んで、貴族たちを侮り、憎まれて殺害されそうになったという。

夏日題悟空上人院
三伏閉門披一納
兼無松竹蔭房廊
安禅不必須山水
心頭滅却火亦涼

夏日（かじつ）　悟空上人（ごくうしょうにん）の院（いん）に題（だい）す
三伏（さんぷく）　門（もん）を閉（と）ざして　一納（いちのう）を披（ひら）く
兼（か）ねて　松竹（しょうちく）の房廊（ぼうろう）を蔭（おお）う無（な）し
安禅（あんぜん）は必（かなら）ずしも　山水（さんすい）を須（もち）いず
心頭（しんとう）を滅却（めっきゃく）すれば　火（ひ）も亦（また）涼（すず）し

暑熱のさなか、禅の修行に余念のない悟空上人（詳細不明）をたたえた詩である。

《語釈》
三伏：夏至のあとの庚（かのえ）の日の立秋までの三つを称していう。夏の暑さの最も厳しい時節。　一納：僧衣。　房廊：部屋の

廊下。　披：羽織る。着る。

《大意》

暑い三伏の時節、戸を閉めきって僧衣を整えて座す。庭の樹木が家の中に涼しさをもたらすこともない。

安らかな禅の境地には山水を必要とせず、心中の雑念を消し去って悟道に入れば、火の中にあっても涼しさを感じるものである。

わが国の戦国時代、武田勝頼を追って織田信長は、甲州（山梨県甲府市）の恵林寺に至り、勝頼の行方を問いただした。それを拒絶した快川和尚を、信長は寺に火を放ち焼いた。その時、快川和尚は楼門に上り、この詩の結句《心頭を滅却すれば 火も亦涼し》を誦して焼死したと伝えられている。

李商隠（八一三〜八五八）

懐州河内（河南省沁陽県）の人。進士に及第するが、政争、抗争対立の中で、どちらにも属さず不遇な生涯を送った。

夜雨寄北

君問歸期未有期
巴山夜雨漲秋池
何當共剪西窗燭
却話巴山夜雨時

夜雨 北に寄す

君は帰期を問う 未だ期有らず
巴山の夜雨 秋池に漲る
何れか当に 共に西窓の燭を剪って
却って巴山 夜雨の時を 話すべし

作者李商隠は今、都から遠い巴山に在って、降っている秋の夜の雨に寂しい思いをしている現実を、いつの日か過去のこととして、君（おそらく恋人）と振り返り話をすることを、夢見ている…、そういう侘しい思いの詩である。

《語釈》

寄北：北は都の方向を指す。作者はこの時四川に居た。
帰期：都に戻ってくる時期。　巴山：四川省にある山の名。
何当：いつになったら…だろう。　剪：ともしびの芯を切って明るくすること。　西窓：西の部屋の窓。

《大意》

あなたは手紙で、私にいつ帰ってくるのかと言ってよこしたが、まだ帰る時はやってこない。

ここ巴山のあたりには今、夜の雨が降っていて、秋の池に水が満々とみなぎっている。

あなたと一緒に西の窓辺で、ともしびの芯を切りながら巴山に夜の雨が降っていて、寂しかったことを話せるのはいったいいつのことだろうか。

樂遊原

向晩意不適
驅車登古原
夕陽無限好
只是近黄昏

楽遊原

晩に向んとして 意 適わず
車を駆って 古原に 登る
夕陽 無限に好し
只だ是れ 黄昏に 近し

ある日のたそがれ時の、胸に沸き起こる理由の無いいらだちと、とらえどころの無い不安とを、直截的に詠った作品である。

《語釈》

樂遊原：長安城の西南にある小高い原。長安の街から眺めることができる。　古原：樂遊原のこと。古くからの行楽地だった。　只是：確かにそうなのだが、しかし。

《大意》

夕暮れがせまってくると、なぜか心が揺れ、じっとしていられなくなる。車を走らせて気が付いてみると、長安の街を一気に駆け抜け、古くからの行楽地である楽遊原に登っていた。

目の前の夕陽は、総てを包みこむようにして、限りなく美しく輝いている。だが、この夕陽には、たそがれの闇が音もなく忍びよってくるのだ。

温庭筠（八一二〜？）

若いころから文才をうたわれていたが、名門貴族の子弟たちと遊里に入りびたり、酒とばくちにうつつを抜かすなど素行が悪く、何度科挙の試験を受けても失敗し、ついには落ちぶれたまま死んだ。

同時期の李商隠と並び称されるその詩風は、やや退廃的であるが、清冽な趣を持っている。

商山早行

晨起動征鐸
客行悲故郷
鶏聲茅店月
人迹板橋霜
槲葉落山路
枳花明驛牆
因思杜陵夢
鳧雁満回塘

商山の早行

晨に起きて 征鐸を 動かす
客行 故郷を 悲しむ
鶏声 茅店の 月
人迹 板橋の 霜
槲葉 山路に落ち
枳花 駅牆に 明らかなり
因りて思う 杜陵の 夢
鳧雁 回塘に 満つるを

山の宿場で、意に染まぬ早朝の旅立ちを詠った詩である。

《語釈》

商山：陝西省 商県の南東、長安から約百kmのところにある。
早行：朝早く旅に立つこと。　征鐸：旅人の馬の首につけた鈴。　客行：旅の途上。　茅店：粗末な茅ぶき屋根の宿屋。
板橋：板を渡しただけの橋。　槲葉：カシワの葉。　枳花：カラタチの花、春白い花が咲く。　駅牆：宿場の土塀。
杜陵：長安城の南にある高台。　鳧雁：野鴨と雁。　回塘：曲がりくねった池。

《大意》

朝早く起き、馬の首につけた鈴を鳴らして、いよいよ出発する時、旅にあるこの身には、故郷のことがしきりに思い出されて、つらくさびしい。

鶏の声の中、月が粗末な茅ぶき屋根の上に沈みかけて残っている。板を渡しただけの橋の上に霜が降り、既に誰かが通ったのか足跡がついている。

カシワの落ち葉の山路を行くと、カラタチの白い花が宿場の土塀を背景に咲いている。

故郷長安あたりの景色が思われ、目に浮かぶ。今頃は、渡り鳥たちが池いっぱいに群れ飛び、浮かんでいることだろう。

魚玄機（八四三～八六八）

字は幼微。長安（陝西省西安市）の都にある北里（色街）の芸妓屋の娘として生まれた。幼少のころから読書や詩文を作ることを好み、詩を詠むことに熱中した。成長して弘文館学士の李億と知り合い、その妾となる。

のちに、李億の愛が冷たくなると、咸宜観（道教の寺院）に入って女道士となった。

当時、温庭筠をはじめ都の名士たちと親交があり、作品をやりとりしている。

最後は、恋人である李近仁をめぐって、侍女の緑翹を笞で打ち殺したため、捕らえられて処刑された。わずか二十六歳の生涯であった。

中国詩史の上でユニークな位置を占める女流詩人である。

秋　怨

自歎多情是足愁
況當風月滿庭秋
洞房偏與更聲近
夜夜燈前欲白頭

秋怨

自ら歎ず　多情は　是れ　足愁なるを
況んや風月庭に満つる秋に当るをや
洞房偏えに　更声と　近し
夜夜　灯前　白頭ならんと欲す

激情の、それ故に身を滅ぼした女流詩人の、秋の夜に憂い、怨む自身の姿を詠んでいる。

《語釈》
多情：人を思う心が多いこと。　足愁：多愁と同じ。　況んや：ましてや。　洞房：女性の寝室、閨房。　偏：なんといやなことに。　更声：更は、夜を五つに区切る単位。一更ごとに太鼓を打って時を知らせた。　白頭：しらが頭。

《大意》
自ら悔やまれることは、人への情が強いこと、そのためにいつも愁いを抱き悲しんでいる。まして今や秋風が吹き、明月の光が庭一面に照る季節。
ままならぬは、私の部屋のすぐ近くで聞こえる、時を告げる太鼓の音の近さである。
毎夜毎夜、ともしびの前で太鼓の音を聴いているうちに、みどりの黒髪も今や白くなろうとしている。

曹松（八三〇？～九〇一）

字は夢徴。舒州（安徽省潜山県付近）の人。若いころには、洪都（江西省南昌市）の西山に隠棲し、のちに建州刺史（州の長官）の李頻のもとで仕事をしたが、詩を作る以外は全く無能で、実務能力を著しく欠いていた。李頻が死ぬと、再び流浪の身となり、各地をさまよい、生活に長く苦しんだ。

己亥歳
澤國江山入戰圖
生民何計樂樵蘇
憑君莫話封侯事
一將功成萬骨枯

己亥の歳
沢国の江山 戦図に入る
生民何の計あってか樵蘇を楽しまん
君に憑って話すこと莫れ 封侯の事
一将 功成って 万骨 枯る

この詩は唐末に起った「黄巣の乱」（八七五年山東に蜂起した黄巣の指導による農民の反乱。南の方を荒らしまわり、更に長安を占領した。結局この戦乱を機に唐王朝は滅亡の坂を一気に下ることになる）を詠ったものと思われる。

《語釈》
己亥の歳：つちのとい の年。　沢国：沢地の多い地方。水郷。
戦図：戦争の行われている地域。　生民：人々。人民。
樵蘇：樵はきこり、蘇は草刈り。最低限度の生活を指す。
君に憑って：あなたにお願いする。　封侯の事：戦争で手柄をたてて出世すること。大名に取り立てられること。　万骨：数えきれないほど多くの兵卒の命。

《大意》
ここ水郷の国々も、戦乱のためにすっかり荒らされてしまった。人々は、いったいきこりや草刈りをするといった生活をすることができるのだろうか。
どうか、手柄をたてて出世をするなどと口にしないでください。一人の将軍が手柄をたてるその陰には数多くの兵卒の命が失われるのだから。
結句《一将功成って 万骨枯る》は、現代においても独立した格言として有名である。

北宋（九六〇～一一二七）

九〇七年に唐が滅び、「五代十国時代」といわれる戦国戦乱、群雄割拠の時代となる。北方から狩猟民の女真族が満州華北にて金王朝を建国し、更にモンゴル遊牧民が連合体となって遼という国を作る。
そのような中で、唐以来の中国王朝は、北方騎馬民族には常に劣勢ながら、宋王朝を建国する。北宋である。が宋王朝は、金が遼を滅ぼした後、金に攻められ南方へ逃れ、南京に都を移す。以後南宋として一一二七年から一二七九年まで南宋の時代となる。

林　逋（九六七〜一〇二八）

字は君復。杭州銭塘（浙江省杭州市）出身。幼くして父を亡くし苦学したが出世することを求めず、一生仕官をしなかった。各地を放浪の後、杭州に戻り西湖の孤山に廬を結び、町へ出ず、妻をめとらず、梅の花と鶴を妻子のように愛していたので「梅妻鶴子」（梅の妻、鶴の子）と呼ばれた。隠者としての生涯を生きた人である。

山園小梅

衆芳揺落獨暄妍
占盡風情向小園
疎影横斜水清淺
暗香浮動月黄昏
霜禽欲下先偸眼
粉蝶如知合斷魂
幸有微吟可相狎
不須檀板共金尊

山園の小梅

衆芳　揺落するも　独り暄妍たり
風情を占め尽くして小園に向う
疎影　横斜して　水　清浅
暗香　浮動して　月　黄昏
霜禽下らんと欲して　先ず眼を偸み
粉蝶　如し知らば合に魂を断つべし
幸いに微吟の　相狎しむ　可き有り
須いず　檀板と　金尊とを

この詩は、梅を詠んだのにもかかわらず、梅という語を一つも使っておらず、見事にさらりと詠いおさめている。

《語釈》

衆芳：沢山の花々。芳は花の良い香り。　暄妍：光があふれ、景色が美しい。ここでは梅の花が美しく咲いていること。向：在ると同じ。　霜禽：霜の降りる季節に飛ぶ鳥。眼を偸み：こっそりとあたりをうかがう。　粉蝶：おしろいのような白い蝶。　合：将に…すべしと同じ。　微吟：かすかな声で詩をうたう。　狎しむ：うちとけること。　檀板：拍子木。歌の伴奏用。檀はマユミの木。　金尊：酒の美称。尊は酒樽。

《大意》

回りの花が散り落ちてしまった後、ひとり梅だけが美しく咲き、山中の小園をひとりじめにしている。小川の澄みきった浅瀬にまばらな影を斜めに落とし、ほのかな香りがただよっている。月の光も淡い、たそがれ時である。

霜にうたれた白い鳥は、地上に降りようとして、ひそかにあたりを見回し、花のまわりに飛んでいる白い蝶が知ったなら、肝をつぶすほど驚くだろう。

幸いなことに詩を詠うひそやかな私の声が、梅の花とうちとけあって、拍子木も酒樽もいらないくらい、好い気持ちなのである。

欧陽修（一〇〇七～一〇七二）

字は永叔。吉州盧陵（現在の江西省）出身。生まれて四歳で父と死に別れ、母親に育てられた。家が貧しかったため、筆が買えず地面に萩の茎で字を書いて勉強したという。長じて、官僚として高位を極めながらも、官位にしがみつくようなことはなく、古代史研究までをも含む広い学問と読書、芸術、趣味を一身に兼ね、適当な時期に隠退して山水を楽しむ。

このような余裕ある人生を楽しむ態度は、以後の文人官僚の典型となった。

豊樂亭遊春
紅樹青山日欲斜
長郊草色緑無涯
遊人不管春將老
來往亭前踏落花

豊楽亭　遊春
紅樹　青山　日斜めならんと欲す
長郊の　草色　緑　涯無し
遊人　管せず　春将に老いんとするを
亭前に　来往して　落花を　踏む

《語釈》

豊楽亭：作者が滁州（現在の安徽省）で知事を務めていた時、郊外の山中に築いたあずまや。　遊春：ピクニック。春三月には踏青といって、野山を散策する風習があった。　長郊：広々とした田野。　無涯：果てしなく何処までも続く。　遊人：春の行楽に出かける人。　不管：かまわない、気にかけない。

作者は、共に春の行楽を楽しみながらも、ひとり惜春の思いを情景に描き、詠っている。

《大意》

春になり、赤い花をつけた木々と、一斉に芽吹く草木に包まれて青々とした山並に日が傾こうとしている。広々とした野原も若草に覆われ、果てしなく緑が続く。

この春もやがて過ぎ行こうとしているが、気にも止めず、人々はこの豊楽亭の前を行ったり来たりして、散りゆく花びらを踏みつけて行く。

邵　雍（一〇一一～一〇七七）

字は尭夫。道学者として著名。三十代に洛陽に住まいを定めてからは、官位への執着は無く終生在野の学者として過ごした。

その詩風は、あくまでも道学を中心としたために、詩の情趣に乏しい面がある。宋代初期に道学を詩に持ち込んだ詩人として知られる。

清夜吟
月到天心處
風來水面時

清夜の吟
月　天心に　到る　処
風　水面に　来る時

一般清意味
料得少人知

一般清意味
料り得たり人の知ること少なるを

《語釈》
天心：天頂。頭の真上。　一般：一種の、ひとつの。
清意味：清々しい夜の景色がかもしだす興趣。　料得：考えると…と推量することができる。

《大意》

月が天空の真ん中に昇ったころ、涼風が水面を波立たせて渡り過ぎてゆく。

この清々しい夜の景色は、当然見る者の心に感慨とある種の味わいをもたらしてもよいであろう。しかし、世間の人々はこの素晴らしい夜の景色をほとんど知ってはいないようである。

天の頂き高く輝きわたる月、月光に照り映える水面、さざ波立てて渡る風。題名の「清夜の吟」にいかにもふさわしい光景。だが、自然とひとつになって楽しむ人間の希少なことを嘆いている。儒教を信奉し、世俗の喧騒から逃れ、隠棲する作者の心を詠っている。

与謝蕪村に《月天心貧しき町を通りけり》という句がある。蕪村がこの邵雍の詩を承知していたかどうかは分からないが、同じ天心の月を詠んで、「貧しき町」をもってくるところは、やはり俳諧の味わいを感じるのである。

司馬光（一〇一九～一〇八六）

字は君実。陝州（山西省夏県）の出身。二十歳で進士に及第し、御史中丞にまで出世したが、王安石と対立、官を辞して洛陽に引き籠った。

詩人としてよりはむしろ歴史家として有名で、編年体の史書「資治通鑑」は彼の生涯をかけての大著で、洛陽に引き籠りの十五年間に書かれた。

客中初夏
四月清和雨乍晴
南山當戸轉分明
更無柳絮因風起
惟有葵花向日傾

客中の初夏
四月清和雨乍ち晴る
南山戸に当って転た分明
更に柳絮の風に因って起こる無く
惟だ葵花の日に向かって傾く有り

《語釈》
客中：旅先。　清和：気候がさわやか。　南山：南方にそびえる山。　当戸：部屋の入口間近な所まで。　転：いよいよ。
柳絮：柳の綿毛。柳の実が熟して白い綿状になって乱れ飛ぶ。
葵花：ひまわり。

《大意》
初夏の清々しく四月のある日、さっとあがった雨に洗われたように晴れ渡った空。南にそびえる山々が、部屋の戸口間近にあるようにはっきりと見える。もう柳の綿毛が風に飛ぶこともなく、ひまわりが日の方に顔を傾けているのがあるばかり。

《余談》

柳絮といえば、私にひとつ思い出がある。もう三十年も前になるだろうか、五月の連休に北京・上海を旅行した。そこで北京の郊外であったか、白い綿毛が風に舞っているのを見た。

ガイドの中国人が「今日はデモ行進があるので、市内見学はやめて、郊外へ行きましょう」と言って、万里の長城「八達嶺」へ連れて行ってくれた。

いみじくも、その一か月後、一九八九年六月四日、「血の天安門事件」が起きた。

北京の紫禁城など諸所を見学している時にも、何か街がざわついている様子が感じられたが、その事件の予兆があったのではないかと、白く舞う柳絮の綿毛と共に、今にして思う。

王安石（一〇二一～一〇八六）

字は介甫。江西省臨川の出身。詩人として名が高いばかりでなく、文章家としても著名で、唐と宋の名文家八人（唐宋八大家）の一人に数えられている。それだけでなく、政治家としても傑出しており、皇帝神宗の眼にとまり中央で政治を担当するようになり、新法と総称される革新的な諸施策を遂行していった。これは後に政界に新法党と旧法党の対立を生み、宋王朝の寿命を縮めることにつながっていく。

鍾山即事

澗水無聲遶竹流
竹西花草弄春柔
茅簷相對坐終日
一鳥不啼山更幽

鍾山即事

澗水声無く竹を遶って流る
竹西の花草 春柔を弄す
茅簷相対して坐すること終日
一鳥啼かず山更に幽なり

《語釈》

鍾山：南京の郊外にある山。　即事：折にふれて。　弄：充分に発揮すること。日本語の「もてあそぶ」の意味とは異なる。　茅簷：かやぶきの軒。

《大意》

此処私の書斎には谷川のせせらぎが音もなく竹のまわりを流れている。竹の西側には草花が春らしい柔らかな気配を充分に表している。

かやぶきの軒端に、鍾山と向かい合って、一日中坐っていると、鳥一羽啼くでなし、山は一層奥深い静けさを増すかのようである。

この詩、転句は李白の「独り敬亭山に坐す」を意識して作ったと考えられる。先人の詩を読み、作詩することはよくあり、王安石も、王維の「空山人を見ず 但だ人語の響きを聞く」（鹿柴）の、人の声を出すことでより静寂を表現したことを十分承知していたようで、彼はその逆の効果をねらって、水の流れも聞こえず、鳥も啼かない、と詠んだが、「智者、智に溺る」の感が無きにしも非ずである。

初夏即事

石梁茅屋有彎碕
流水濺濺度兩陂
晴日暖風生麥気
緑陰幽草勝花時

初夏即事

石梁　茅屋　彎碕有り
流水　濺濺として　兩陂を　度る
晴日　暖風　麦気を　生ず
緑陰　幽草　花時に　勝れり

《語釈》
石梁：石橋。　茅屋：かやぶきの小屋。　彎碕：湾曲した岸。　濺濺：水が勢いよく流れる状態。　兩陂：両側の土手。陂は堤。　麦気：初夏になり麦が生育した気配。　緑陰　幽草：緑の木陰とその下生えの夏草。

《大意》
石造りの橋、かやぶきの小屋。曲がった岸辺に小川は両側の土手を過ぎて流れてゆく。
心地よく晴れた初夏の日差しに暖かい風が吹くと、勢いよく育った麦の香りがする。こんもりと茂った緑の木陰も下生えの草々も、あでやかな花どきの春よりも勝れているようだ。

夜直

夜直

金爐香盡漏聲残
翦翦輕風陣陣寒
春色惱人眠不得
月移花影上欄干

金炉　香尽きて　漏声　残す
翦翦の　軽風　陣陣の　寒さ
春色　人を悩まして　眠り得ず
月は　花影を移して　欄干に上らしむ

春の朧の夜を詠った詩で、時刻は夜半。春とはいえ、まだうっすらと寒さを感じる頃、宮中に宿直した作者の実体験がもととなった作品である。四行目結句は、時間の推移を花影が欄干に上がることで表現し、印象的で、王安石の洗練された言語感覚をよく示している。

《語釈》
金炉：金属製の香炉。　漏声：水時計の音。漏壺と呼ばれる銅製の器に漏箭という目盛りの棒を立て、水位の減少により時刻を計り、太鼓で時刻を告げ知らせた。　翦翦：そよそよ。　陣陣：時間的な経過を示す言葉。

《大意》
かすかにくゆる香の煙も尽きて、私の宿直するこの部署まで聞こえた時を伝える響きも次第に低くなってゆく。そよそよと微風が渡って、うすら寒さを感じる。
春は人を物思いにふけらせ、眠りにつくことができない。そのうちにも、時は移り、月に映し出された花の影が欄干にまで上がってきた。

蘇軾（一〇三六～一一〇一）

字は子瞻。眉州眉山（四川省眉山県）出身。父の蘇洵、弟の蘇轍と共に散文の大家として知られ、三人とも唐宋八大家に数えられている。詩においては蘇軾が最も優れ、北宋を代表する詩人とみなされている。

二十二歳の時、弟と共に進士に及第し、更に二十六歳の時、官吏任用特別試験に及第し、高等弁務官として官吏の道を歩み出した。

神宗が即位し、王安石の下で新法が施行されると、朝廷は新法党、旧法党に分かれて勢力争いの場となり、蘇軾は新法に批判的意見を示したため、地方官への任が続いた。そして、四十四歳の時、彼の詩に朝廷の政治を誹謗したものがあるとして捕えられ、黄州（湖北省黄岡県）へ流罪となった。神宗が崩御し、旧法党が政権を取ると、都へ召し帰され、また政権が逆転すると再び追放、恵州（広東省恵陽県）へ流罪となり、更に三年後、海を渡った海南島へ追いやられた。異民族の住む熱帯の非文明の地であったが、蘇軾はこの逆境にめげず創作に励んだ。

蘇軾の詩は、幾度の危難に遭いながらも、自然と人間に対する信頼を失わぬ人間性に富み明朗闊達である。日常の平凡な事柄をも詩の題材とし、日々の小さな喜びに人生の意味を認めてうたう。それまでの詩人にない新しい詩境を開いた。

春夜

春宵一刻直千金
花有清香月有陰
歌管樓臺聲細細
鞦韆院落夜沈沈

春夜
春宵一刻　直千金
花に清香有り　月に陰有り
歌管楼台　声細細
鞦韆院落　夜沈沈

《語釈》

春宵：春の夜。　直：値に同じ。　歌管：歌声と管弦の音。　楼台：たかどの。　鞦韆：ブランコ。もっぱら女子の遊びとされた。　院落：中庭。　沈沈：静かに夜が更けていく様。

《大意》

春の夜はひとときが千金にあたいするほどである。花には清らかな香りがただよい、月は朧にかすんでいる。
高殿の歌声や管弦の音は、先ほどまでの賑わいも終わり、今はかすかに聞こえるだけ。人気のない中庭にひっそりとブランコが下がり、夜は静かに更けていく。

起承の二句は、春の夜の華やぎを表し、転句により歓楽の後の静けさが示される。そして結句でひっそりとたれるブランコが更けていく夜の静けさを象徴する。

この夜の静寂にこそ作者にとって本当の千金に値するひとときを見出している。

中秋月

暮雲収盡溢清寒
銀漢無聲轉玉盤
此生此夜不長好
明月明年何處看

中秋の月

暮雲収まり尽きて 清寒溢る
銀漢 声無く 玉盤 転ず
此の生 此の夜 長しなえに 好からず
明月 明年 何れの 処にか 看ん

政府、政治が変わるたびに、左遷、地方へ追放されるなど、人生の変転の中。煌々と輝く明月の夜、月光を浴びて、赴任地での蘇軾の思い、慨嘆の詩である。

《語釈》

銀漢：天の川。　玉盤：満月。

《大意》

暮れ方の雲もまったく収まり、清寒の夜気一段と深まるを覚える。天の川は静かに輝き声もなく、明月は天上を転じ移って、夜は次第に更けてゆく。

我が人生も此の中秋の良夜も、いつまでも変わらずに良いままではあるまい。これから先も、幾変転を免れないであろう。此の月も明年は果たして何処の地で眺めることであろうか。

和孔蜜州五絶東欄梨花

孔蜜州の五絶に和す 東欄の梨花

梨花淡白柳深青
柳絮飛時花満城
惆悵東欄一株雪
人生看得幾清明

梨花は 淡白にして 柳は 深青なり
柳絮の 飛ぶ時 花は 城に 満つ
惆悵す 東欄 一株の 雪
人生 幾たびの 清明を 看得ん

蘇軾四十二歳の作。蜜州（山東省諸城県）の知事の任期満了となり、徐州（江蘇省徐州市）の知事に着任し、蜜州の後任知事の孔子の子孫である孔宗翰に和した詩で、五首連作の内の一つ。清明の佳き時節に盛りと咲く梨の花を詠って、好い事の続き難い人生の無常を詠っている。

《語釈》

東欄：官舎の東側の欄干。　柳絮：前掲、司馬光「客中初夏」参照。　惆悵：傷み悲しむ。　一株の雪：梨の花の白さを雪に例えた。　清明：二十四節気のひとつ。春分から十五日目。

《大意》

梨の花は白く、柳は深い緑。柳の綿毛が飛び交うころ、街はすっかり花で埋まる。庭の東の欄干のそばに、雪のように白く咲いた一本の梨の木があったことを思い浮かべつつ、悲しく私は物思いにふける。

はかない人の一生に、何度このような素晴らしい清明の日と出会うことができるのであろうか。

題西林壁

西林の壁に題す

横看成嶺側成峰
遠近高低無一同

横より看れば 嶺を成し
側よりは峰となる
遠近 高低 一も同じきは無し

不識盧山真面目　盧山の 真面目を 識らざるは
只縁身在此山中　只身の 此の山中に 在るに 縁る

四十九歳の作。当時の革新政治家王安石の新法を厳しく攻撃した蘇軾は、朝廷を誹謗する者として御史台の獄に拘禁された。

一時死を覚悟したが、百日余の後、黄州（湖北省黄岡県）へ流罪となった。その後減刑されて五年後、自由の身となった。

黄州を離れ、筠州（江西省高安県）に向かい、盧山に立ち寄り、麓の西林寺の壁にこの詩を書きつけた。

《語釈》

題：書をかきつけること。　西林：寺の名。　真面目：本来の姿。　縁：…の理由によって。

《大意》

横から眺めれば連なる山々に、すぐ傍から見れば独立してそびえる峰にと変わる。盧山の山々は、遠近も高低もひとつとして同じものはない。

盧山が様々な姿を見せても、その本当の姿を知ることができないのは、他でもなく私がこの山中にあることによるのである。

　澄邁驛通潮閣　　澄邁駅の 通潮閣

餘生欲老海南村　余生 老いんと欲す 海南の村
帝遣巫陽招我魂　帝 巫陽をして 我が魂を 招かしむ
杳杳天低鶻没處　杳杳として 天低れ 鶻 没する 処
青山一髪是中原　青山 一髪 是れ 中原

元符三年（一一〇〇）六五歳の作。政局が逆転し、新法党が復活。蘇軾はまた左遷の憂き目にあう。二度目の流罪である。恵州から海南島へ移された。

三年に及ぶ海南島の生活から本土へ復帰、渡る時に万感の思いをこめて作った詩である。

《語釈》

澄邁駅：澄邁県の宿駅。海南島の北岸、中国本土を望む。
通潮閣：澄邁駅にあった建物の名。　帝：皇帝、天帝を指す。
巫陽：巫女の名。　杳杳：遥かなさま。　鶻：隼。　青山一髪：ひとすじの髪の毛のように連なる山なみ。

《大意》

私は、もはや余生をこの僻地の海南の村で過ごそうと心に思っていた。しかし天帝が巫陽に私の魂を呼び戻すよう命じられた。

遥かに遠く大空は水平線の彼方に低く、はやぶさの姿がかき消える。ひとすじの髪の毛のように連なる山なみ、あれこそ中国の地だ。

南　宋（一一二七〜一二七九）

北宋の首都、汴京（河南省開封）は北方女真族の国、金に占領され、天子の欽宗が金の捕虜として連れ去られた。この戦乱で宋は南方へ逃れ、南京に都を移し、南宋の時代となる。

その後、遊牧民のモンゴルが中国本土に侵略し、一二七一年フビライにより元が建国され、中国全土は初めて征服王朝異民族に支配され、南宋は滅亡した。

陸　游（一一二五〜一二〇九）

字は務観。号を放翁という。陸游が生まれた翌年、北宋の首都が金に占領された。

陸家は、この時の戦乱に追われて逃避行を続け、彼が九歳の時にようやく故郷山陰に落ち着いた。

このような運命に出会い、陸游は一生涯、失われた北方の国土の回復を夢見て、金に対する徹底抗戦を叫び、身を賭して活動し、憂国の詩人と呼ばれた。

遊山西村　　山西の村に遊ぶ

莫笑農家臘酒渾　　笑う莫れ 農家の 臘酒の 渾れるを
豊年留客足鶏豚　　豊年 客を留めて 鶏豚 足れり
山重水複疑無路　　山重なり 水複して 路無きかと疑う
柳暗花明又一村　　柳暗く 花明らかに 又 一村
簫鼓追随春社近　　簫鼓 追随して 春社 近し
衣冠簡朴古風存　　衣冠 簡朴にして 古風 存す
従今若許閑乗月　　今より 若し 閑かに 月に乗ずることを 許さば
拄杖無時夜叩門　　杖を拄いて 時と無く 夜 門を叩かん

《語釈》
臘酒：十二月に仕込み、春になって飲む酒。　簫鼓：たて笛と太鼓。春祭。　閑：のんびり、暇にまかせて。

《大意》
農家の仕込んだ酒がどぶろくだなどと笑いなさるな。去年は豊年で客をもてなすのに充分な鶏と豚がある。山が幾重にも重なりあい、川が方々に折れ曲がっていて、もう道が消えてしまうかと思った時、こんもりと少し暗い柳が茂り、明るく花が咲いていて、こんなところにもまた村があった。笛と太鼓が掛け合いで聞こえてくる。春の祭りが近いのだ。村人の服装は簡素で古風な面影が残っている。
これからも、もし月が出た時に、のんびりと訪ねてきていいのなら、杖をついてやって来て、時も定めずに、夜あなた方の家の門を叩きたいものです。
陸游四十三歳の作品。初めて免職になって郷里に帰った。がこの作品には官僚をやめたという暗さが感じられない。

のんびりと田園の楽しみに浸って、全体にのびのびとしていて風格がある。山深い中に、美しい豊かな村を見つけ、そこで素朴で楽し気な人々に酒やごちそうのもてなしを受けた。桃源郷を訪ねたような気分を詩にしている。世俗を離れた文人の、悠々とした心持を伺うことができる。

　剣門道中遭微雨
衣上征塵雑酒痕
遠遊無處不消魂
此身合是詩人未
細雨騎驢入剣門

　剣門の道中にて微雨に遭う
衣上の征塵 酒痕を雑え
遠遊 処として 消魂せざるは 無し
此の身 合に是詩人なるべきや未や
細雨 驢に騎って 剣門に 入る

《語釈》
剣門：四川省剣閣県の北にある山の名。北方から蜀に入る関門。左右から絶壁が迫り、門を開き剣を立てたように見える。
征塵：旅のほこり。　未：句末では疑問符。否と同じ。

《大意》
上衣は旅のほこりにまみれ、酒のしみがつき、長い旅の間、どこでも私の心は激しく揺れていた。
この私にとって、詩人になりきることこそがふさわしいのであろうか。小雨降る中、ロバに乗って剣門の道に入って行く。
陸游四十八歳。この時陸游は、人生の一つの転機を感じて、その感慨をこの詩に表した。

金との戦乱の中、失意のうちに蜀に入り、成都に向かう長い旅の途中、驢馬の背に揺られながら、この作品はこれからの自己の人生を、詩人として生きるべきか否か。主戦論者陸游の挫折の告白とも受けとれるのである。

　小　園
村南村北鵓鴣聲
水刺新秧漫漫平
行遍天涯千萬里
却従隣父學春耕

　小園
村南 村北 鵓鴣の声
水は新秧を刺し 漫漫として平なり
行いて 天涯に遍きこと 千万里
却って 隣父より 春耕を 学ぶ

《語釈》
小園：陸游所有の小さな農園。　鵓鴣：ハトの一種。　新秧：田に移されたばかりの稲の苗。　却：にもかかわらず、今度は。　隣父：隣のおやじ。

《大意》
村の南からも北からも鵓鴣鳥の鳴く声が聞こえる。田の水は早苗がつき出て、どこまでも平らで広がっている。
私は空の果てまで千万里も旅をしていたのだが、今は隣のおやじさんについて春の野良仕事を習っている。
陸游五十七歳の時の作。官職についていたが、水害に遭い民衆が食糧不足に困っているのを見かねて、独断で官有米を放出して人々を救った。が都でそれを弾劾され、免官となってしまった。陸游は、もう自分の農園で世俗のことを離れて悠々と暮らそうと、思い定めて故郷に帰ってきた。そうした心境を詠んだ詩である。

示　児
死去元知満事空
但悲不見九州同
王師北定中原日
家祭無忘告乃翁

児に示す
死し去らば 元知る 万事 空しと
但悲しむ 九州の同じきを見ざるを
王師 北のかた 中原を定めん日
家祭乃翁に告ぐるを忘るる無かれ

《語釈》
九州：中国の別称。　王師：天子の軍隊。　中原：中国の中央部。　家祭：先祖の祭。　乃翁：父親。

《大意》
死ねば総て無になるということは、もとより知っている。ただ、中国全土の統一した姿が、死んでしまって見られないのは残念なことだ。
天子の軍隊が北方の中原地帯を平定したならばその日には、先祖の祭りをしてお前たちの父に知らせることを、どうか忘れないでくれ。
嘉定二年（一二〇九）陸游八十五歳の暮れ、死に臨んで子供たちに遺した辞世の詩である。陸游最後の詩であることを知れば、この詩に秘められた彼の思いの深さを知る。
ただこの詩には悲憤慷慨するような激しい言葉は無い。淡々とひとり言を述べているような所が、深く感動を呼ぶ作品である。

朱熹（一一三〇～一二〇〇）
字は元晦。一八歳で官吏登用試験に及第。四代の皇帝に仕えた。寧宗の時、実権を握っていた韓侂冑の憎しみを買い、職を免ぜられた。
朱熹は、今日では詩人としてよりもむしろ哲学者として知られている。古い言葉の解釈をする訓詁の学風を離れ、朱子学・宋学と呼ばれる新しい哲学体系を創りあげた。
江戸末期までの我が国の思想界に与えた影響は計り知れないほど大きいものがある。

偶　成
少年易老學難成
一寸光陰不可輕
未覺池塘春草夢
階前梧葉既秋聲

偶成
少年 老い易く 学成り難し
一寸の 光陰 軽んず可からず
未だ覚めず 池塘 春草の 夢
階前の 梧葉 既に 秋声

《語釈》
偶成：たまたま出来上がった作品。　光陰：時間。　池塘：池の渕の堤。　梧葉：青桐の葉。他の植物に先駆けて秋の到来を感じるという。

《大意》

若い時代は移ろいやすく、学問もなかなか成就しない。ほんのちょっとした時間すらもおろそかにしてはならない。池のほとりに春の草が萌え出し、楽しい夢から未だ覚めきらぬうちに、庭先の青桐の葉を落とす秋に驚くのである。

なお、この詩は近年、柳瀬喜代志氏の研究などにより、朱熹の作ではなく、江戸初期の五山の僧侶の作という説が出て有力になっている。

芳岳（一一九九～一二六二）

字は巨山。三十三歳で進士に及第。南康軍（江西省星子県。軍は宋代の行政単位）の知事となり、また袁州の知事になったが、いずれも上司にさからい、官を退いた。

才気鋭く、詩文に秀で、名言佳句が飛び出す天性のものを持っている。

雪　梅

雪梅	雪梅
有梅無雪不精神	梅有りて　雪無ければ　精神ならず
有雪無詩俗了人	雪有りて　詩無ければ　人を　俗了す
薄暮詩成天又雪	薄暮　詩成って　天　又　雪ふる
與梅併作十分春	梅と併せ　作す　十分の　春

《語釈》
精神：生気あふれ光彩があって美しいこと。　俗了：無学で無風流なものにしてしまう。　十分春：完全な春。
宋の詩人らしく、理屈をこねているが、全体に軽妙な味わいで嫌みがない。

《大意》

梅が咲いても雪が降らなければ、生気ある良い景色とはならない。梅と雪とが揃っても詩心が起こらぬようでは俗物である。

夕暮れに詩も出来上がり、空に雪もちらつきだした。梅と雪と詩と、三つが揃って、まことに春を満喫できるということである。

梅を雪と見、雪を梅と見るという趣向は古来から詠われている。梅はほとんど白いものを指しているようである。

我が国の萬葉集にも、梅の花を詠ったものが多く有り、萬葉の時代、「花」といえば梅であった。

大伴旅人の梅花を詠んだ歌《我が苑に　梅の花散る　ひさかたの　天より雪の　流れ来るかも》がある。旅人が大宰府に長官として赴任している時、正月、梅見の宴を開き、出席した山上憶良等が、三十二首の歌を詠み、旅人が「序」を書いた。その冒頭部分が、平成から元号「令和」になったといういきさつがある。

戴益（生没年不詳）

宋代の人というだけで、履歴は不明である。

探　春　　　春を 探る

盡日尋春不見春　　尽日 春を尋ねて 春を見ず
杖藜踏破幾重雲　　杖藜 踏破す 幾重の 雲
帰來試梅梢把看　　帰來 試みに 梅梢を 把って 看れば
春枝頭在巳十分　　春は 枝頭に 在りて 巳に 十分

《語釈》
杖藜：あかざの杖。　踏破：歩き尽くす。

《大意》
一日がかりで春色を尋ね、あかざの杖をつき、幾重もの山道を歩きまわったが何処にも春の気配は見当たらなかった。ところが、我が家に帰って、試しに梅の小枝を掴んでみたら、蕾がもう枝先にふくらみ、十分の春がそこにあった。

文天祥（一二三六～一二八二）

字は宋瑞。江西の吉水の人。体格が良く、色白、切れ長の日の美男子であった。二十歳の時進士に首席で及第。宰相にまでなった南宋朝を代表する存在として、自他ともに許す人物である。

文天祥の生きた時代は、正にモンゴルがアジア・ヨーロッパを制覇した時代と重なる。一二七一年、元王朝を建国。異民族として初めて中国全土を支配した征服王朝である。

文天祥が贛州知事となった翌年（一二七五）、元の軍が侵入した。彼は勤王軍募集の天子の命に応じ、大勢を集めて参加した。最後に臨安を守ったが利あらず、講和のため元の丞相の伯顔と会見したが、話し合い決裂、口論の結果捕えられた。

その直後、宋は降伏した。彼は護送される途中脱走し、宋の回復を計り、各地を転戦し大いに抵抗したが、捕えられ、大都（北京）の土牢に幽閉された。元の世祖は彼の才能を惜しみ、帰順させようとしたが、文天祥は応ぜず、獄中三年の後、刑死した。

宋朝随一の忠誠の士として、後世に尊敬を集める。

過零丁洋　　　零丁洋を 過ぐ

辛苦遭逢起一経　　辛苦に 遭逢するは 一経より 起る
干戈落落四周星　　干戈 落落たり 四周星
山河破碎風漂絮　　山河 破砕して 風 絮を 漂わし
身世飄揺雨打萍　　身世 飄揺 雨 萍を打つ
皇恐灘辺説皇恐　　皇恐灘辺 皇恐を 説き

零丁洋裏嘆零丁
人生自古誰無死
留取丹心照汗青

零丁洋裏 零丁を 嘆く
人生 古 自り 誰か 死無からん
丹心を 留取して 汗青を 照らさん

《語釈》

零丁洋：広東省珠江の河口の海。　辛苦遭逢：国難に遭い苦労する。　一経起：経書を修め進士に及第し、官吏となったこと。　四周星：四年。　絮：柳の花の綿毛。　身世：わが身一代。　飄揺：漂う、さすらう。　萍：浮き草。　皇恐灘：贛水（江西省）にある十八灘（難所）の一。　皇恐：恐れる。　零丁：孤独で落ちぶれる。　丹心：真心、赤心。　留取：留める。　汗青：歴史書。

《大意》

苦心惨憺するのは経書を読んで進士に及第してからのことである。干と戈を取って戦闘するもままならず敗北すること四年間。柳絮が風に舞うように山河は荒れ果て、雨が浮草を打つようにわが身はさすらいの日々であった。

皇恐灘のほとりでは国家滅亡の危機を恐れ、今は零丁洋の上で身の零落を嘆く。

人生、古から誰か死なぬ者などあるだろうか。死ぬこの身なら、この忠誠の赤心を留め残し、史上に輝きをもたらしたいものである。

北京の獄中で作った「正気の歌」は五言六十句から成る文天祥の代表作である。悪気の充満する獄中にて、なおくじけぬ気力と亡国の無念とを詠んで、後世に強い影響を与えた。

わが国でも、幕末から明治にかけて、藤田東湖、吉田松陰、橋本左内、広瀬武夫など、文天祥の「正気の歌」を詠じ、作詩し、和した人たちが居た。

真山民（生没年不詳）

姓名、出身地ともに不詳。南宋末の遺臣で、世に隠れ、人に知られるのを求めなかったためであろうか、自らを山の民と呼んだ。

山間秋夜

夜色秋光共一闌
飽収風露入脾肝
虚檐立盡梧桐影
絡緯數聲山月寒

山間の 秋夜
夜色 秋光 共に 一闌
飽くまで風露を収めて 脾肝に入る
虚檐 立ち尽くす 梧桐の 影
絡緯 数声 山月 寒し

《語釈》

夜色：夜の気配。　秋光：秋の夜の月の光。　闌：欄と同じ。一つの欄干。　風露：秋風と白露。　脾肝：脾臓と肝臓。腹の中。　虚檐：誰もいない軒。　梧桐：青桐。　絡緯：こおろぎ。

《大意》

更けていく夜の気配と冴えわたる月の光が欄干を包んでい

る。秋風に吹かれ、白露をあびて、夜気をいっぱいに体内に吸い込む。ひっそりとした軒端に青桐が影を落としているあたりに立ち尽くしていると、今まで静まり返っていたこおろぎが鳴き出し、その声がさらに山月を寒々と感じさせるのである。

誰もいないひっそりとした軒端の、ふかまりゆく秋の情景を詠った作品である。

山中月

我愛山中月
烱然掛疎林
爲憐幽獨人
流光散衣襟
我心本如月
月亦如我心
心月両相照
清夜長相尋

山中の月

我は愛す 山中の月
烱然として 疎林に掛かるを
幽独の人を 憐れむが為に
流光 衣襟に 散ず
我が心 本 月の如く
月も亦 我が心の如し
心と月と 両ながら 相照らし
清夜 長しなえに 相尋ぬ

《語釈》

烱然：輝くさま。　疎林：まばらな林。　幽独人：隠者。

世人と交わらず、独り隠者の生活を送る作者。山中の月と自分との心の通い合いを詠った作品で、月を愛し、月を詠じた清々しい響きと哀愁を覚えさせる名詩である。

暁行山間

出門誰是伴
只約痩籐行
一二里山逕
両三聲暁鶯
乱峰相出没
初日乍陰晴
僧舎在何許
隔林鐘磬清

暁に山間を行く

門を出づれば 誰か是れ 伴
只だ 痩籐に 役して 行く
一二里の 山逕
両三声の 暁鶯
乱峰 相出没し
初日 乍ち 陰晴す
僧舎 何れの 許にか 在る
林を 隔てて 鐘磬 清し

《語釈》

痩籐：細い籐の杖。　山逕：山道。　乱峰：様々な形をした峰々。　初日：朝日。　僧舎：寺。　磬：石や玉で作った打楽器の一種。

《大意》

門を出て、誰が道連れかといえば、ただ細い籐の杖ばかり。一里ばかりの山路を辿って行くと、明け方のうぐいすが二声三声鳴いた。さまざまな形の峰々が現れては消え、朝日はそれにさえぎられ、暗くなったり明るくなったり。

はて、何処に寺があるのやら、林の向こうから鐘や磬石の清らかに響いてくるのが聞こえる。

明（一三六八〜一六六二）

元王朝（モンゴル）の最盛期は、世祖フビライ治世三十五年の間で、以後衰退へと向かっていく。原因は帝位継承をめぐる内紛が大きな理由である。

政治が混乱し、征服王朝への民族的反感が、白蓮教徒の紅巾族の反乱など中国各地で群雄蜂起し、朱元璋（明の太祖洪武帝）が明王朝を建国。王朝を南京に置き、北伐して元を追い払い中国全土を掌握、元は消滅した。

高啓（一三三六〜一三七四）

字は季迪。長洲（江蘇省蘇州）の人。書は読まぬものはないという博学で、史書を好んだ。詩は漢・魏から唐・宋まで広い範囲から学び取っていた。

洪武七年（一三七四）地方長官の魏観が府庁舎改修ということで、謀反と密告され死刑となる事件が起こった。高啓は魏観と親交があり、連座して腰斬の刑に処せられた。

詩は明代随一で、小杜甫と称された。

尋胡隠君　　胡隠君を尋ぬ

渡水復渡水　　水を渡り復た水を渡り

看花還看花　　花を看還た花を看る

春風江上路　　春風江上の路

不覺到君家　　覚えず君が家に到る

「隠君」は隠者の敬称で、胡という姓の隠士を指し、胡隠君が何処の誰であるかは一切不明である。隠者とは、才能がありながら世俗を避けて静閑な暮らしをする者のことをいう。

私は、最初にこの詩に出会った時、作者が恋人の許へ行く詩だと思い、萬葉集の相聞歌を連想した。が、胡隠君の意味を知り、一読、再読してこの作者及びこの詩の良さが、陶淵明、王維、李白を想わせ、作者自身が自由を好む隠者的人柄であったことを知ったのである。

詩中に、「水を渡り」と「花を看る」を重ねたことが一つの技巧となって、川の多い江南の風景と、どこまでも花の咲いている温和な春景色、広々とした田園の中を作者が飄々として行く、そういう気分に十二分な効果をもたらしている。

この春風駘蕩たる高啓の詩を以って、「漢詩の世界・中国編」を終える。洋々たる大海原を、向う見ずにも貧弱なる細腕で良く五回にも亘って、漂いながら続けさせていただいたこと、感謝の念いっぱいである。

ある美しい日本人（中編）

隠岐都万

（前編あらすじ）
一九八〇年の春、ジャーナリスト沖洋介はフィリッピン取材に赴く。現地で取材を続けるうちに、第二次大戦中に起こった「ヴィガンの無血解放」に自分と同姓同名の日本人が関わったことを知り、偶然の出会いに導かれるようにその人物、沖大尉の人生に迫っていく。

三、散華

ヴィガン駐屯の守備隊員となった沖大尉は軍司令部から命じられるままに、ヴィガンをはじめ、ルソン島北西部の各地の住民に対する宣撫用のポスター、写真、映画、音楽を配布して回った。しかし、内心では軍部の、露骨なプロパガンダは住民の反感をいたずらに呼び、逆効果でさえある、失笑されるのがオチだと思った。

沖大尉は沈思黙考の上、奇抜な案を生み出した。部下三百名のうち、農業と漁業の経験者をそれぞれ十名選び、彼らを週二回部落や漁村に派遣し、技術指導にあたらせた。野菜やタバコや落花生の栽培である。村人は戸惑った。が、沖大尉は種子や漁網などをマニラに出張する機会に調達して、無償配布した。漁業指導の方はすぐ効果が表れた。そのおかげで、守備隊本部には漁民から、お礼だと言って、生魚の差し入れが相次ぎ、守備隊の日本兵は刺身など不自由しなくなった。

この美談はヴィガンの住民の間だけでなく、付近の山中に隠れて、抗日ゲリラ活動を率いているカングレオン一味の耳にも達した。ただ、カングレオン隊長は慎重な男だった。

「新しいタイプのプロパガンダだろう。日本人は狡猾で信用ならない。用心が肝心だ」

そう住民に宣伝することを忘れなかった。

日本兵がヴィガンを占領して以来、守備隊長の官舎はヴィガン地方随一の農園主リカルド・クルースの別宅が提供された。農園主自身の本宅は南郊のサンタ村にあった。広壮な本宅はアブラ川の畔にあり、南シナ海の雄大な水平線に臨んでいる。

クルース氏と夫人は守備隊長浜田大尉の占領軍気取りの横柄さや女性蔑視の野蛮な言動から日本兵に対し、すっかり幻滅を感じていた。三人の姉妹も日本兵を怖がった。リカルド家の長女エレーナは二十二歳で、ホセ・カスティリオという婚約者がいた。次女ジョセフィーナは二十歳、末娘アントアネットが十八歳だった。

長女エレーナは本宅別棟の事務所で、父の事業の帳簿整理を手伝った。彼女の婚約者ホセは銀行員だった。ただ、彼が抗日ゲリラのグループに通じているという噂があり、彼女は気がかりだった。次女ジョセフィーナと三女アントアネットは毎日父の自動車で、ヴィガンの女子大まで通学していた。

ある日の午後、二人が帰宅しようとして、校門近くで、運転手のフランクを探していると、大きなポスターが目に入った。ポスターを見ると、次の土曜日の夕刻に、ヴィガン分校の講堂で音楽会が開かれるという内容だった。二人はびっくりした。日本軍が進駐して以来、初めての文化的な催しである。元来、音楽好きの国民性もあって、ヴィガンの住民はウキウキした。二人も同じように興奮した。

土曜日が待ち遠しかった。夕刻、二人は母と三人で一緒に音楽会に出席した。音楽会は大成功で、住民の大半が一堂に会したかと思われるほど超満員だった。誰もが殺伐とした戦時下で、それほど文化的なものに飢えていたのだろう。もっとも、長女エレーナは婚約者ホセとのデートがあり、参加しなかった。

当夜のプログラムとして日本民謡が披露された。守備隊の兵士は全員が軍服を脱いで、フィリッピンの礼装バロン・タガログを着ていた。この礼装姿の日本兵を見ると、同じ東洋人のせいか、風貌はフィリッピン人とあまり違いは感じられなかった。兵士の一人が日本の子守歌をギターで弾きながら素晴らしいバリトンで歌うと拍手喝采とアンコールの注文が殺到した。ギター弾きのバリトン歌手は頭を掻きながら注文に応じてもう一曲歌った。司会者から聴衆に説明があった。

「ただ今のアンコール曲は日本では特に有名な〝荒城の月〟と申します」

さらにアンコールが続いたので、〝浜辺の歌〟を披露すると、これも大いに反響があった。沖達はフィリッピン人は日本人に勝るとも劣らないほど音楽好きなことを思い知らされた。ジョセフィーナ達もうっとりして聞き惚れた。終了後、彼女が母に囁いた。

「ママ、知らないの？　歌手はキャプテン・オキよ」

「オキ？　新守備隊長の？」

「そうよ。別宅を官舎にしているあの守備隊長よ」

「まあ！　信じられないわ。バロン姿なので、外見からは中国系フィリッピン人によく似ているわね」

三女のアントワネットがそう言うと　母親も同じ意見だと答えた。姉妹とマヤ夫人はこの夜の情景を帰宅して、父に報告した。

「ほう、前の大尉とは随分違うのだね」

当主クルース氏はそうポツリと答えた。

音楽会は勿論沖隊長のアイデアだった。田中憲兵少尉以下幹部は主催そのものに反対した。

「米軍の反撃がますます盛んになり、ゲリラ活動も無視できなくなっているのに、音楽会など冗談にもほどがあるよ」

「行進曲が無くて、恋歌ばかりのプログラムらしいが、精神の惰弱を招くばかりだな」

「そもそも、住民多数が一カ所に集まるような企画は治安上大いに問題があるさ」

部下の間に反対意見が多数に上ったが、沖守備隊長は、結局これを押し切った。ブルゴス神父も反対はしなかったが、時節柄、守備隊有志の出し物は地味なものにした方がよかろう、と言った。

リカルド・クルース家の娘達のうち、次女ジョセフィーナにはボーイフレンドがいた。彼女が中隊長の演技をあまり褒めちぎるので、ボーイフレンドのハイメ・ロハスはジェラシーを感じた。

彼は学生で、ジョセフィーナに首ったけだったが、なかなか彼女のハートを射止められないのでイライラしていた。

初回の音楽会の成功に気をよくした沖隊長は市長たち町の有力者と相談して、毎月第一土曜日の夜に定期演奏会を開くことを決めた。兵隊の中には意外に器用な者がいた。音楽学校卒だったり、音楽教師の経歴の主も発見した。そのうち、三人を選び軽音楽団を作った。バンドマンの一人が山田伍長で、人柄もよいので、彼に演奏会担当を任せた。毎回住民の中から、素人の出演も歓迎したので、さらに人気が沸いた。素人独演会の優勝者には賞品を授与した。

また、沖隊長は新たによいアイデアを思いついた。それは守備隊に軍医として配属された河野准尉を活用して無料歯科診療所を開設する案である。軍医といっても歯医者が本業で、もう四十に近い老兵だった。本人の意向を打診してみると快諾してくれた。

ヴィガンにはよい歯医者が居ないので、守備隊本部前の一角に簡単な無料診療所を開設した。するとたちまち歯痛に苦しむ患者が長蛇の列をつくり、大盛況となった。河野軍医は歯科以外の医療相談も引き受けていた。これを聞きつけて、田中憲兵少尉は目の色を変えて沖隊長に抗議した。

「本来、兵のためにあるべき軍医が何故住民のためにサービスしなければならないのですか？　本末転倒です」

「毎週一回、日曜日の午後という条件で、河野准尉に汗をかいてもらうだけだ。本人もやりがいがあると言っている。軍務に支障をきたすわけではないので、かまわないでくれ」

実は患者の中にはゲリラ兵も混じっている、という報告があった。沖隊長は河野軍医にアドバイスした。

「かまわないよ。素知らぬふりをしておけよ。いつか役に立つさ」

新設された診療所の評判を、次女のジョセフィーナが早速父親に報告した。今までは遠いマニラまで出かけて馴染みのフィリッピン人歯医者の治療を受けていたので、父親は守備隊の診療所に行くことに気が進まなかった。こんな父を次女は何とか説得に成功した。次の日曜日の午後、クルース氏がジョセフィーナに付き添われて、守備隊前の歯科診療所に行き順番を待っていた。それを知った沖隊長は直ちに河野軍医に命じて嫌がるクルース氏を特別扱いで治療させた。

クルース氏は帰り際に守備隊本部に立ち寄り、隊長の好意に感謝の意を表明した。この時ジョセフィーナは隊長とは初対面の挨拶をしたが、何故か胸が騒いだ。隊長も美しい彼女の魅力に惹かれていた。クルース氏は帰る間際に、ふと思いついたように、沖隊長に声をかけた。

「お忙しいでしょうが、もし、暇があれば、私たちのサンタ村に遊びにきてください」

「ありがとうございます。チャンスがあればそのうち是非行かせて貰いましょう」

ジョセフィーナは沖隊長がほんとに来てくれそうな気がして、気分が高揚した。

当時、北西ルソン島ヴィガン付近ではゲリラの攻撃による身の危険は余り感じられなかった。これは戦局の悪化が報じられていたフィリッピンでは信じられないことだった。田中憲兵少尉は沖隊長が護衛もつけないで、フラフラとあちこちへ視察するのに反対だった。

「もし隊長がゲリラに誘拐されては守備隊の大問題となります。司令部も問題視するでしょう。是非お控えください」

「まだ大丈夫だよ。村人は全員アミーゴだからそんなに案ずることはないさ」

田中憲兵少尉の諫言は無視された。そんなある日、沖隊長はふと思いついて、郊外のサンタ村のクルース家を訪問した。自転車に乗り、部下を同伴しなかった。クルース家の全員が突然の珍客の来訪だったので、驚きながらも、大歓迎した。長女のエレーナだけが不在だった。心づくしの夕食後、ジョセフィーナ嬢が隊長に〝五木の子守歌〟をギターで弾いてほしいと所望した。沖が何故その歌曲をといぶかりながらも、気持ちよく、ギターを掻き鳴らした。するとジョセフィーナがその子守歌を朗々と日本語で独唱した。呆気にとられた沖が質問した。

「一体どこで覚えたの？」

「それは内緒の内緒よ」

彼女はおどけて答えなかった。全員が不思議な表情をしながらも大笑いした。彼女は守備隊演芸担当の山田伍長から密かに日本語の歌詞を入手して、練習していたらしい。末娘アントアネットも知らなかった。この夜の家庭的な雰囲気は沖をすっかり和ませた。

沖にとって嬉しかったのはサンタ村の海岸風景が故郷の石見地方にソックリだったことである。以来、彼は画題が豊富なサンタ村によく足を運んだ。そして帰り際にはクルース家に立ち寄ることが多かった。クルース家は総出で、沖の訪問を歓迎してくれた。しかし、長女エレーナだけは沖の訪問をあまり歓迎しなかった。彼女の婚約者ホセ・カスティリオからゲリラに対する日本軍憲兵の残虐な仕打ちを聞かされていたからである。また、沖を歓迎することはゲリラ・グループから親日家との烙印を押されることになり、それを恐れた。

沖はヴィガンの街並みをこよなく愛していた。写生によく出かけていた。日本では抽象画に傾斜しかかっていたが、フィリッピンでは自然の姿が強烈な印象を与えた。沖は再び、リアリズムの世界に戻っていった。ゴーギャンがタヒチの自然や島の娘に惹かれたのと同じだった。自然のたくましい生への営み、海や空や太陽の眩しい原色、信仰の力、教会を軸とした祈りの生活、ステンドグラス、スペイン風の歌と踊りなどなどが沖の心を捉えた。また、当時フィリッピン随一の画家レガスピー氏を知り、楽しい交流も始まった。

ある日、ヴィガンとサンタ村の中間にある河口で写生をしていた沖は背後に人の気配を感じた。ハッと振り向くとジョセフィーナ嬢が立っていた。亜麻色の毛髪を風に靡かせながらにこやかに笑みを浮かべて近づいてきた。みると、沖の自転車の隣りに白のフォード車が止まっている。運転席からハイメ・ロハスがジッと沖を見つめていた。彼女の級友で、ボーイフレンドだと言ってクルース家で紹介されたことがある。

デートなのだろう。

「今日は！　オキ隊長殿。何を画いているのですか？」

「やあ、セニョリータ！　河口と漁村ですよ。私の故郷近くの海岸に似て懐かしいからですよ。どう、ご感想は？」

「すてきだわ。ギターだけでなく、絵もお上手なのね。また、教えて下さいな」

「勿論です。お安い御用です」

「では」

そう言って彼女はロハスのところに戻った。二人を乗せた自動車はすぐ消えた。沖はジョセフィーナにかすかな嫉妬を感じる自分に慌てた。その夜、彼はジョセフィーナの夢を見た。彼女の、妖精のような鳶色の瞳が瞼に焼きついた。彼女の美貌は日本の映画館で観たことのあるハリウッド女優エバ・ガードナーに似ているような気がした。その後も沖守備隊長の官舎には住民が沢山訪れていた。ブルゴス神父、シソン町長、ロペス学長等々。リカルド・クルース家の一家は長女エレーナ以外はよく顔を出した。

そのうち、沖隊長が次女ジョセフィーナに特別な思いを抱いていることは誰もが感じていた。彼のそこはかとなきロマンスに訪問客の誰もが好意的だった。しかし、そのロマンスには暗い影が忍び寄っていることを予想した者も少なくなかった。

ある日、沖隊長がサンタ村のクルース家に立ち寄ると、次女のジョセフィーナと三女のアントアネットの二人しかいなかった。これはまずいと思い、沖は去ろうとすると二人の令嬢が引き留めた。

「せっかく来られたのだから、私達と一緒に夕食をしませんか。ママのようなご馳走は無理ですが、二人で精一杯の努力をしますから」

　沖も断り切れず、夕食のテーブルについた。何故か、この夜、ジョセフィーナはイロカノ地方の民族衣装で華やかに着飾っていた。彼女の清楚な美しさが魅力的だった。彼女は誰かの家に招かれる予定だったようだが、何も言わなかった。妹のアントアネットは夕食のデザートの後、急に姿を消した。妹はジョセフィーナと沖を二人だけにさせてくれたような気もした。沖とジョセフィーナはどちらからともなく庭を散歩しようと誘い、自然と頷きあった。

　外は夜の気配がヒンヤリとして気持ちがよかった。月の光が青白く樹木や草花を照らし、無数の星が満天をちりばめている。磯の香をのせた海風が庭をわたり、頬をよぎってゆく。南シナ海の海は暖かく、波浪も穏やかだった。沖はロマンティックな気分になって、彼女の手をそっと握りしめた。彼女も同じ雰囲気で、彼の手を強く握り返した。葉っぱが多く、日中は蔭を作ってくれるシニグエラスの樹木が聳えている。大木の幹の傍で立ち止まると、二人の視線が合った。沖は突然、彼女を引き寄せて抱擁した。ぎこちない抱擁だったが彼女は自然にそうなるのを期待していたかのようだった。庭は静寂で、遠く潮騒だけが耳に心地よく響いた。

　沖はいつの間にか自分の心に芽生えた愛の存在に狼狽した。

（果たして、自分に許された愛だろうか？）

　彼は犯してはならない神聖な国境を踏み越えたような罪の意識に囚われた。日本にいるときには結婚のチャンスがなかった。独身の彼にも確かに片思いの経験はあったが、それも時の経過で雲散霧消していた。お見合いの話は多かったが、どれも何故か縁がなかった。

　今夜こうして彼女とはしなくも運命的な愛が芽生えてしまった。ジョセフィーナへの強い思いには自分でも驚きかつ狼狽した。

　何故かその思いは突然、自分の内部にこみあげてきた奔流のようだった。だが、自分は今や日本軍の守備隊長としての重責のある身である。まして戦況は何時変貌するか分からないのだ。おそらくルソン島の日本軍には総退却との過酷な運命が待っているに違いない。

（こんなはかない、ひと時の思いに身を任せてよいのだろうか？）

　沖は愛の不思議な作用に戸惑いながら、その一方で愛の魅力に溺れたい情熱が湧いた。それでも、彼は冷静さを取り戻した。長い、無言の抱擁から体をゆっくりと離した。彼女の亜麻色の髪が潮風にサラサラと靡く。彼女は目をつぶったままで、その顔は月の光が映え、宗教的な美しさを湛えている。

「ジョセフィーナ。君は素敵だね。君が好きだよ」

「……」

　沖の低い、そして甘い声に彼女は息を呑んだまま無言だった。沖がソッと接吻をすると、彼女は敏感に反応した。細い腕に力がこもり、彼の首に絡みついた。その時、庭の茂みからガサガサという音が聞こえた。沖は咄嗟に身をかがめ、ジョセフィーナの体を離してから、音の方角に行くと、五歳くらいの女の子が慌てて逃げ出した。追いかけて捉えてみると、クルース家の真向かいに住むペラルタ弁護士の長女マリエッタだった。

　両親が外出中なので、兄弟と〝隠れん坊ごっこ〟をしているうちに、こちらの庭に紛れ込んだということらしい。マリエッタは叱られるかと思って緊張していたが、ジョセフィーナからお菓子を貰って、口止めされると、急にニコニコして姿を消した。

　沖は官舎に帰宅してからも、この夜のことを思い出して悩んだ。数日間、彼女との関係について考え抜いた。戦争の帰趨、画家としての将来、彼女との愛についてだった。意を決して、ブルゴス神父に会い、懺悔の後、彼女との愛を告白した。神父の答えも簡潔かつ明白な福音の言葉だった。

「愛にはいかなる場合でも忠実であるべきでしょうか？」

「愛は至上のものであります。したがって、前途の難局を覚悟の上なら、神の祝福が与えられますでしょう」

　懺悔の持つ不思議な力が沖に強い決意と勇気を沸かせた。

（彼女との愛がどんな困難を伴おうとも、万難を排して、きっと克服して見せよう）

　次の日曜礼拝の後、沖はジョセフィーナの両親に近づき、自分の胸中を打ち明けた。そばにはジョセフィーナの緊張した、それでいて、喜びに満ちた笑顔があった。

「二人の間に真の愛情があるなら、結婚もやむをえまい」

　クルース氏は苦渋に満ちた表情でアッサリと答えたが、母親のマヤ夫人はさすがに動揺して、数日間の猶予がほしいと言って、即答を避けた。しかし、結局、神父の説得が成功し、マヤ夫人も納得したが、神父はとりあえずはいきなり結婚式をするのはやめて、まず、婚約式をするとの妥協案を提案して、皆に同意された。

（もし、日本軍が敗北したら、二人の運命はどうなるのか？）

　クルース氏も次女の幸福を考えると、甘い判断は禁物だと考えたのである。婚約式はその年のクリスマス直前の十二月二十日と決められた。式もできるだけ地味に行うこととなった。それでも当日は心温まる式であった。神父の他、町長、学長、大地主や沖隊長を尊敬し、親しみを持つ住民が顔を見せた。婚約指輪は沖が自分で造ったものをジョセフィーナの華奢な薬指に嵌めた。指輪の材料は小さなプラチナ製十字架を鋳つぶしたものである。彼が故郷の津和野で洗礼を受けたときの記念にイタリア人神父から贈られた思い出深い十字架だった。

婚約式の当日、ジョセフィーナはイロカノ地方独特の衣装を身にまとい、眩いばかりの美しさだった。沖はフィリッピンの礼装バロン・タガログの姿で登場した。誰の目にもフィリッピン人男女の婚約式と映ったに違いない。ささやかな披露宴が行われた。ジョセフィーナは妹アントアネットのピアノ伴奏に合わせて、恋歌を歌った。甘くせつない恋歌が教会の丸天井に朗々とこだました。彼女の髪にはサンパギタの白く小さな花がさされ、あたりに芳香を放っていた。

「……私達はほんとうは会ってはいけなかったのに、今ではこんなに深く愛し合ってしまい、もうお互いに逃げられなくなっている。将来、二人を引き裂くことが、必ず起こると分かっていても、私はすでに貴方のもの、もう引き返しようがないわ。だから、どんなことがあっても、貴方にだけは、決してサヨナラを言うことができないの……」

これに対して、沖は石見地方のしぶい民謡を歌った。幸い、この式に顔を出してくれた山田伍長が伴奏の尺八を演奏してくれた。

和やかな婚約式が無事終わり、沖は幸福感に陶酔したが、ジョセフィーナの恋歌の内容が何となく暗い前途を暗示しているような気がして、ふと不安に思った。

この頃、長女エレーナと婚約者ホセ、それにジョセフィーナの元ボーイフレンドのハイメが山中のカングレオン・ゲリラ隊に合流したらしいという噂が流れた。また、田中憲兵少尉から沖守備隊長にもほぼ同じ報告がなされた。

「隊長殿。戦況は日に日に逼迫しつつあります。ジョセフィーナとかの現地女性と婚約などふざけたことをする暇などありませんよ。とにかく身辺警護には充分留意してください」

田中憲兵少尉は沖隊長に憎々しげにしゃべり、警告を発していた。不幸にして、その警告が的中する事件が発生した。沖隊長が習慣となっている日曜日午後の写生目的のため外出して帰途する時に、沖は突然、銃砲の射撃を受けた。二発の銃弾で、一発は頭をかすめただけで済んだが、もう一発は隊長の腰に命中した。

ところが、偶然にも腰の日本刀にあたり、肉体への傷害はなかった。大きな衝撃があったので、てっきり、やられたと思ったが、尻もちをついただけで、致命傷にはならなかったのだ。沖は郷里で、父がはなむけに贈ってくれた先祖伝来の名刀の効験につくづく感謝した。ヴィガン湾で上陸した際、体験した船舶脱出時の事件を思い出すと二度までも名刀が自分の命を守ってくれたことになる。

また、その数日後のことである。沖とジョセフィーナがコンサートに出かけようとしていると、田中憲兵少尉より緊急の伝令が飛び込んできた。それは驚くべき内容だった。

「ブルゴス神父の教会の地下室にゲリラが潜んでいるという

密告に接したので、部下の隊員数名を派遣しました。地下室には密告どおり、ゲリラ数名と神父が居合わせました。そこで、現場で神父およびゲリラ五名を緊急逮捕しました。現在尋問中です。今後の処置についてのご指示を願います」

沖守備隊長は信じがたい情報に驚愕し、直ちに本部に駆けつけた。コンサートにはジョセフィーナ単独で行かせた。

（まさか、神父がゲリラと気脈を通じていたとは？）

守備隊本部に到着すると、田中憲兵少尉が鬼のような形相で、沖隊長を睨みつけた。その表情には何となく勝ち誇ったような雰囲気がある。留置場にはゲリラの他、町の要人の顔も見えた。ペラルタ弁護士やホセに対して、田中憲兵少尉が顔を真っ赤にして怒鳴っているが日本語なので、フィリッピン人には通じてないようだ。ただ、ゲリラに気脈を通じたという容疑を憲兵隊にかけられると、死刑となる公算が高かったので、誰もが顔面蒼白だった。沖隊長の姿を見て神父はホッと安堵の表情を浮かべた。沖は神父だけを隊長室に招き、事情を聞いてみた。

「昨夜、突然、ペラルタ弁護士から地下室を貸してほしいと頼まれたので、気軽に応じましたが、弁護士達はどうも米軍の短波放送を聞いていたらしい、と分かったのです。自分は教会が悪用されるのは好ましくないと考えて、弁護士にやめるよう説得している最中に、憲兵隊に踏み込まれたのです」

結局、沖は主犯格の弁護士以外は即時釈放した。弁護士は一晩だけ、守備隊本部の地下牢に拘留することにした。ところが、弁護士が明朝処刑されるというデマが、その晩町中に広まった。真夜中に、多数の住民が隊長官舎に押しかけて、弁護士の命乞いを求めた。マリエッタの姿も見える。目をはらし、泣きじゃくっているようだ。

（あの弁護士の娘だ！）

沖隊長がサンタ村のリカルド・クルース家の庭で、ジョセフィーナに愛を誓った夜、茂みに隠れていたが、沖達に見つかってベソをかいていたあの少女である。彼女の姿があまりにも哀れに思われたので、夜明け前に当直士官を呼び、弁護士を釈放してやった。夜明け後に釈放を知った田中憲兵少尉が沖隊長に対し、厳重抗議してきたのは勿論である。

この事件終了後、沖は守備隊本部で、事件を密告してきた経緯について調べた。間もなく、高橋軍曹の部下のマカピリの報告だと分かった。軍曹はマカピリ・グループの責任者で、彼の下に十名のマカピリ要員が覆面で活躍していた。組織上は田中憲兵少尉に従属するが、ヴィガン守備隊のような小さな組織では兼轄とされ、通常は沖大尉に直属していた。マカピリの功名争いだった。

既に、一九四四年末から四五年一月にかけて、日本軍敗勢は明らかになり、連日のようにルソン島の山下兵団に対して、米軍の爆撃が続いた。しかし、ヴィガンの日本軍守備隊は余りにも小さく、かつこの町も軍事的要地ではなかったので、米軍の空爆は全くなかった。

この時点で、山下陸軍大将はマニラを放棄し、ルソン島の夏の首都バギオに総司令部を移動した。それに伴い、数十万の日本軍将兵ならびにマニラ等大都市圏の在留邦人がルソン島北部へ大移動を開始した。

他方、ヴィガン占領直後に、沖大尉が始めた農業指導の効果が現れてきた。日本軍の敗勢に伴い、食料不足が目立ってきていたので、これは幸いなことだった。日本軍が食料を調達しようとしても、まず、農民は軍票を受け取らなくなった。住民はいずれ日本が負けると信じていたので、日本軍の軍票は〝ミッキー・マウス・マネー〟と軽蔑されて信用力がなかった。誰も受け取ろうとしないのである。

しかし、物々交換なら応じてくれた。また、沖守備隊長の農業指導を受けた部落民は最後まで協力的だったので、他の戦線とは異なり、日本軍将兵が餓死するようなことはなかった。

また、田中憲兵中尉はペラルタ弁護士の動静を蛇のような執念深さで、マークしていた。当然、ペラルタ家の真向かいにあるクルース家にも時々訪問した。何気ない挨拶をするふりをし、クルース家の様子も覗っていた。ある夜、末娘のアントアネットが一人で、ピアノを弾いていると、田中憲兵中尉がひょっこり現れた。これはルーティンの視察だったが、中尉は家の中にアントアネット以外には誰も居ないのを見定めると、劣情を催し、彼女を強姦しようとした。

彼女が激しく抵抗し、助けを求めて叫んだので、危うく危険を脱することができた。アントアネットはショックで、自分の部屋に閉じこもった。その時、ピアノ曲の音色に惹かれて、ペラルタ家の少女マリエッタが庭に忍び込み、一部始終を目撃していたことから、真相が明らかになった。事件の夜も運転手のフランクの車で、帰宅したジョセフィーナにマリエッタが恐るおそる目撃内容を報告した。

アントアネットも、その事実を認めた。ジョセフィーナも大きなショックを受けたので、真夜中に沖隊長に会いにゆき、事件の顛末を報告した。沖隊長は仰天して、田中憲兵中尉を呼びだして尋問した。中尉は嫌疑を認めようとしなかったが、家政婦アンジェラの申告で万事が明らかになった。田中中尉がアントアネットの抵抗を受けたとき軍服のボタンがちぎれてしまったのだ。アンジェラがボタンを見つけて、届け出たことから事件の物証が出てきて、中尉はついに白状した。ボタンはアントアネットが襲われた時、抵抗して、引きちぎったものだった。

事件の結果、沖守備隊長は上司の杉本大隊長と協議の上、田中憲兵中尉を転属させたので、ヴィガン住民は、田中の左遷を喜び安堵した。後任の小川憲兵少尉は温厚な人物だった。小川は入隊前、東北地方のある小学校の音楽教師で、沖部隊長とはうまがよく合った。

むしろ、抗日ゲリラの手になる日本軍将兵の暗殺が日増しに増えてきたので、沖大尉は連日連夜多忙となり、ますます身辺が危険となってきた。この時も高橋軍曹と彼の部下のマカピリ要員が活躍して事前に衝突を避けることができた。同時に、町民から蛇蝎の如く嫌悪されたマカピリの犠牲も多く、ある日、高橋も一時行方不明となってしまった。沖も随分と心配したが、彼の愛人宅に隠れていたことが分かったので安堵した。

やがて、十二月十二日のジョセフィーナの誕生日が近づいたが、クルース一家には暗い日が続き、そんな準備をする気分になれなかった。結局、彼女の誕生日パーティは無期延期されることになった。

この頃、ジョセフィーナが急に産気づいた。沖は彼女から密かに妊娠を告げられていたので、覚悟をしていたが、こんな戦時下で、かつ、正式な結婚前だったので、沖は大いに狼狽した。

沖とジョセフィーナは深刻に悩んだ末、彼女の強い意志を尊重して、出産することに踏み切った。マヤ夫人と三女のアントアネットは反対したが、父クルース氏は次女ジョセフィーナの希望を入れた。この頃、長女は婚約者のゲリラ部隊に入隊したまま、実家にはすっかり姿を見せなくなった。クルース氏は神父と相談して、出産日の数日前に教会の地下室で、沖とジョセフィーナとの間の極秘の、簡素な結婚式を行わせた。

こうして少なくともジョセフィーナが未婚の母となることだけは避けた。これは医師バレンシアの献身的な協力があったからこそ可能となった。この若い医師はクルース家とは父の代より親密な関係にあり、また、沖守備隊長に対してはかねてより好意を抱いていたので万事好都合だった。ジョセフィーナは三月の暑い日の夜、急に産気づき出産した。

出産の場所は神父の館が使われた。女の子の赤ちゃんで、早速〝シェリー〟と名付けられた。沖も毎日暮夜密かに、ここに姿を見せた。神父の館にはジョセフィーナとお手伝いアンジェラが居住し、愛情たっぷりに面倒を見た。アンジェラは赤子を誰よりも可愛がった。まるで自分の子のような扱いで、母親以外は誰も近づけようとしなかった。沖も容易に近づけず、ジョセフィーナに文句をいうほどだった。

さて、ルソン島最北端アパリを根城とする抗日ゲリラ〝ロレンソ〟はヴィガンの〝カングレオン〟グループと勢力争いを演じていた。〝カングレオン〟が狙っていた〝ヴィガン守備隊長〟暗殺計画を横取りしようとして、〝ロレンソ〟がヴィガンに接近して、機会を狙っていた。これに成功すれば米軍の報奨金にありつける、また、競争相手の〝カングレオン〟の地位を蹴落として、ゲリラ仲間で頭角を現すことができると判断したようだ。

ロレンソ・グループは沖守備隊長が日曜日の午後、アブラ川の土手で写生をする習慣があることを知ると、早速暗殺計画の実行に着手した。その実行数日前に、部下の密告により、この暗殺警告を知ったカングレオン親分はヴィガンのペラルタ弁護士を通じて、沖守備隊長に急報した。お蔭で、沖守備隊長は間一髪で、難を脱することができた。カングレオン親分は日本軍守備隊長の沖大尉が憎き日本軍の敵ではあるが、人格高潔で、ヴィガンの住民に愛されており、こんな人物を暗殺してはいけないと、考えていたのだった。

他方、米海軍潜水艦は相変わらず抗日ゲリラ部隊に対して武器・弾薬・食料等の補給のため、南シナ海から北ルソン西海岸にかけて、夜陰に乗じ、頻繁に接近してきた。この潜水艦は大きな戦果を挙げたが、その分だけ日本軍の被害は大きかった。

杉本大隊長からの極秘命令に基づき、沖守備隊長はルソン島北西海岸を毎夜厳重にパトロールした。この警戒作戦が見事に功を奏した。特にイロカノ地方のラオアグからヴィガンにかけての長大な沿岸を重点的に警備した。やがて、十一名の米海軍の将兵を逮捕できた。米兵捕虜の隊長はエドモントン大尉で、沖と同じ位の年齢であった。エドモントンが流暢な日本語を話すので沖はびっくりした。

彼は開戦後、ミネソタ州米軍外国語学校で特訓を受けたのだという。それにしても、短期間でよくも上達するものだと、沖は舌を巻いた。エドモントンが尋問中に戦争が終われば早く本職の建築家に復帰したい、と何気なく漏らしてから、画家の本職に戻りたいと夢見る沖隊長とは話がよく合った。また、エドモントンが、実は米軍首脳部はヴィガンの建築学史上の重要性を正しく認識し、そのため、米軍機による空爆が停止されているのだと告白した。沖守備隊長はこの米空軍の空爆停止の話に感銘を受け、いつまでも記憶に残った。また、日本軍司令部にもその旨報告した。沖は米兵捕虜の扱いは小川憲兵少尉に任せた。幸い良識派の小川はトラブルを起こすようなことはなかった。

レイテ島上陸作戦を成功させた米上陸軍はルソン島中西部のリンガエン湾に殺到した。この湾は三年前の一九四一年末に日本軍が敵前上陸を果たしたところである。上陸後、米軍はバギオを放棄して、中央山岳地帯へ退却する山下大将の大兵団を追撃していった。

撤退する日本軍を追尾して、マッカーサーの大軍が北上を開始するのは一九四五年四月九日となった。この日は米軍のバターン半島要塞の陥落記念日である。沖守備隊長は杉本大隊長より、緊急機密命令を受領した。過酷な命令で、読了後沖は絶句した。

「ヴィガン守備隊は四月十五日夜半を期し、全員撤退せよ。撤退後は北部のラオアグ部隊へ合流せよ。ただし、撤退直前に、ヴィガンの港湾施設、橋梁、通信施設、送電線、変電所、貯水池、飛行場並びに町内の教会、裁判所、役場、病院等主要建築物、燃料タンクを、ガナップ協力隊と十分に提携の上、速やかに爆破または焼却または廃棄すべし。なお、米軍捕虜および現地住民ゲリラは全員処刑すべし。また、貴部隊の構成、移動につき敵軍または地元住民に知られざるよう遺憾なきを期せ」

沖守備隊長は絶句した。文字通り進退窮まった。ジョセフィーナとの別離を覚悟しなければならない運命が大きな壁となって前途を塞いだ。沖隊長にとって悪夢にうなされる夜が続いた。まず、愛するジョセフィーナとシェリーの運命はどうなるのだろうか？　どうすればよいのだろうか？　これが沖の肺腑を掻きむしった。

美しいヴィガンの町と住民、ブルゴス神父、クルースご夫妻とアントアネット嬢の笑顔、エドモントン大尉の表情。すっかり馴染んできた住民の笑顔、人懐っこい笑顔、顔、顔、顔……。

すべてが頭の中でくるくる回り、ごちゃ混ぜになったかと思うと、突然、それが拡散して、雲散霧消してしまう。しばらくすると、飛び散った破片がまた元のままになり、滅茶苦茶になり、また、爆発してしまう。

沖大尉は隊長室で呆然と立ちすくんだ。ソファにがっくりと腰を沈め、土地の椰子酒をあおった。何杯もあおった。こんなことは初めてだった。そんな光景を見て、小川憲兵少尉と山田伍長は顔を見合わせてヒソヒソと話し合った。そして小川少尉が思い切った表情で隊長に話しかけた。

「隊長。御気分が悪ければ軍医を呼んでまいりましょうか？」

「大丈夫だよ。ただし、全員に訓示したいことがある。明朝七時、本部前に集合するよう至急全員に伝達してくれ」

沖隊長はそう言ってほほ笑んだが、何となく力ない表情だった。少尉と伍長はハッとした。その夜も沖は撤退命令をジョセフィーナに明かすことができず、悶々として寝つかれなかった。そのうち、やがて夜明けを迎えてしまった。

午前七時、守備隊全員とガナップ隊員が守備隊本部前に整列した。いよいよ、沖隊長は軍の機密命令を告げるべきか否かを、この機に及んでも逡巡していた。隊の全員が沖中隊長の異様な雰囲気を感じ、緊張していた。全員がシーンと押し黙っている。

「諸君、戦況は知っての通りだ。実は司令部より密命があった。本隊は四月十五日夜半に当地を撤退し、まず、北のラオアグ部隊と合流し、最終的には山下大将閣下の司令部があるキヤンガン要塞に集結する。バギオの北部の秘密大要塞だ。撤退までに、当地の破壊計画を実行しなければならない。捕虜やゲリラ兵は毒殺して処分する。ガナップ隊と協力して、各自担当部分を実行して、報告せよ」

過激な命令に全員が唖然とした。緊張のあまり、ワナワナ震えだす初年兵もいた。破壊計画の準備が粛々と進められ、小川憲兵少尉の指揮の下で、ダイナマイトが準備された。

沖大尉は若妻のジョセフィーナやお手伝いのアンジェラの腕に抱かれて、スヤスヤ眠るシェリーの天使のような姿を見て、涙がとめどもなく溢れ、一人になって号泣した。ジョセフィーナは沖の姿に異変を感じ、苦悩を分かち合いたかった。しかし、沖が直面している問題は軍機密かもしれない、そう彼女は自分に言い聞かせて、不安を覚えながらも沈黙を守った。

(撤退まであと三日しかない)

沖隊長はますます焦った。自分で自分を追いつめる感じがした。勿論、ジョセフィーナの夢想だにしないことだった。しかし、彼女は何かを感じていた。沖大尉にどこか憂いの気配があった。まるで何かが心に重くのしかかっているように思えてならない。果たさなければならない任務の遂行は彼にとっては不条理と認識したのであろう。

「貴方。心に何か重いものを抱えているのでしょう？　私でよかったら是非話してちょうだい？」

「ありがとう。私はこう思うのだよ。人生で最も美しいものは夢でしょう。人は夢の世界に生きようとする。しかし、夢が実現することは決してない。だから、楽しい今だけが確かなことなのだね」

沖隊長の言葉は平家物語の「……ただ、春の夜の夢のごとし」を念頭において、語ったようにも受け取れよう。それは無常観の表現でもあったのであろう。

「よく分からないけど、私も何だかそんな気がするわ」

「人は不滅だと思う。人は生き物の中で、唯一、優れた能力があるからだよ。例えば同情、哀れみ、犠牲、希望、名誉、勇気、記憶そして忍耐だ。しかし、最大の恵みは愛の偉大さを感じる能力だと思うのだ」

「難しい言葉だけど、私にも理解できそうね」

そして、ついに四月十五日の運命の日の暁を迎えた。機密書類を焼却し、部下に各種の命令を下達した。後はダイナマイトのボタンを押すだけである。ボタンを押す装置は守備隊長専用の防空壕に設置された。捕虜とゲリラの処刑の準備は憲兵の小川少尉と河野に一任したが、タイミングはダイナマイト爆発後に沖守備隊長の命令を確認の上、実行するようにと厳命した。

やがて、教会の鐘が正午を告げた。沖は急にブルゴス神父に会いたくなった。突然、現れた沖に対し、神父はいつもの笑みを絶やさず、温かく迎えてくれた。

「神父様。本日は重大なことでご相談にまいりました。私は絵画を志した芸術家の端くれですが、ヴィガンの街並みの文化的価値はよく分かります。これは人類共通の遺産です。皆で守っていかなければならないと思います」

「隊長殿。何故急にそんな事をおっしゃるのですか？　幸い米軍もその価値を認識しているのでしょう。この町だけは空爆をしてきませんが……」

「実は突然の日本軍司令部の命令で、今晩の真夜中にこの町を撤退しなければならないのです。しかも、撤退前に町全体を破壊せよとの軍命令を指示されているのです。正直のところ、本官はそんな暴挙をしたくありません。そんな暴挙は人類に対する反逆です。文明の破壊です。それに本官は特別に深刻な問題を抱えております。ジョセフィーナとシェリーの運命です。どうしてよいか分からなくなりました。ひと思いにこの命を絶ちたいくらいです……」

　青ざめた沖中隊長の姿を見て、神父は静かに口を開いた。

「自殺は神への冒涜です。貴方もクリスチャンですから説得する必要もないでしょう。それにヴィガンの街並みの破壊は人類文化に対する犯罪行為です。沖大尉がそんな汚辱にまみれた事に手を貸すとは信じたくありません」

「命令に従うか、良心に従うか、いずれかの選択です。自分を呪わしく思います」

「噂によれば米軍はすでに海岸地帯にくまなく布陣しており、一両日中にヴィガンに突入するようです。日米両軍がヴィガンで激突すると見て、住民は昨夜からぞくぞく山中に疎開し始めています。幸い、米軍はヴィガンを傷つけたくないのか、全然砲爆してきませんね」

　神父の言葉は真実だった。米空軍も、米艦船もヴィガンの町に対してだけは全く砲撃を控えていた。日米両軍がフィリッピン各地の隅々にわたり、激突し、殺し合いを続けている最中に、ヴィガンでの戦況は全く例外中の例外で、奇跡としか言いようが無かった。

「神父様。私は今は軍人の身です。やはり心を鬼にして、軍命令に従うしかないのでしょうか？　すべて恐ろしいことです。愛する町をわが手で焦土に化すことなどとてもできません。また、妻子のことを想うと胸が張り裂ける思いです。妻子をわが守備隊の撤退作戦に同行させることは不可能ですし、もし、残留させればゲリラの報復があるでしょう……」

「沖隊長殿。如何でしょうか？　貴方の妻子は暫くこの教会に預けられては？」

「エッ！　神父様。それはほんとうですか？　そんなことが可能でしょうか？　妻子を預かっていただけるのですか？」

「結構ですとも。ただし、条件があります。この町を焼き払ったら、住民がこれまで貴官に示した敬愛の念は忽ち憎悪に変わりましょう。貴方の妻子はゲリラの到着を待つまでもなく、住民の手で、私から奪い取り、なぶり殺しに遭うと思います。これは火を見るより明らかなことです。神聖な教会といえども、妻子の安全の保障はできますまい。住民の怒りはそれほど強いのです。もし、町を焼き払わず、守備隊が静かにこの町を去れば、住民は永久に沖隊長の英断に深く感謝することでしょう。妻子も当然に無事で安泰だと思います」

　沖中隊長は神父の思いもかけない提案に仰天した。しかし、そこに一縷の望みがあるような気がした。冷静に考えるとそれしか他に絶望的なこの状況から脱する道はないように思えた。

「……」

「沖隊長殿！　貴方がほんとうに人類共通の文化を守り、また、愛する人達の幸福を心から願うのであれば、答えは明らかではありませんか。何も躊躇することはない筈です」

「確かに。よく分かりました。おかげでやっと決心がつきました。本官は軍命令に反してでも、この町の破壊はしないつもりです。軍法会議にかかれば抗命罪に問われて、銃殺刑に処せられるでしょう。

しかし、本官一人の命が犠牲になるだけで、この町が救われるならば、むしろ本望です。私を愛してくれた住民に対しての、せめてもの恩返しです。後世の人達が私のことを追憶してくれなくても、そんなことはどうでもよいことです。少なくともジョセフィーナとシェリーだけは、私の決意によって、私が無駄死にしたことにはならなかったとして誇りに思ってくれるでしょう」

「沖隊長殿！　よくぞ、決心なされましたね。私はこの瞬間ほど、美しい貴官を見たことがありません。人間として最高の勇気を示されました。貴方はまことに美しい日本人です。必ずや神のご加護があるでしょう。ジョセフィーナとシェリーのことは心配しないでください。教会に住まわせます。沖隊長が再びこの町に帰るまで神の名に誓って保護いたしましょう」

「お言葉を聞いて安心しました。これで心残りはありません。どうか妻子をくれぐれもよろしくお願いします。ではさようなら」

「神のお恵みがありますように、お祈りします」

沖隊長は教会前の騒然とした人込みをかき分けながら官舎にたどり着いた。小川憲兵少尉や河野准尉が心配顔で待っていた。もう古い柱時計が午後三時を指している。午前零時の部隊全員の撤退作戦開始まで九時間しかない。だが、幹部以外の兵にはまだ何も告げていない。沖隊長はことここに至っては運命に果断に立ち向かうしかないと決断した。敢えて抗命罪を覚悟しての決断の瞬間が近づきつつあった。

隊長は寝室でシェリーをあやしているジョセフィーナを求めて、彼女の面前に直立した。沖は神父との会話を簡潔に述べて彼女を直視し、その決意を求めた。

「万事やむを得ない情勢なのだ。何とかこの運命を打開したい。君は当分神父の館でシェリーと一緒に潜伏していてほしい。私は必ず戻ってくる。約束する。万事神父が責任をもって君達母子の安全を保障してくれると約束してくれたのだ」

ジョセフィーナはやつれていた。そんな彼女にいきなり爆弾を投げ込むような沖の撤退の意思を告げるのは辛かった。苦痛にゆがんだ彼女の表情を正視できなかった。青ざめた彼女の表情はまるで仮面のようだった。

「別れるなんて……そんなひどいことを……」

「ジョセフィーナ。私は世界中で君とシェリー以上に愛している人はいない。これは断言できる。だからこそ、私は最終的な結論に達することができたのだよ。どうか理解してほしい。これも愛の力だと思う」

　彼女は絶句した。彼女は沖の言葉の意味がまるで理解できないかのように呆然とした。沖はもうこれ以上に言葉を続けられなかった。これ以上は何も言えない。ただ力いっぱい彼女を抱きしめて、頬ずりした。話すことは山ほどあったが、もはや時間的な余裕がなかった。二人の間に長い沈黙が続いた。別れの接吻、無理に作った笑顔、滂沱と流れる涙、涙、そして涙。二人の脳裏には死ぬまでこびりついたシーンであろう。

　沖としては最愛の妻ジョセフィーナに自分の死生観を訴えたつもりだった。しかし、彼自身が非常時の土壇場に立たされていたことでもあり、また、言葉の障壁もあり、うまく伝えられなかったような気がした。むしろ支離滅裂な独白に近いセリフだったような気がした。

　やがて、ジョセフィーナは少しずつ冷静さを取り戻した。沖の両腕から自分のからだをふりほどき、直ぐ引っ越し準備に取り掛かった。日没後、お手伝いのアンジェラにシェリーを抱かせて、墓地伝いに裏門から教会の境内に入り、神父の館に忍び込んだ。入口には神父が一人で彼女達を迎えて、部屋割りの指示を与えた。

　運命の午後九時の柱時計が鳴った。沖隊長は守備隊本部前に将校、下士官および兵の全員三百名を非常呼集した。またガナップの闘士も参列した。沖は軍の機密命令には触れず、自己の信念を吐露した。

「諸君のご明察どおり、逆上陸した米軍がルソン島に立てこもる我々日本軍の追跡を開始している。おそらく明日中にこのヴィガンまで進撃してくるかもしれない。軍司令部の命令により、今夜零時を期して、山下大将閣下がおられるマウンテイン州キャンガンを最終目標地として撤退する。最後まで皇国の勝利を信じ、全力を尽くすよう」

　沖隊長の真情を聞いた将兵はアッと驚いた。誰もが爆破命令と捕虜・ゲリラの処刑命令を覚悟していたからだ。他の日本軍守備隊の根拠地ではすでに血生臭い命令が実行されていた。命からがら逃亡してきた住民の体験談も流れていた。

　なにしろ、爆破命令や捕虜・ゲリラ処刑の中止は陸軍刑法では抗命罪となる。しかし、小川憲兵少尉や河野軍医は隊長の意図をすぐ理解し、協力を誓った。一瞬、他の将兵も同様の色を見せたが、やがて、中隊長の真意を理解し、同調してくれた。

　すでに、ヴィガンの住民は真夜中に関わらず、突然、広場に集められた。守備隊としては撤退前の爆破作業の犠牲を最小限にするための措置だった。

ただ、〝何事だろう?〟といぶかる住民の中には不吉な予測をするものもいて、不安げな表情を浮かべていた。ところが、真夜中を過ぎると、今度は一転して、〝帰宅せよ〟というお達しだったので、みんな戸惑った。口々に噂話を立てていた。

「一体、何のための集合だろう?　サッパリ分からない」

「日本兵は今夜中に出発して、明日は米兵が進軍してくるという噂だよ」

「ではこの町で、日米両軍が戦闘することは避けられそうだな」

ただ、下士官や一般兵が、あわただしくダイナマイトやガソリンを持ち去る姿を目撃した住民は不安げに見守りながらも、沖隊長の意図がだんだんと分かってきた。

四月十六日午前零時、ヴィガン守備隊の沖大尉以下三百名の撤退が始まった。中隊は三隊に分けられ、十分ごとに出発した。沖隊長は最後尾の隊を率いた。いつの間にか、この平和的な真夜中の撤退劇に気がついた住民が暗い沿道に立って、ソッと送っていた。中には名残を惜しむ住民もいた。奇妙な静寂が支配していた。

やがて、沖大尉のしんがりの隊はサント・ドミンゴ教会前を通過した。教会の神父の館を眺めると、二階のベランダにブルゴス神父が立っていた。その後ろに、隠れるようにして、ジョセフィーナがシェリーを抱いている姿が目撃された。小さく手を振っているようだ。

この夜は月夜ではなかったが、満天に星が煌めいていた。一瞬のことだが、ジョセフィーナの頬に幾筋かの涙がつたわり、光っていたように見えた。

(これが永遠の別れとなるかもしれない。ほんのわずかの間だったが、人生で最高の幸福を味わったなあ!……人生最高の幸福を与えてくれた彼女にいくら感謝してもしきれない……)

そう思うと、沖隊長の目頭が熱くなった。

沖守備隊長は撤退開始前に捕虜収容所を訪問した。捕虜収容所には米・豪・NZ三国の捕虜が十八名いた。この他フィリッピン人ゲリラ兵三十二人がいた。合計五十名である。日本軍の貧弱な補給体制とルソン島の食料不足で捕虜に満足な食事を給することは不可能だった。また、医薬品も底をつき、日本兵ですら満足な治療は受けられなかった。

この捕虜の待遇問題で沖はエドモントン達と厳しい交渉を続けた。沖は捕虜達の境遇を気の毒に思ったが、要するにない袖は振れぬとの日本軍側の事情を理解してもらう他なかった。

その間にも彼とはいろいろな雑談を交わし、お互いに芸術を志す人間として、尊敬の念が湧いてきた。しかし、それももう直ぐ終わりそうだ。恩讐の彼方として再会したいものだと思った。

沖はそんな思いを抱きながらエドモントン大尉に会って、離別の言葉を交わしておきたかった。とにかく、抗命罪を覚悟の上、捕虜の処刑は見合わせることを決断したことだけでも、沖にとっては大満足だった。彼をじっと見つめて静かに話した
「実は我々は直ちに出発することになった。この不幸な戦争が終わったら、お互いに芸術家として再会したいと考えている。明日にも米軍が進軍してきたら、君達は無事解放されるだろう」
「キャプティン・オキの人道的な措置に心から感謝している。貴官の無事を祈る……再会の日が来るよう祈っている」
「では失敬。さようなら」

四、運命の日、その前後

沖の最後の挨拶に対し、エドモントン大尉は口ごもってそれ以上は何も言わなかった。しかし、日本軍守備隊は捕虜全員に対しては撤退の日の夕食に密かに睡眠薬を混ぜて飲ませていた。これは小川憲兵少尉が独断で部下に命じ、沖隊長には事後報告だった。

沖隊長は驚いたが小川を叱責しなかった。彼の部下達が抗命罪の同罪になることを恐れたのであろう、とにかく毒薬でなくてよかった、と万感の思いを噛みしめながら、漆黒のジャングルに囲まれた捕虜宿舎を後にした。

沖大尉が守備中隊を指揮しながら、ヴィガン東部の山中のベンゲット町を通過した頃、米比合同軍がヴィガンに突入した。

しかし、日本軍守備隊の姿は全く見当たらなかった。米軍の指揮官パーカー大佐と比ゲリラ隊長のヌバル少佐は町全体が無傷であり、懸念していた米兵やフィリッピン人ゲリラ隊員の捕虜も処刑を免れていたのを発見して驚いた。奪回した各地の町村や捕虜収容所とは様子が全く異なっていたからである。

さらに、サント・ドミンゴ教会のブルゴス神父や捕虜代表のエドモントン大尉の報告を聞き、パーカー大佐とヌバル少佐は、沖守備隊長の人柄と思想に感銘を受けた。ただ、神父は沖隊長が軍命令に抗命する決断をした時の心境や、妻子を教会の神父の館で庇護していることは沈黙しておいた。

やがて、ジョセフィーナ母子の存在はゲリラ・グループの指導者カングレオンにも知られることになったが、彼は敵ながら沖隊長を尊敬していたので、神父に対し、妻子の保護を確約していた。

他方、撤退中の沖守備隊は絶えず、各地で出没する米比連合軍の追撃を受けたが、何とか山岳地帯の奥深くへと落ち延びた。すでに食料弾薬ともに底をつきつつあり、みじめな落ち武者姿となっていた。この頃は戦闘能力で遥かに劣位に

あった日本軍はゲリラの襲撃に怯えながら逃亡を続けた。主として夜間行軍で、昼間はジャングル内で睡眠をとっていた。

沖隊長はこんな時でもいつも持ち歩いていたノートで珍しい植物や動物のデッサンを心掛けていた。夕食後の、出発前の僅かの時間を利用して、単身でジャングルの中を分け入り、モチーフを探していると、樹木の間から、数人の現地人の男が現れた。

ゲリラ兵ではなく、強盗集団らしい。蛮刀を振りかざして、襲ってきた。一瞬、沖は腰の軍刀を抜きざま相手を払った。軍刀の白刃が煌めくと、強盗達は仰天して、立ちすくんだが、忽ち、踵を返して、蜘蛛の子を散らすようにジャングルの林の中に逃げ込んで、二度と現れてこなかった。幸か不幸か、相手を切り殺すようなことはなかった。こうして沖の家宝の名刀は彼のため三度目の命拾いを果たしてくれた。

苦しい撤退を続ける沖守備隊長の将兵三百名は途中で次々と困難に遭遇した。ボントック町の手前で、弾薬食料が底をつきかけてしまった。が、ゲリラの狙撃や待ち伏せに瞬時でも油断ならなかった。

米軍の空爆や機銃掃射による犠牲者も増えた。栄養失調やマラリアで落命する将兵が増え、部下は二百名に減っていた。もう七月末で、激しい雨季に突入していた。季節は八月上旬を回っていた。

ある夜、ジャングルの中で露営をしていると、ゲリラ隊に包囲された。強力なゲリラ隊で、日本軍より優れた米軍兵器を使って攻めてきた。仲間のガナップ・グループの隊長によればボスはヴィガン出身者の男らしいという。先方の兵器が優勢なのは明らかで、もはや全滅というところまで追い詰められた。

沖部隊長はもはやこれまでと、諦めて、機密書類の焼却と全員突撃の準備をさせた。彼も遺書を書いた。ジョセフィーナとシェリー、ブルゴス神父、日本の両親、杉本大隊長宛てである。ところが、異変が起こった。突然、ゲリラ側からの射撃が止まり、間もなく、ゲリラ兵二人が白旗を掲げて、沖の陣営に現れた。軍使のような雰囲気である。

ゲリラ兵の一人が、自分たちのリーダーが沖隊長に直接の面会を求めているという。沖隊長のテントに二人を通すと、驚いたことに、ヴィガンのペラルタ弁護士とホセ・カスティリオだった。二人が属するゲリラはカングレオン・ゲリラ本部の指揮下にあったのだ。

ペラルタによれば、日本軍はいずこも壊滅状態で、戦闘能力はおろか、食料不足で餓死者が相次ぎ、人肉事件の悲劇まで起こっているという。二人の来訪はカングレオン中佐の命によるもので、食料の提供を申し出たので、沖隊長はすっかり驚いた。

いつの間にか、沖守備隊に対するゲリラ包囲網は解かれていた。かつて、ヴィガンで河野軍医の治療を受けたゲリラ兵が、タバコを軍医に渡しながら談笑していた。ペラルタとホセによれば、八月十四日、日本政府はポツダム宣言受諾を決意したので、間もなく全日本軍は降伏することになろう、とのことだった。沖隊長は地獄から生還する思いがした。部下の将兵の命をこれ以上犠牲にしてはならないとの思いが突きあげてきた。無益な戦争目的に虚しさを感じた。

ヴィガンでの軍命令への違反、つまり、抗命罪で自分の運命は明らかだった。沖はもはや無駄な突撃は避けるべきだと考え、命令を出さなかった。

やがて、翌日の一九四五年八月十五日となり、終戦となった。日本の敗戦である。山下大将軍司令官よりも沖守備隊長へ米軍への降伏命令が届いた。間もなくフィリッピン・ゲリラ隊に案内されて、米軍の中隊が現れた。スミスという若い米軍中尉が沖大尉に挨拶し、この地域の責任者のエドモントン大尉に会うようにと勧告した。

「エドモントン？」

沖隊長は不思議な名前を聞いたような気がした。まさか、あのエドモントン大尉ではあるまいと思った。半信半疑だった。

沖は部下として、小川憲兵少尉だけを伴って、スミス中尉に案内されるまま、米軍司令部に出頭した。ここで、沖は予想もしない人物と再会した。

イロカノ地方を管轄する米比軍ゲリラ部隊の責任者は、やはり、あの捕虜のエドモントン大尉だったのだ。彼こそは総司令部の軍命令に従っていれば沖中隊のヴィガン撤退前に処刑しておかねばならない人物だった。

「やあ、また、お目にかかりましたね。沖大尉殿」

「これは、これはエドモントン大尉殿。驚きました。何分よろしく」

「沖大尉殿。マッカーサー大将の命令で、貴官の部隊を武装解除した後に、マニラ南郊カンルーバンに設営した日本軍捕虜収容所に送還することになりましたので、協力してください」

「承知しました。早速部下に命令いたしましょう」

こうして、沖大尉は部下二百名とともに米軍の捕虜となった。あっと言う間に、米軍設営部隊が作業を開始して、ジャングル内の空き地にテント村を完成させた。収容所には快適なベッドが運び込まれ、食事も申し分なかった。まず、米軍による武装解除が始まった。日本刀や小銃や機関銃が没収された。沖は思い出の多い軍刀をエドモントン大尉に渡した。沖の命を三度も救った名刀である。エドモントン大尉は感慨深気に、沖の軍刀を眺めて、呟いた。

「刀は武士の魂なのですね」

「これは先祖からの名刀なので、お渡しするのは身を切られるような辛さがあります。しかし、日本の文化が分かる貴官の手に委ねることができて幸いです」

「大事にお預かりしましょう」

沖大尉はエドモントンのような人物に渡せたので嬉しかった。

捕虜テントに戻って、一人であらためて今後の生き方について考えてみた。自分としてはジョセフィーナの待つヴィガンに一刻も早く帰りたいと思った。

しかし、終戦直後のフィリッピンでは反日感情はすさまじく如何に沖が敬愛されていたとは言え、クルース家にとって大迷惑となろう。今や、日本軍が解体した以上、軍法会議などというものも消滅したに違いない。ただ、日本軍の悪名高い軍の規律が終戦後も維持されているかもしれない。思いがけない形で、処罰やリンチが待っている可能性も否定できない。

もしかして、故郷の島根県津和野町では自分が抗命罪の十字架を背負って歩かねばならないのかも知れない。万事が姑息因循な日本社会では用心に用心を重ねないと、とんでもない失望と苦難を味わうことになりかねないのだ。沖は封建色が色濃く残る日本社会のありように十分警戒しなければならないとの覚悟を決めていた。

多分、両親や兄弟や親戚にとっては不名誉な抗命罪は耐え難い苦痛で、郷土の名折れと言われるだろう。帰国しても、飢餓線上の日本で絵の勉強など思いもよらないに違いない。

そんな混沌とした雲海の中から一筋の光がさしてきた。不思議な光だった。奇妙な光だった。

(当分は帰国しないという選択は出来ないものなのか?)

もし、帰国を諦めて暫くヨーロッパに渡り、自由にのびのびと絵の修行が出来ればどんなに素晴らしいことだろうか。一定の水準に達し、自分の絵が少しでも売れるようになれば、ヴィガンに帰れる日も来るだろう。曖昧な密雲にかすかな光が輝いた。

(そうだ。当分帰国は諦めて脱走しよう!)

大尉はこんな決意を、日頃から観察して、柔軟な思想の持主だと見做していた河野軍医に、そっと打ち明けてみると、彼もお供したいという。二人で策を練った。

米軍の捕虜となった沖守備隊の生き残りの将兵二百名は軍用トラックに乗せられて、ボントックから西へ向かいバターン半島の西海岸に達したが、さらにそこからラ・ウニオン州サンフェルナンドに進み、同地発の軍用貨物列車に乗せられた。貨物列車は途中のアンヘレス市近くで真夜中になった。標高が海抜千メートルを超えるアラヤット山近くで、列車は上がり勾配となり、スピードが落ちた。ここがチャンスだと判断して、沖と河野の二人は列車から飛び降りて、山中に逃げ込んだ。この時、沖のポケットにはゲリラのペラルタ弁護士が、将来、万が一の場合に頼りにするがよいと言って渡してくれたメモがあった。それをたよりに忍び足で、二人が訪ねてみると、なんとそこはルソン島西部のゲリラ本隊の洞窟だった。

洞窟内の奥で、沖はゲリラのリーダーのカングレオン中佐に会った。意外に若い。ジャーナリスト出身だという。理知的だが、不敵な面構だった。中佐も沖の名をよく知っていた。そのせいで、沖とカングレオンとはまるで旧知の友人のように打ち解け合った。アラヤット洞窟はまるで高級ホテルのようで、沖も河野も目を丸くした。

沖とカングレオンが話しているところへ、ホセとエレーナとが姿を見せた。エレーナはジョセフィーナの姉で、ホセはその姉の婚約者である。ホセはゲリラ闘士として、カングレオンの補佐役である。エレーナは懐かしそうに沖と河野に挨拶して、ジョセフィーナの近況を伝えてくれた。

「ジョセフィーナとシェリーは安全ですよ。今はまだ牧師館で生活しています。近く自分達はサンタ村の実家に帰ります。実家では母と子を引き取ってもよいと言っています。私達も味方ですから安心してください」

「心からお礼を申し上げます。妻に会ったらくれぐれもよろしく言って励ましてあげてください。私も最大限の努力をしてヴィガンにもどりますから」

アラヤット洞窟はゲリラ隊本部で、補給庫を兼ねているので、巨大な組織となっている。弾薬食料のほか、医療や娯楽の設備も潤沢にある。若いフィリッピン人の男女がセッセと働いている。彼らが各地からボランティアとして集まってきたゲリラ要員だと思うとゾッとする。ゲリラの数は今や全国で二十万に達しているという。

疲弊しきった日本軍から見ると、目を疑いたくなるほど万事に余裕のある贅沢さである。これら物資の大半が米国の潜水艦か空軍輸送機から補給されたものらしい。米国の物量作戦と日本の精神主義との闘いなのか？　沖は皮肉っぽい見方で、日米戦争を考えてみた。科学や技術の優劣もあるだろう。沖はあらためてこの差を痛切に認識し、しみじみと敗北感を噛みしめた。

それに沖はかねてより日本軍の組織の脆弱性を痛切に感じていた。士官学校卒でないと人間扱いにされない軍隊の組織、人間性無視の判断、前近代的な人間関係、陸大卒の過大な優遇と実戦での無能力、情報軽視と兵站無視の非現実的な作戦等々。何れも呆れることばかりだ。その結果、正直者の多い農漁村出身の日本兵がおびただしい血を流している。

それにしても、日米戦争の戦場にされたフィリッピンの不幸を配慮しなければならないと、沖は痛感した。米軍の手先のゲリラ隊と日本軍の手先のガナップまたはカピバリの代理戦争も気の毒な、そして、全く無益な戦いと言わねばならない。同じ民族が血で血を洗う争いは無益というより、むしろ悲劇と言った方がよい。

アラヤット洞窟では沖大尉も河野軍医も丁重に扱われ、快適な生活だった。リーダーのカングレオン隊長とはいろいろと話し合う機会があった。カングレオンは沖と河野が米軍捕虜輸送列車から脱走した事実を認識しており、米軍との深い繋がりがあるものの、二人を引き渡すわけにはゆかないと考えていた。

これは米比関係では危険なことだったが、沖の人柄や意向を考えて最大限の配慮を惜しむべきではないと考えて部下に対して、二人の秘匿と保護に神経を使った。彼はもう一度沖の意向を確かめた。

「敗戦後の日本は食料不足と物価高と失業で混乱しています。人心は荒れ、治安もよくありません。そんな日本にわざわざ帰る積りなのですか?」

「いいえ。私の夢はヴィガンに戻り、ジョセフィーナとシェリーと再会することです。しかし、今行けば必ず逮捕されるでしょう。本来の職業は画業です。ただ、帰国しても生活が成り立つか疑問です。画業の習得などは当分無理でしょう」

「フィリッピンはどこへ隠れても、当分は反日ムードのせいで、旧日本兵は見つかり次第襲撃され、なぶり殺しにされかねません。それほど日本軍に対する憎悪は全国各地で満ち満ちています。こうなればフィリッピンも危険です。最良の選択は第三国への密入国しかありませんね」

「日本と中立関係にあった国はスペインやポルトガルしかないでしょう。日系人が多い南米はよいのですが余りにも遠すぎます」

「とにかく米軍MP(憲兵隊)が逃亡日本兵を捜索中ですから、はやく態度を決めなければなりません。フィリッピンから一番近いところは〝マカオ〟です。まずそこまで行き、その後はポルトガル向けの船を利用するしかないと思いますが如何ですか。必要な手配は私達がやりましょう」

沖大尉が画業の修業のため、ヨーロッパのスペインかポルトガルに密入国したい、という意中を打ち明けると、カングレオン隊長の行動は電光石火のように迅速だった。直ちに部下に命じ、偽造旅券やドル・ポンド紙幣や乗船準備の手配をさせた。

乗船手配が一番厄介だったが、沖をフィリッピン人船員に偽装させて、マカオ行きノルウェー籍貨物船に乗り込ませることになった。

他方、河野軍医は早速、洞窟内の病院でお手伝いをすることになった。本来が歯医者なので、ここの病院で欠員であった歯科治療の責任者となり、ゲリラ達に重宝がられた。そのうち、軍医は看護婦ベティと親しくなった。彼女はカングレオン隊長の従妹で、軍医も彼女の人柄に惹かれ、ほどなく彼女に求愛した。

(以下次号)

老人問題とわたしの対応

映画「八月の鯨」と ボーヴォワールの『老い』を手がかりにして

村井睦男

はじめに映画のこと

　映画「八月の鯨」がきっかけとなって老人問題に関心が芽生え、そこに偶々ボーヴォワールの『老い』のテレビ解説に触れる機会があり、結果、今日の「老人問題」への関心意欲がさらに高まっていった経緯がある。筆者はこれまでこの問題について、関心は示しながらも、そのうちに取り組んでみようと思いながら、延び延びになっていた。ボーヴォワールの『老い』からさらに日本におけるこの問題の現状へと関心が移り、関心はさらに山折哲雄、上野千鶴子に至ったところで止まっている。気がつけば筆者自身これまで「老人問題」から始まって「死」をめぐる問題について、さらには日本の伝統的な「死生観」などについて深く考えを巡らすことがなかった。われながらこの呑気さに呆れると同時に、今後この分野についても自分なりに納得出来る努力をすべきであると思い至り、後者の問題意識については今後筆者なりのとりまとめを行う予定にしている。

　映画「八月の鯨」は１９８７年アメリカ制作の映画で監督はイギリスのリンゼイ・アンダーソン。この映画の舞台は、アメリカ北東部カナダ国境線沿いのメイン州の小さな島にある別荘での話。真夏の海の静かな景色が海を渡る涼風のように心地よいが、過去の懐かしい追憶に重ねられた寂しげな感情を抱かせる作品で、いつまでも記憶に残る映画であった。

　この映画が日本で公開されたのは制作の翌年で、岩波ホールであった。その時点で観る機会を逸したが、２０１３年に岩波ホールが45周年記念として再びこの映画が紹介された後に、日本各地で上映されたのがきっかけであった。初回の日本に紹介された時の人々の反応が大きかったことが、再度上映の機会に繋がったと想像される。その宣伝広告が新聞その他に出ていて、主演がリリアン・ギッシュとベティ・デイビスというアメリカ映画史における名女優二人が実年齢ほぼそのままで出演しているとの前評判も手伝っていた。

　当初興味を抱いたのは、この映画がアメリカ北東部の北大西洋に面した多島海地域の一つの島における話であったことである。ニューヨーク駐在時代に筆者が夏の休暇でメイン州の海岸やコッド岬の近くのマーサーズヴィンヤード島などに出かけていた思い出があり、懐かしい地域に関係しているとの単純な理由からであった。メイン州の海岸に出かけた折の記憶が鮮明に残っている。このメイン州の多島海が当時在米日本人の間で「アメリカの松島」と呼ばれていたということ。夜遅い時間でも大勢の観光客が海岸通りをぞろぞろと散歩していて、真夏というのに夜気は冷え冷えとして、人々は夏用のセーターを着込んでいたこと。肌寒い夏の夜を知らない者にとっては得難い経験であったことが思い出される。

　この映画が日本で地方の映画館にもかかるようになった頃、筆者の義理の母とは当時同居していたが、母は若い頃映画（特に洋画）ファンであったようで、往年の名女優リリアン・ギッシュが実年齢で出演しているとの前宣伝と、彼女の抜群の演技力とチャーミングなことで昔からの熱いファンでもあったようで、是非観に行きたいとの意向であった。そこで話がまとまって、母と二人で映画鑑賞に出かけましょうということになった。

　後日の話になるが、母がある同窓会の席での雑談のなか、最近の出来事として、「娘婿とこの映画を見てきた」という話をしたらしい。その結果、「娘婿さんと一緒に映画を見に行くなんて、大変羨ましい」と座の皆さんから言われたと、後日母が話してくれたという顛末のあった映画でもあった。

　この映画のストーリーは、昔、二人の姉妹が少女だった頃、毎夏にこのメイン州の海岸にある別荘に滞在して、沖にやってくる鯨を飽かず眺め楽しんでいたこと、しかしその後いつの頃からか鯨が来なくなってしまって現在に至るも、諦めることなく期待し続けるという事情のなかで起こる、わずか一日と半日間の出来事である。

　主たる登場人物五人すべてが現在老境にあるかつての名優たちばかりで、静かで淡々とした日常が描かれている。しかし、この映画からは今日的な老人問題の片鱗も感じられなかったかと問われれば、「感じなかった」とは到底言えないほど材料は数多く設定されていた。この静かな夏の平和な毎日の繰り返しの生活を描きながら、１９８７年制作のこの映画監督の問題意識の中に、老人問題への関心が全くなかったと言える筈がない。否、むしろ意図して老人問題の映画としてこれを制作したと断言できる。しかし、映画はあくまでも何事もなかったかのように、静かに海を渡る涼風のなかで閉じる。

　ここでの「老人問題」については次章以降で考えていきたい。

第1章　映画「八月の鯨」

（1）前提となる事情

ドラマは一日の早朝から翌日の午前中あたりまでに起こる日常の出来事を淡々と描いている。主演は高齢の二人の姉妹で、姉のリビーと妹のセーラであるが、妹役のセーラにはリリアン・ギッシュで年齢90歳、小柄なので妹役になっている。姉のリビーにはベット・デービスで年齢79歳、背が高く大柄で役柄上姉の役。姉のリビーは役柄では白内障が進み今では目が不自由になっており、妹のセーラがけなげに姉の身の回りの世話をしている。妹のセーラは働き者で食事や掃除・洗濯その他すべての雑用を取り仕切っているしっかり者のかわいい老婦人と言える。他方姉のリビーはわがままで、口が悪く、すべてはっきりものを言う横柄なところが、この別荘を訪れる隣人たちからは敬遠されている。この姉妹二人は結婚後の幸せな生活を経験しているが、不幸にして二人とも伴侶とは死別して久しい（多分第二次大戦でのドイツとの戦いで、と会話の中から想像される）。彼女たちの若い頃、家はフィラデルフィアにあって、両親はそこそこの生活をしていたようで、毎夏にはここの別荘（今でこそ古くなってしまっているが）に滞在した楽しい思い出、恵まれた懐かしい生活の記憶が二人にはある。

（2）映画のあら筋

映画の冒頭にモノクロ画面で三人の少女たち（二人の姉妹ともう一人は近くに住む友達）が夏の別荘で、鯨が岬に来たとはしゃぎながら近くの高台に駆け上がっていく様子が映し出される。しかし、いつの頃からか鯨は来なくなって久しいが、現実の静かな夏の美しい海に切り替わる。

夜が明けきった朝、一隻のボートが島に着くと一人の老人が釣竿を持って降りてくる。この島のこの場所を釣り場としてしばしば来ており、夏場はニシンの格好の釣り場となり、ニシンが多く集まるからそれを追って鯨がくると彼は説明している。

情景①

朝早く起き出して妹セーラが食事の支度や、洗濯、掃除など毎日の仕事をこなしている。その島にボートでやってきた釣り人が、この近くで釣りをする了解を求めにやってくる。セーラは彼がしばしばやってくるので顔なじみであることから快く対応する。この男性マリノフは、近くの島に住んでいる女性ヒルダと結婚しているロシア貴族の末裔という噂で、そのように理解されている。

姉リビーが起き出してきてセーラとマリノフの会話を耳にしていて、マリノフが去った後、「私はあの男は嫌いだし、彼の釣った魚は食べないわよ」ときついことを言う。

リビーが居間で靴を履いていないのでどうしたのかとセーラが聞くと「探したが、見つからなかった」と返事、セーラが寝室のベッドの下から靴を見つけてきてリビーに履かせる。リビーが「あなたはいつも動き回っていて、せかせか忙しそうにしている」と文句気味に言うと、セーラは「この家は誰かが掃除したり整理したりしないといけないが、この家は私の家だから私がやらざるを得ないの」と応える。二人の話の中でフィラデルフィアに住んでいるリビーの娘アンナに話が及ぶとリビーは「アンナは私たちを敬遠している」と愚痴る。そして、リビーは「夫のマシューは十一月に亡くなったの、私も十一月に逝ってしまうだろう」と諦めごとを言う。

情景②

姉リビーが散歩したいというので連れて外に出る。その時の二人の会話。

リビー「あのマリノフという男が魚を釣ってこなければよいが、私はあんな詐欺師の釣ってきた魚は絶対食べたくないからね」という。セーラ「ニシンがよく釣れる、ニシンがたくさん来るのは鯨がやってくる前触れかもしれない」に対して、「前触れだけに終わるわよ。子供の頃、鯨が来ると季節が変わると父が言っていたわね」とリビーが返す。さらにセーラ「私たち、母が亡くなった歳より歳をとったのよ」そしてセーラは「居間の窓を大きくして外の景色を楽しみながら食事ができるようにしたいと思っているの」と希望を述べるが、それに対してリビーはすかさず「カネがかかりすぎるわよ、賛成できない。私たちは新しいものを造るには年を取り過ぎているの」と反対する。

情景③

幼な馴染みで近くに住むティーシャが訪ねてくる。彼女も老人の域にあって太っちょで杖をついているお節介焼きのおしゃべりおばさん。セーラが「なぜ車で来なかったの」と質ねると、ティーシャは「運転はもう諦めた。車はガレージに置いたまま。先般買い物に行った折、車の後部を他の車にぶっつけたの、そして6ヶ月の運転免許停止となった。6ヶ月間も私には耐えられないのできっぱり諦めたの」と説明。二人はリビーを意識して静かに話をする。セーラの様子が元気なさそうだと感じてティーシャがそれを質ねると、セーラが「リビーが近頃「死」を口にしだしたから心配している」と答えるが、ティーシャは「それは心の問題だわよ。気が弱くなっているのよ。ティーシャは娘のアンナに引き取ってもらうべきよ、それくらいのカネはあるはず」と勧め、「あんた自身はこのままでやっていけると考えているの？　考えるべき時期よ。リビーが居なくなると寂しくなるわよ、どう、私と一緒に住まない？」と誘う。

セーラは「居間の窓を大きくしたいと考えているの。初めて鯨を見たときの日のことをよく覚えている」と言うと、ティーシャが「あなたは双眼鏡を離さなかったわね」と言って笑う。

その後リビーも話に加わり、ティーシャが「最近疲れやすくなっている」といったのに対して、リビーが「それは尼僧のせいよ」と冷やかすと「尼僧にも権利があるわ」とティーシャが反論する。ティーシャはセーラから「その後関節炎の方はどう」と質ねられて、「医者に診てもらったら長生きしすぎたからだと言われたわよ」と言ってティーシャは笑う。

ティーシャが重要な報告だとして「昨日ヒルダ（近くの島に住んでいる友達で、自称ロシア貴族の末裔のマリノフが住み着いている）が亡くなった、83歳だったが、彼女は私のブリッジの好敵手だった」と喋り続ける。

情景④

マリノフが釣果を持って再びやって来る。

工事に来ていた大工（何でも屋）が帰り際に「居間の窓の工事のこと考えてくれましたか」と質ねられて、姉のリビーが「いろいろ考えましたが、それはNOです」と応える。セーラは反抗のしようがなく、それに従う。

マリノフが釣ってきた魚をセーラに渡すとセーラが、「もし魚の料理をしていただけるなら今晩一緒に食事をしましょう」と誘い、マリノフは応諾する。「夕刻5時半に家に来てください。月光の下での夕食を楽しんでいただきたい」とセーラは伝える。ティーシャとマリノフは共に帰っていく。

その日の夕食会のためにセーラはどの洋服にするかあれこれ忙しくする。リビーが準備していないのを批判するとリビーは「私は着替えなどしませんよ。あの男は優しくすると居付くわよ」と忠告気味に言う。セーラは怒って、「私の家だから誰を招待しようと私の勝手です」とはっきり言い返す。

情景⑤

夕刻マリノフが来る。マリノフが魚の料理をする。

その後三人が夕食の食卓を囲んで会話を楽しむ。マリノフが母親の写真を取り出す。姉リビーが「写真は無くなりますが、思い出は残ります」というのに対して、マリノフは「過去の思い出などすべて昔のことです。そして思い出は消えていきます」と言う。リビーが「ヒルダが亡くなって、マリノフさんはこの冬どこで冬ごもりをされるつもりですか」と質ね、マリノフは「一人で生きていくことが大切です」と言うと、リビーは「断っておきますが、この家は当てにしないでくださいね」ときっぱり言って、その直後にリビーは「私はこれで休みます」とさっさと寝室に引き上げてしまう。マリノフは「勘のいいお姉さんに心の中を見透かされました」と告白する。セーラが「寿命以上に生き長らえて、人生は長すぎると思いませんか」と問うのに対して「私はそうは思いません」とマリノフは応える。

情景⑥

その夜セーラはしみじみと考える。ドレスに着替え、懐かしいレコードをかけて昔の夫のことを思い続け、むしろ亡き夫に問いかけている。「情熱（赤）と真実（白）こそ人生のすべてだ」と夫が言っていたことを思い出し、それに勇気を得る。セーラは姉リビーのマリノフに対する仕打ちや、居間の窓工事に対する反対に失望、リビーとの決別を考えて、自分で生きていこうと決意する。真夜中のその時にリビーがわめきながら寝室から出てきて、「セーラが死ぬのではないか、セーラが見つからない」と夢にうなされてワーワー騒ぎ出す。

情景⑦

翌朝、セーラは「私の命はまだ終わらないの」ときっぱり言って、自分の意志で生きていこうと思っていると言い切る。「私はこの冬もこの島にいるつもり。あなたは娘のアンナの所へ行きなさい。娘ならあなたを探してくれるわ」とセーラがはっきり言う。リビーは「あなたに迷惑をかけたくないの、あなたと別れるのが一番いい方法だと考えている」とリビーは反省して言う。

そこへティーシャと不動産屋が突然車でやってくる。いきなり不動産屋が家を見せてくれという。ティーシャが「ちょうど良いタイミングだから、不動産屋に価格見積もりの話をしたのよ」言ったのに対して、セーラは決然として「この家は絶対に売りません。あなたは差し出がましいわよ。私はこの家を出ないわよ」と言い切る。

ちょうどその時、昨日の大工が忘れ物をしたと探しに来た。すると突然姉リビーが「工事はできるだけ早い方がよいわね。Thanks Giving Day までに出来上がるかしら」と問いかけ、セーラも大工もこの姉リビーの心変わりの変化に一瞬驚くが安堵する。

その後、姉妹は手を取り合って周囲を散歩する。セーラのリビーとの仲直りである。最後にセーラが「鯨は行ってしまったわ」といったのに対してリビーが「You can never guess.（誰も予想は当たらないものよ）」というところで映画は終わる。

（3）この映画の感想

この映画の出演者はすべて老人であることから、アクション中心の映画に比べればほとんど静止している場面の会話が中心である。あらすじ紹介では、それ故できるだけ会話中心に説明した。この映画の中で交わされる会話はほとんどが老年に関連するものばかりであったし、それは当然といえば当然であろう。しかし、監督の意図としては、演技者にすべて老人を起用しているが、老人くさい雰囲気やまもなく生の終局を迎えるといった暗さを想起させる雰囲気を、徹底して避ける努力をしているのが伺える。彼らの会話の中に散りばめられている老いの表現自体へのこだわりは深く追及されないまま、ただ何事もなかったように時間が過ぎていく。

この映画はいたるところに「老い」の情景がありながら、リンゼイ・アンダーソン監督は、それを個々に問題として取り上げるのではなく、老いの先にある時間の制約を意識しながら、将来の期待につないで毎日を自然の営みの中で繰り返していく姿を描いたのだという印象を抱いた。

この映画に関心を持っていたある日、新聞の文化欄でこの映画の思い出について短いエッセイが目に止まった。現在俳人である長谷川櫂氏の若き日のこの映画に関するものであった。（日本経済新聞　2020年4月15日「こころの玉手箱」）氏はこの映画の感想について次のように述べていた。「この映画のどこがそんなに魅力なのか。……全編に明るい諦めが満ちわたっていることだろうか。もう帰ってこないかもしれない鯨を待ち続ける。人間は若い時にやろうと思っても、長い年月をかけて諦めなければならないことがいくつもある。……」と。

この文章を読んだ時の印象は、筆者が当初映画を観た時に感じたものとほぼ同じようなものであった。しかし、現在、世界的にも関心が高まり、日本においても大きな関心事である「老人問題」についてのこだわりがあった。

この映画は二人の老姉妹の生命と老いへの葛藤を余すところなく描きながら、北の海の真夏の涼風のごとく涼やかに吹き流れて、何事もなかったように日常が過ぎていくストーリーに仕上がっているが、監督の思いはどういうものであったのだろうと、考えさせられたのである。

この映画が作成されたのが1987年で、世のなかの「老人問題」は既に社会問題として人々の関心のなかに大きく位置付けられていたといえる。後に述べるが1970年にフランスのボーヴォワールの『老い』が発表され、その2年後には日本では、例えば有吉佐和子の『恍惚の人』が世に出て評判になり、この問題性に大きな反響があった。リンゼイ監督は十分すぎるほど老人問題を意識しつつ、そこでの問題性を承知しながら、この映画のケースとして真正面から「老人問題」を訴える方法を採らず、むしろこの静かな平和な一瞬を捉えることで、逆にその問題の深刻さを印象付けたかったのではないかと解釈する。

先に触れた長谷川櫂氏は、この映画の全編に明るい諦めが満ちていると語っている。老人五人が織りなす日常の生活が一種諦めの感覚に満ちていて、そこには今日いう老人問題のジメジメした陰鬱さが感じられないのである。当時この映画を観た時の印象は「老人問題」という意識からしても、老人の会話はあのようなものであろうという感覚はあった。老人たちは自分が今置かれている状況はよくわかっていて、そのための対応は不安な予感として気にしながら毎日を送っている。そこには生命の終局という抗えない将来の時点はある程度の意識はありながら、それを明るい諦めに盛り込んでいるという。しかし、現在筆者の結論はそれと少し異なっている。

人々の相互の関係秩序が大きな変化なく、辛うじて保たれている時間のなかにある限り、枠の中での小さな変化はあっても、全体には影響はなく平和が保たれる。この映画は、その一時的に存在する平和の姿とみてよいのだろう。この平和な関係秩序が崩れる前の時間の平和が辛うじて保たれている。もし姉リビーが突然亡くなったら、亡くならないまでも病気が重く寝たきりになったら、娘のところに引き取られたとしたら、娘とその母親リビーとの軋轢は、さらに妹セーラはどうなる、一人でこの家で厳しい冬を越すのか、彼女の健康はどうか、諦めてこの家を売却すると彼女の生活はどうなる、老人介護付き施設に入るにしても経済的に可能か、等々すぐに一時の生活の平和が破られるいろんな問題が目白押しに起きる可能性がある。即ち、現在の「老人問題」の具体的な事例が突如顕現する。リンゼー・アンダーソン監督はこの平和な一時期の背後には現代的な老人問題があることを十分に承知しながら、この一瞬の平和な関係秩序を捉え描いたのではなかったか。一方で彼らが将来に期待する「八月の鯨」は自分の命の期限を凌駕するむしろその限界を超える将来の時点に希望をつなぐという限られた時間を打ち砕いて心穏やかにしてくれることも包含しているのであろうか。

当時（映画の舞台となっている時代）の人々の老人問題に対する意識の程度は現在とはやはり異なっていただろうと考える。監督はこの問題意識をより強く有しており、そのためにも話題性のある俳優たちを意図的に起用したのではと考えさせられる。毎日の生活の中に包含されている突然の平和な秩序の崩壊がいつ来るかは、人々の会話の中に隠されている。その背後にある老人問題を平和な秩序が崩れる直前の姿として描いたのであり、筆者は広く老人問題の映画として制作されたと今日的に解釈する。

第2章　ボーヴォワールの『老い』と「老人問題」

(1) シモーヌ・ボーヴォワールについて

丁度この映画に老人問題として関心があった頃、ＮＨＫの番組でシモーヌ・ボーヴォワールの『老い』の解説番組が目に止まった。解説者は上野千鶴子氏で、社会学者である彼女は早い時期から老人問題にも関心を寄せ、多数の関係書を上梓している人物である。（ＮＨＫテキスト ボーヴォワール『老い』 ２０２１年７月 解説上野千鶴子）

老人問題について語る場合、20世紀に至りこの問題についてようやく本格的な議論を投げかけ、人々に問題の意味を認識させたのが、フランスの哲学者シモーヌ・ボーヴォワールの大著『老い』であったと理解されている。

1970年にこの書は出版されているが、世界的に「老人問題」が人々の意識の中に必ずしも十分な認識・位置づけができていなかっただけに、この書が与えたインパクトは大きかったと想像される。太古の昔から歴史的に老人の存在は当然のこととしてあって、人々の生活の中で避けて通れない位置づけにあったことは間違いない。

シモーヌ・ボーヴォワール（1908～1986年）はフランスの女性哲学者・実存主義者で同じ実存主義者・哲学者のジャン・ポール・サルトルとはパートナー（正式結婚しない）として事実上夫婦であったことは広く知られている。ボーヴォワールは1949年に『第二の性』と題する大著を著し、この書は女性の社会的立場について革命的なインパクトを与え、世にいう「ウーマンリブ」の火付け役にもなったと言われる書であった。

他方、この書『老い』は、彼女が62歳の時に発表されたもので、彼女自身もようやく社会的にいう老境枠に入る年齢を迎えるというこの時代に書かれたものである。この背景にはもちろん彼女の社会的な思想の立場、実存主義哲学の立場からの発言が色濃く反映されていることは確かである。

（2）著書『老い』の主張

ボーヴォワールは「老いは文明のスキャンダルである」と主張している。この意味は、この文明社会にありながら老いた人間を厄介者にして廃物扱いにする、そのように老人を扱うことが文明のスキャンダルであること。老いは個人の問題ではなく社会の問題である、と明言している。

彼女は著書の「序文」のなかでこの問題について糾弾し、近代の文明の挫折への厳しい批判を次のように述べている。「貧窮者の大部分は老人である。閑暇は定年退職者に新しい可能性を開いてくれない。彼がようやく強制から解放された時、人々は彼がその自由を活用する手段をとりあげるのである。彼は孤独と倦怠のなかで無為に生きるべく運命づけられる、単なる屑として。人間がその最後の15年ないし20年のあいだ、もはや1個の廃品でしかないという事実は、われわれの文明の挫折をはっきりと示している」

この点に関して、上野氏はボーヴォワールのこの表現について、彼女の訴えとして、現代社会において老人は人間として扱われていない、老人の問題が毀損されていることへの怒りであったと解説している。この背景には1970年当時フランスの高齢化率は12％と世界的にトップレベルあったことが背景にあった。（ちなみに、日本の現在の老齢化率約30％に比すればかなり低いが、問題視した）この時期フランスを含め世界的にも社会保障制度は未だ脆弱な状況にあったからである。

ボーヴォワールはさらに序文において、より厳密に詳しく次のようにも述べている。

「老いは人間の時間に対する関係を変え、従って世界に対する、そして彼自身の歴史に対する彼の関係をも変える。他方、人間は決して自然状態において生きる者ではなく、老年期においても他のすべての年齢においてと同様、彼の身分は彼が所属する社会によって課せられるのである。老いの問題を複雑にするのは、こうしたいくつかの緊密な相互依存ということである。……老いのさまざまな様相を分析的な仕方で叙述するだけでは十分ではない。それぞれの様相は他のすべての様相に作用をおよぼすと同時にそれらから影響を受けるのであり、この循環性の際限ない運動のなかで老いを捉えなければならないのである」

彼女はこのように近代文明への不備を糾弾するだけではなく、老いそのものの複雑さについても十分に認めている。著書の構成は、第1部と第2部からなっているが、第1部では生物学、民俗学、歴史、現代の社会学等が老いについて教えるところを検討し、第2部では、年取った人間が自己の身体に対する、時間に対する、他者に対する関係をいかに内面化する（内的経験として自覚する）かについて述べていきたいとしている。

ここからは上野千鶴子氏の解説に従って説明する。

上野氏はこの書との関わりはボーヴォワールが「老いは文明のスキャンダルである」という言葉に大きな衝撃を受けた時からの付き合いであると言う。この書はいわば陰惨な本で、前向きに老いるヒントなどほとんど書かれていない。しかし、同時に高齢あるいは超高齢社会に突入した現在の老いの問題を先取りした先駆的な本でもあると評価している。

（1）老いとは何か

高齢者の定義は、世界保健機関（ＷＨＯ）で65歳以上を高齢者と定めている。日本ではこれに従っているが、２０１７年に日本老年学会と日本老年医学会が共同提案し、高齢者を75歳以上とした。しかし、このカテゴリーはご都合主義的で高齢者の不変の定義は今でも存在していないと言う。

人間の発達理論からは青年期への移行は多く語られてきたが、大人が老人に向かう向老期についてはあまり問題にされなかった。というのは、かつては寿命が短くみんなが早逝であったからである。ところがその後、向老期は青年期よりはるかに長くなり、アイデンティティの危機が起きていると説明する。

老いの意識について、氏はボーヴォワールの説明に基づいて次のように言っている。「老いは大抵「他者の経験」としてやってくる。その他者とは自分より先に自分の老いを認識する「周囲の人びと」であり、それを受け入れられない自分にとっての「内なる他者」なのだ」という。

人間の発達の歴史には、生理的、心理的、社会的、文化的の四つの次元があるが、このなかで一番早く老いが始まるのは生理的次元であるのは誰しも納得できるだろう。これらのなかで最も遅れるのが心理的老いである。心理的な老いは他の次元の老いに追いつかない。そのために自分に対する認識にズレが生じる、と説明される。即ち、自己同一性の喪失であるアイデンティティの危機が起きると説明される。高齢者の否定的アイデンティティは差別意識とも関係しており、中途障害者と先天的障害者の間には高い壁がある。自己差別があり第三者による差別より自己差別はもっと厳しくつらいものだと言う。心理的な老化がいちばん遅くなるのは、変化した自分を受け入れられないという、自己否定感がそこにあるからであるとも説明している。

ボーヴォワールは老いについて、男の老いと女の老いには男女で差があると指摘している。この『老い』の執筆当時、フランスの平均寿命は男68歳、女75歳であった。当時フランスでは女性に年齢を聞くのは失礼であったとボーヴォワールは書いており、加齢というものが「女らしさの死」を意味したからであるとも説明している。

老いは他者を通して突然やってくる。しかしそれを自分ではただちに認められない。上野氏は長年現実を見てきた経験から、老いは衰えではあるがだからといって惨めではない。老いを惨めにするのは、そう取り扱う社会の側である、と言う。老いは他者の経験だと言うが、その他者とは自分自身なのだ、現実を否定せず、老いを受容する必要があると強調する。ボーヴォワールが告発した「文明の挫折」を克服するには、そこから始めなければならない、とも言う。

(2) 老いの比較

ボーヴォワールは、生物的にはどの時代に生まれても人は老いるとしても、その運命は「社会的背景にしたがって多種、多様に生きられるため」歴史を参照しないわけにはいかないとも言っている。「老人の境涯が持つ不可避的なものを取り出し、どの程度まで、またいかなる代価を払えばその困苦を和らげることができるかを考え、従ってわれわれが生きている体制の責任がいかなるものであるか、を明らかにすることができる」と指摘している。

比較老年学の知見に基づけば、移動する社会、変化する社会(即ちこれは近代社会に当たる)が、老人の地位を低めたと述べている。また、親子関係の厳格さが高齢者の処遇に反映することと、経済格差で文明社会の裕福な老人は長命であることについても述べている。しかし、健康格差の指標に経済を持ってくるのはタブーであったが、そこから目を背けるわけにはいかなくなったと上野氏は説明している。

比較老年学のなかで、社会的属性、職業による老いの違いをかなり多数のジャンルの人物から分析している。なかでも興味深いのは、作家と学者についてである。ボーヴォワールは「一般的には高齢者は文学的創造にとって好適ではない」といい、「学者については、老いは学問の発展の妨げになる」と厳しく批判している。ただし例外は、技術の習得に時間がかかるため画家と音楽家は例外としている。

興味深いのは政治家の老いについてである。老人にとって時代の流れに自らを適応させることは困難であり、老いた政治家もそれと同じで、「彼は、彼の青年期とはあまりにも異なる新時代を理解することにしばしば失敗する」と言っている。ケースとして、チャーチルの晩年や、ゲーテ晩年の失敗や、サルトルの死の直前のことまで事細かに、老いとはこういうものだという事例について評価を下すのではなく、ただ示して、「だからどうした」と言っているのだと上野氏は評し、ボーヴォワールは徹底したリアリストであったとも述べている。

（3）老人と性について

ボーヴォワールはこの問題について、大著であるこの書での記述は決して多くないが、一章を設け精神医学、社会学、文学などの視点から多角的に検討している。老人の性を問う事は、人間とは何かを問うことになる。性は自由の問題とも繋がっており、性ほど規範でがんじがらめになっているものはないと上野氏は主張する。

この問題についての転換は、1976年フランスの哲学者ミシェル・フーコーが『性の歴史』の第1巻『知への意志』を発表したことで学問へのパラダイムシフトが起きたと説明される。それ以前の研究は性の科学（自然科学の一学問）であった。フーコーは科学でいう生物的観点からのものと、心理的、社会的な知見からの観察に分けて、この問題はむしろ文化と歴史の産物であると論じたと説明している。そこからこれは自然科学ではなく、文化と歴史の産物として論じられるようになり、人文科学の研究対象に変わったのである。

歴史的には近代以前と近代におけるこの問題への取り扱いは大きく異なっている。近代になって、子供、老人、障害者の性は否定される。理由は近代国家にとって人口管理が重要な課題となり、男女による生殖を国が管理するようにさえなったからであると説明される。

ボーヴォワールは、この問題について「老いて枯れる」は虚像であることを多くの老人たちの証言を集めて、その結論として多様な現実があると述べている。ここでボーヴォワールは、自身とパートナーであるサルトルの性行動についてもかなり詳しく述べていることについて、上野氏はこれはパートナー間で秘密は持たないという透明性への凄まじい脅迫であり、このような事実を読むと辟易するとも表現している。なぜ彼らはここまで実践してきたかについて、それは実存主義のキーワードが「自由」だからであるとして、彼らは実存主義の思想を実践したのだと説明している。

ボーヴォワールが実践し続けた自由、正直さは本人にとっても周囲にとっても残酷なものであったが、それらすべての体験を通して「人間とは何か」を探求したのであるとも言っている。

（4）豊かな老いを生きる方策
——老いの処遇としての社会保障制度の実現

ボーヴォワールの主張は一貫してこの問題は文明が引き受けるべき課題と考えていることから、この書には答えは述べられていない。上野氏もこの問題は文明史的課題として捉えなければならないとしている。

初期における高齢者の社会保障の現実は充実に程遠いものであった。ボーヴォワールも当時のフランスの現実がいかに貧弱なものであったかを述べており、救済院と施療院が合体したようなところに高齢者が何百人も収容されていて、完全に受動的な存在として扱われ、老人たちは急速に人間性を失っていったと説明している。

経済的に立ちゆかなくなった人が救済院に入るケースや、家族が面倒をみられないとして、親や祖父母を、特に彼らが認知症を患っている場合が多いが、施設に入れるケースも多くなってきた。特に認知症患者とみられる老人をかかえる家族のケアは相当の労力や努力が要求されるもので、家族の目を盗んで外に出て徘徊し行方不明になり、警察の世話になるような場合、ひどい場合は排泄物をいじる段階にあるようなケースなど、家族のケアの限界となる。ボーヴォワールの『老い』から2年後の1972年に日本で発表された有吉佐和子の小説『恍惚の人』は、認知症老人を抱える家族のあり様をつぶさに描いたもので、当時日本社会の中でこのような老人の実例が数多く報道されるようになっていただけに、社会に大きなショックを与えた。

この書では家族の中の高齢者に対するケアの場合と、一人暮らし老人の場合のケアにわけて説明されている。前者の場合、フランスでは高齢者の世話は先ずは家族の義務であったが、フランスでは基本的に親子の同居はないので、これは呼び寄せ近異居のケースであった。一人暮らし老人の場合はさらに悲惨である。ボーヴォワールは、一人暮らしの老人は悪い健康と窮乏と孤独という三重の悪循環に陥っていく、と述べている。上野氏は、ここは欧米における高齢者の個人主義や自己に対する脅迫というものも関わっているのだろうと指摘している。ボーヴォワールは最低限の住居と生計を維持するお金が確保される社会の実現を望んでいたが、当時はそうした暮らしを高齢者に対して実現する手段が整っていなかったとコメントしている。

しかし、その後高齢者の社会保障は世界的に長足の進歩を遂げた。日本の場合、２０００年4月に介護保険制度が制定されスタート、ようやく条件が整い始めたのである。その条件が「介護の社会化」であると上野氏は強調する。

日本において介護保険の導入によって起こった変化（4つの変化）について、氏は次のように指摘している。

①権利意識の向上

介護保険料を払っていることで介護サービスを積極的に受けるようになった。サービス利用が急激に高まった。

②介護サービス準市場の成立

介護サービスが成長産業と認識され、多くの事業者が参入した。

③ケアワークの有償化

介護が有償労働になったこと、ケアワーカーは資格を有する専門職になった。

④家族介護の実態が明らかになった。

家族介護に他人の目が入り、高齢者虐待が明らかになった。2005年に高齢者虐待防止法が成立した。

この介護保険はもともと家族介護の負担軽減を意図したものであったが、意図しない効果があったのは、施設志向の高まりが起きて、施設の利用が増えたと言われている。

現在日本の高齢者介護は在宅にシフトしている。介護保険の本来の目的は在宅介護の支援であったので、本来の目的にようやく向かい始めたことになる。施設から在宅へのシフトは、現在世界的な流れになっている、と氏は指摘している。（社会保障先進国の北欧諸国ではいちはやく施設主義から在宅志向に変わっている。）日本の場合、在宅志向の主な理由がコスト抑制であったが、最近の状況が少しずつ変化してきており、高齢者の住む家にもはや介護を担う家族が同居していることが期待できないという現実が出てきていることも付け加えている。

（5）最後の自己決定と自由の問題

社会保障の大きな問題として認知症高齢者の問題がある。認知症になった人をどのように処遇するか、「いずれ日本が直面するであろうと考えられるのが安楽死の問題である」と氏は問題提起している。自己決定ができなくなってまで生きていたくないという高齢者も増加しているが、「生と死に自己決定はあるかということに関わる問題である」と言っている。「安楽死を肯定する人は、せめて死の自己決定くらいはさせて欲しいというでしょうが、死について完全に自由な意思決定は可能かどうか、これは極めて難しい問題」と述べている。上野氏はボーヴォワールが生きていたら「実存主義のいう自由のなかに死の自己決定は含まれるのか聞いてみたい」と言うが、おそらく彼女は「ノン」と答えると思うと興味深い意見を述べている。実際ボーヴォワールもサルトルも死の自己決定については言及しなかったし、実践もしなかった。その態度からは安楽死もおそらく認めなかったであろう、と。

（6）結論――老いという冒険

ボーヴォワールは、「われわれ人類が末長く継続すること、そして人類がよりよい時代をもつことを自分は望んでいる。この希望がなければそれに向かって進んでいる老いは、自分には全く耐え難いものである」として、未来に希望を託している。「そのなかに私の人生が刻み込まれているこの人類の冒険」そこには「老いる」という冒険も含まれているのだ。老人たちは老いという新しい冒険に乗り出しているのだと上野氏はいう。だから生きていいのだ、役に立てないからと絶望するのでもなく、老いを老いとして引き受ければ良いのだ。それを阻もうとする規範、抑圧、価値観が何であるか、ボーヴォワールの『老い』は示してくれているのだと結論している。

第3章　ひとり暮らしの過ごし方
（老いて終わりとどう向き合うか）

　老人問題はこれまで触れてきたように、日本においても21世紀に入って社会的な支援状況は格段に好転する方向に向かってきた。上野氏は「長生きすればするほどみんな最後はひとりになる。結婚した人もしなかった人も最後はひとりになる。長生きする比較では男女間で女性の方がだいぶ長いことから女性のひとり暮らしの比率は上昇するはずであるから、ひとりで暮らすための準備は早めにスタートするのがよい」と助言する。

　しかしここで問題なのは、ひとりで暮らす実務的なノウハウの準備だけでは不十分である。ひとり暮らしの比率が女性に比して男性が低いと言えども長生きしてひとりで生きていくための支えとなる生き方は男女ともに必要であろう。これは老人問題が次に避けられない重要課題である。社会制度の側面で一応先進国並みに整備されつつあるとは言え、それですべてが解決したのではない。

　この老人問題について、日本の人口構造の変化に伴うその後の人々の自らの将来についての受け止め方を早い時期から考察し、その変化への対処方法やその基本的な考え方について具体的にかつ平易に指し示したのが上野千鶴子氏であり、このような状況変化において基本的な考え方の根幹にあるべき「ひとりで生きる」思想を日本古来の歴史から発掘し指摘したのは山折哲雄氏であったと理解している。すなわち、上野氏はひとり老人（「おひとりさま」）の具体的実務的な生き方の対応方法を提案し、山折氏は「ひとり」の哲学的な生き方（思想）の事例を日本の歴史上の人物から見出し、今求められる基本的な対処法としての生き方を提示したのである。

　この二人は、日本の老人人口の急増という社会構造の変化の兆しのなかで、いち早くその対処策について言及し、ほぼ同時期にそれぞれの対処方法を提言した人物であった。マスコミなどによって老人の孤独死が騒がれるようになり、ひとり暮らしが孤独死＝惨めな死という意味に繋がっていた状況があった。また、孤独死の問題と同時に出てきたのが、「ひとり暮らし」というやや否定的ニュアンスがあったのに対して、「ひとり暮らしの何が悪い」という彼らの反論、説得努力もあって、現在ではマイナスイメージは少しずつ修正されつつある。筆者は偶々この二人の対談記録『おひとりさまvs.ひとりの哲学』（朝日新聞出版2018年）に触れる機会があって、この二人の主張をもう少し詳しく知りたいと関心を抱いた。

　結果として、ここに山折氏の『「ひとり」の哲学』と上野氏の『おひとりさまの老後』についてそれぞれの主張を簡単にみていくこととした。

（1）山折哲雄氏『「ひとり」の哲学』（新潮選書2016年）

　先に触れた山折氏と上野氏の対談記録の終わりのところで対談進行役が「上野さんの「個」というのは、神を殺した「個」で、神殺しの末に出てきた確信的無神論の個ということですね。一方で、山折さんの「ひとり」というのは、神仏を殺さない「ひとり」ということになりますね」と非常に簡潔にコメントしていると感心した。山折氏の思想は神仏を殺さない、日本風土に根付いた「ひとり」の思想である。生の終末を意識しながら生きる老人の支えとなる具体的な対応策をこの二面的方向からアプローチしたものであった。

　日本社会で最近気づかされるのは、ひとりで生きるという意識が人々の意識の中から次第に消え失せていったのではないか、「ひとり」で生きる暮らしの劣化、「ひとり」の哲学が雲散霧消してしまったのではないかとも、ひとり暮らしの足元が底なしの危機にさらされていることに気がついたとも言っている。対応としてひとりで立つことから始めるほかない。特に氏は「自助・共助・公助」という最近の言葉遣いを批判し、特に「自助」ではなく「自立」と言うべきであるとも厳しく批判している。

　山折氏の発想の始点は、ドイツの哲学者カール・ヤスパース（1883～1969年）の『歴史の起源と目標』にあった。氏はこの点に関して次のように述べている。「第2次世界大戦が終わった時、ヤスパースはこの先人類はどこに向かっていくのか、その道は果たして希望に満ちたものかという危機意識を抱いていた。ソ連のスターリンが戦争を仕掛けてくるかもしれないという深刻な不安のなかにいた。人類がまったく経験したことのない未来が不気味に横たわっていた。彼は「基軸時代」の仮説を提起したのである。」そして、ヤスパースは、紀元前800年～前200年の間に人類最大の精神変革があったとしてそれを「基軸の時代」と名付けた。この時代こそが人類史に精神的覚醒を促したのであると言う。

そこで山折氏は、日本の歴史のなかで「基軸の時代」を探す作業に入る。

山折氏は日本の歴史の中から立ち上がってきたのが13世紀を「軸の時代」(死に差し向けられた人間の意識が急激な深まりをみせていく時代、終末の危機意識)と位置付けて、その時代を生きた「軸の思想家」と呼べる人物像として、親鸞、道元、日蓮たちの群像であったと観る。彼らを押し包む思想展開のなかでさらに法然と一遍が例示されており、特に一遍は「ひとり」哲学のもっとも素朴な姿としてその最終ランナーの具現者であったのではないかという。

山折氏は、「個」と「ひとり」の違いについて、「個」の背後には石のような堅固な論理の体系、哲学と称する岩盤が息をひそめているが、それに対して「ひとり」のかたわらにはそのようなものはどこにも見当たらないと述べている。個は西洋哲学の基本に存在するもので、西洋近代の浸透した社会のなかで日本においても慣れ親しんだものであるが、他方「ひとり」は日本の歴史の中で「軸の思想家」たちが遺していった純粋に日本的な生き方についての思想である。親鸞、道元、日蓮に連なる人物として鴨長明、良寛、芭蕉が挙げられ、また軸の思想家の影響を受けた鴨長明の唱える数奇三昧の執心に連なる生き方の手本として西行の和歌、宗祇の連歌、雪舟の絵、利休の茶などを挙げている。また、日本は歴史的に昔から天変地異、大きな自然災害に見舞われる経験を繰り返してきた。日本人が身につけてきた覚悟は何であったのか。すべて「想定外」、「想定内」という二項対立的な考え方が、如何に身勝手で脆弱なものであるかを骨身に徹して知っていたのが鴨長明であり日蓮であったという。彼らの「ひとり」で生き抜こうとする意思であったと思うと氏は強調している。

しかし、山折氏は明治以降において「ひとり」から「個人」へと時代の歯車が回り始めたと指摘し、「ひとり」の哲学が喪失していく危機にさらされるようになった。これがさらに勢いを得るのが戦後の飢餓時代であり、アメリカ流のデモクラシーによる「個」の自立と「個性」の尊重であったが、それがいつの間にかそれらの観念を空洞化させていったと氏は嘆く。西洋直輸入の理念を、日本の伝統的な「ひとり」の価値観と照らし合わせ、真剣に比較してみる作業をほとんど完全に怠ってしまったからであると厳しく指摘している。

さらに、山折氏はもう一つの「震災」との関連でこの問題を考えてみようという。よく知られているのは鴨長明が文治京都大地震(1185年)の経験を背景に書いた『方丈記』であり、日蓮はやはり正嘉大地震(1257年)の経験を背景に『立正安国論』を書いた。この二人の生き方のなかに天変地異という名の災害に対する二つの根本的な態度が見出されると述べている。この国で根付いた「ひとり」で生きる姿であり、鴨長明の依拠する「天災論」と日蓮の窮極の「人災論」をそこに見る思いがする。鴨長明は自然に逆らわず生きる方法を知っており、「ひとり」の哲学に殉ずる覚悟を身につけていたと指摘。日蓮の場合は法華経をないがしろにすることで生じる危機、「国内」での内乱の危機と外から侵入してくる「外敵」による危機について論じ、自然の脅威に対しては精神の純化の重要性を主張し、それは彼の「ひとり」の哲学の立場であったと説明している。自然の脅威はすべて「想定内」と受け止めるほかなく、それこそがこの災害列島に生き続けてきた日本人が身につけてきた覚悟であり、人生の知恵であったと思うと強調している。

　最後に山折氏は、日本人の死生観について述べている。

「備えあれば憂いなし」、「人事を尽くして天命を待つ」といった日本人の死生観は、想定外の事態に対していわれる「不条理」とか「偶然性」といった西洋の思考法とは異なる来歴をもっていたことに注意しなければならないという。

「死生」とか「死生観」と表記するのは、この日本列島が演出した独自の思想であったという。今われわれは「挽歌」（死者の魂に向かって語りかける心の叫び）の季節を迎えているのかもしれない、とも述べる。それは古代万葉人の作法であり、先祖たちの日常における暮らしのモラルであったが、それを今日の社会は「終活」といった軽薄な言葉で呼ぶようになってしまったと氏は嘆く。

　人はひとりでこの世に生まれ、ひとりで死んでいく。それは祖先が今日まで守り抜いてきた死生観の根本的な作法であった。「死生観」という言葉にひそむ核心的なモラルであった。和語で表現される「こころ」の宇宙を内側から満たす日本列島人の人間観であり、さらに言えば世界観だったと言っていいと山折氏は断言している。

（2）上野千鶴子『おひとりさまの老後』（文春文庫２０１１年）

　上野氏は日本の人口構造の変化による老人問題への関心の高まりをいち早くキャッチし（特に高齢女性の一人暮らしに注目し）早めの準備対応を勧めてきたことで、氏の多くの出版物は多大の関心を集めてきた。

　この著書で上野氏が目的とするのは次のようである。

　長生きすればするほどみんな最後はひとりになる。少子高齢社会では女性にとって「家族する」期間は短縮しているという。女性の生き方も、「家族する」のにふさわしいノウハウを身につけるばかりでなく、ひとりで暮らすためのノウハウを準備しておいてもよいのではないか。しかし、「おひとりさまの老後」にはスキルとインフラが必要である。ソフトとハードである。ハード（おカネや家など）ばかりが整備されても充分ではない。ひとりで生きる知恵というソフトの面を重視したいとも述べている。

①シングルライフの増加

高齢化をめぐる変化で著しいものに、子供との同居率の低下がある。夫婦所帯で暮らしていた高齢者がどちらか一方に先立たれたあともひとり暮らしを続けるケースが増加していると言う。それが高齢者単身世帯の増加となって現れている。多くの高齢者にとって施設は入ったら二度と出られない場所となる。家があるのに家に帰れないお年寄りがいるのは、帰るはずの家に家族がおり、お年寄りが帰ってくるのを拒むのである。家族も仕事も卒業して自分だけに使える時間をエンジョイしようと思ったらそのための最低条件は自分だけの住まいを持つことだと氏は勧める。

②どのような施設を選ぶか

往年のケア付き有料老人ホームは、結局中流以上の階層の人々の世間体のよい〝姨捨山〟の役割を果たしたと言う。それに代わる選択肢としてはコレクティブ・ハウスがあり、シングル女性のための都市型集合住宅も開発されている。問題は認知症になっても、寝たきりになっても、同じ場所に住み続けることができるかという疑問が残ると言う。他に、都会に住むか地方にくらすか、個室か雑居部屋か、また安全の問題等も検討課題に含まれると言う。

③誰とつきあうか

ひとり暮らしの基本はひとりでいることに耐性があること。友人とのメインテナンスは大切である。一方家族とのメインテナンスは要らないと思っている向きもあるようだが、これは大きな間違い。家族のメインテナンスを怠ってきたからこそ男は家庭に居場所を失ったのだと警告する。

本当の大切な友人はたくさんいらない。近くにいなくてもよい。自分の理解者だと思える友人がこの世のどこかにいて、いつでも手を振れば応援してくれる人、困った時に助けてくれる人を調達し、かつメインテナンスしておくこと、友人とはそのためのものだと言う。

④おカネの問題

「やはりカネですかね」という疑問が多いが、その他の不安も含めて、その不安を支えるために地域でケアの仕組みを造り出しているひとたちがいると氏は強調している。ほんとうに欲しい介護はカネでは手に入らない。ケアという商品に限っては価格と品質が連動しないことに留意する必要があるとも言う。

⑤どんな介護をうけるか

介護保険は、いずれ誰もがそうなる「ひとり」のための、家族に頼らない、頼れない老後のためにできた制度である。この制度はさまざまな限界はあるが、「家族に頼らない老後」という介護の社会化へ大きな一歩を踏み出したものであると説明する。重要なことは介護については、「顧客満足度」がほとんどあてにならないというのがこれまでの研究からわかっているとも指摘している。

介護される側の経験者は、介護してもらうときはしてくれる人の基準にこちらが合わせる方がよいという。プロのヘルパーは介護されている人の基準に合わせようと気を使ってくれるが、結局ヘルパーの基準にこちらが合わせる方がスムーズにいくという経験を語っている。

上野氏は自らの研究を踏まえて、介護される側の心得10カ条を挙げているが、そのなかでも特に重要と思われるものは次の通り。

＊自分のココロとカラダの感覚に忠実に敏感になる。

＊不必要な我慢や遠慮はしない。

＊相手が受け入れやすい言い方を選ぶ。喜びを表現し相手をほめる。

＊介護してくれる相手に過剰な期待や依存をしない。

⑥終わり方について

誰に何を遺すか（遺書をどう書くか）。遺言状にどんなことが書いてあっても半分までしか効力がなく、残り半分は法定相続人のところへ行くように、法律は親族の権利を守っている。ひとは死んで残った者に記憶を残すが、記憶はそれを持った人が生きている間は残るが、その人たちが亡くなればその記憶は必ず消えてなくなる運命にあると説明される。

どのような「逝き方」が望ましいかという問題について、氏の考えは次のようである。医療社会学者のいう「自然死」の概念は社会的規範としての「美しい死」のことで、本人が死を自覚しており、家族も死に備えていること、経済的にも法的にも準備が整っており、社会的責任なども集結しており、周囲の人たちとの別れも終わっていることを意味している。しかし、これはあまりにも出来上がった死であって、家族に看取られて死んでいくことだけが「自然死」とみなされてきたという前提がある。死に目に会いたいというのは残された家族のほうのこだわりで「死を看取る」行為は、死にゆくひとのためではなく、生き残るひとのためにあるような気がすると氏はいう。

監察医が語る理想の死というなかに次の指摘があるという。「孤独をおそれるなかれ、たくさんの経験を重ねてきた老人は、大なり小なり個性的である。自分のために生きると決意したら世間の目は気にするな」と、これは「逝き方」の事例ではなく、「生き方」の事例であると氏はいう。なぜなら、ひとは生きてきたように逝くからだと説明している。

氏は最後におひとりの「逝き方」の留意点を5点ほど提示しているが、これは次に紹介する評論家樋口恵子氏の「終活」の事例とほぼ共通しているので、そちらの例を紹介したい。

⑦評論家 樋口恵子氏の「終活」の事例

偶々この問題の取りまとめをしていた時期に、新聞紙上で「終活」（遺族に負担をかけない「終活」の進め方）の事例が紹介されていたのが目に留まり、これまで説明してきた上野氏の提案と呼応するところもあり、実例として紹介する。（日

本経済新聞2022年3月30日夕刊）

評論家 樋口恵子氏は、30年連れ添ってきたパートナーの最後を看取り、以降20年あまりひとり生活を続けてきている。彼女はNPO法人「高齢社会をよくする女性の会」の理事長を長年務め、女性高齢者への支援を続けている人物でもある。今年90歳を迎えるが、「終活」真最中にあると解説されおり、内容として5点について説明されている。

＊延命治療拒否書（リビングウィル）を携帯（「希望表明書」と称している）。
常に携帯する名刺の裏に延命治療は不要とする意見を明記している。人口呼吸装置や胃瘻による延命措置を辞退する旨表明している。

＊遺言書は15年前に作成しているが、相続人の相続意思を確認し必要なら書き直す用意がある。

＊自宅の修繕について、預金の大半を自宅の修繕に注ぎ込んだので、有料老人ホームへの入居は諦めた。足腰の衰えに備え、家庭用エレベータを設置、また耐震用補強も実施した。

＊遺品整理は、親戚、仕事仲間で「形見配布委員会」をつくり生前から配布を実施。数万冊の蔵書は4分の1を残し、残りは処分費用を遺産に上乗せして相続人に委ねる。

＊自身の死亡時に親族の遺骨を取り出し、一緒に同敷地内の供養塔に改葬する契約を済している。これは他人の遺骨との合葬タイプの永代供養墓である。子供に墓守りの義務を負わせないということからである。

樋口恵子氏の「終活」のまとめとして、死に直面して、或いはその後に残された者たちの対応に負担がかからないようにとの配慮した、行き届いた対応である。

しかし、最初に掲げられている延命治療拒否は微妙な問題を包含しているように思われる。この趣旨は、今まさに生命の糸が切れる直前にあって、苦痛が伴っているような状況にある場合、延命の措置を希望しないというもので、或いはそれ以外のいかような状況が起ころうとも延命の措置を拒否するというものとも理解される。他方、病苦から逃れて早く安らかに終わりたいとの願いから積極的な生命停止の医療措置を依頼するというのとは事情が異なっている。こちらは積極的安楽死の問題であって、日本では積極的安楽死は法的に認められていないと理解している。病苦にさいなまれている状況を見守っている親族はいたたまれない気持ちで医師に延命措置を願い出るであろう。ここでは生死の境にある本人より周りの親族の意向・判断が優先してしまうのではないかという状況が思い浮かんでしまう。延命治療拒否の効果は必ずしも達成されない可能性もある。死に行く本人が残された人たちに迷惑をかけたくないという思いと、かけがえのない人を亡くするという親族の思いとの葛藤であろうが、親族の願いが優位に立つのが普通であろうと想像される。
最後の項目は、通常子供たちに後々まで墓守りを強要することになることから、このアイデアは非常に思い切った試みであると思われる。先祖代々の家の歴史を偲び、決まった時期に家族で墓参りをするという伝統的なしきたりを廃止することへの決断、日本の伝統的な季節ごとの墓参という生活習慣の廃止には抵抗ある人もいるかもしれない。しかし、この点も含めて墓地にある墓守りの作業を後々の子供達に強いることと、日本の古くから受け継がれてきた伝統的な祖先を祀り、偲び、祈るこころまで廃止してしまうことに繋がるわけではないと思いたい。

日本における老人問題は、かつて批判的に騒がれたころに比較すれば状況は改善され、落ち着いてきているように思われる。社会がこの問題に対して放置し、あるいは十分にケアしてこなかったことから生じた老人の不幸は、21世紀の今日減少しているようである。老人問題先進国といわれている北欧諸国に続く世界各国の対応レベルも（国による人口構造状況などへの対応差はありながら）改善の認識は高まってきている。ボーヴォワールがこの問題は社会が解決すべき問題であると断定した１９７０年から50年が経過したが、これは大きな改善努力の結果であろう。
しかしながら、未だ改善すべき事項も多くある。制度的な改善にばかり期待しても解決しない問題が残されている。それは老人ひとりひとりに問われている「ひとりの生き方」ならびに「生き方」と「逝き方」の思い・覚悟（思想）である。日本の歴史的伝統の中で引き継がれてきたものが何であるか（山折氏の主張にあるような、日本の歴史の中で独自に生き残り、引き継がれてきた先人たちの「生き方・逝き方の思想」）を自ら学び、生きる糧とする努力が求められているのである。自然災害の経験に対しては、鴨長明や日蓮の思想が参考になるであろうし、歴史の中で先人たちによって築かれた日本的な思想（「ひとり」の哲学）がその支えになることも間違いない。

了

歴史小説の中の「俊寛」

恩田統夫

はじめに

私は歴史が好きで多くの歴史小説を読んでいる。現在も、日経新聞連載中の阿倍仲麻呂が主人公の安部龍太郎作「ふりさけ見れば」が朝の楽しみだ。歴史小説を読むと、歴史上の大事件の背景などの詳細を知り、「そうだったのか」と理解が深まる。ときには、多少とも歴史の知識を持ち合わせていると史実と違う点に気付き「なぜ」と訝ったりし、歴史上有名な人物たちが奇想天外な出会いをすると「まさか」と首を傾げたりもする。読後は、決まって劇的な展開に胸躍る感動を覚え、作家の創造力の見事さに脱帽させられる。

「歴史小説」は歴史上実在した人物や事件をできるだけ史実に忠実に描くものである。一方、架空の人物を主人公としたり、たとえ主人公が実在人物であったとしても出来事が史実とは全く関係のないものは「時代小説」と分類される。司馬遼太郎の作品は歴史小説、藤沢周平の作品は時代小説と呼ばれ、作家が同じでも吉川英治の「鳴門秘帖」は時代小説に、「新・平家物語」は歴史小説に分類される。

作家が歴史小説を書こうとするとき、主人公や事件に関する詳細な史実が揃っていることは稀である。特に、新聞・写真・ビデオ等が発明されるより前の時代、登場する歴史上の人物の容貌・体躯・性格・服装・健康等の個人的情報や事に臨んでの胸のうち、事件当日の天候などに関する史料は欠落している場合が多い。このため、作家は持ち前の想像力を駆使し空白を埋める努力が求められる。誰も分らない制約のない空白部分だけに、奔放に想いを巡らし、作家の力の発揮のしどころとなる。読者はそこに歴史小説の醍醐味を覚える。この醍醐味が味わえるかどうかが、正に、史実のみを記述する無機質な「歴史論考」（歴史研究書、事典、通説のみ記述する歴史教科書等）と歴史小説との違いとなる。

私が出会った歴史小説は、児童向けの偉人伝などを別にすれば、倉田百三の「俊寛」が最初だったと思う。田舎の高校の図書館から借り出した本だったと記憶する。その悲劇性に強く感情移入させられ、初めて読んだ戯曲でもあり、今でも忘れられない作品である。

俊寛の人生は単純明快ながら劇的であり、古来多くの文人たちの格好の題材となってきた。だが、鬼界ヶ島配流後の流人三人の生活ぶりやその人間関係、俊寛だけが恩赦されなかった事情、一人残された俊寛の島での生きざまや死にざまなども史実はなく、全く分かっていない。

今回、時代の異なる傑出した六人の作家、世阿弥、近松門左衛門、倉田百三、菊池寛、芥川龍之介、吉川英治の俊寛ものに着目、その俊寛像の比較を試みた。残された史実が少ない中、六人は如何に創造力を駆使し、心に残る俊寛物語を紡ぎ出しているのか、具体的に検証してみたい。

一．「俊寛」に関する史実と史料

（一）「俊寛」の史実

「俊寛」に関し、歴史家が既存の史料を検証し歴史上の事実であると認めた「史実」（通説）を、先ず、「日本歴史大事典」（小学館）の記述を基に確認しておきたい。

一一四三年生。平安末期の後白河上皇側近の僧。法勝寺執行。僧都。村上源氏の末裔で仁和寺法印源寛雅の子。治承元年（一一七七）六月一日、京都鹿ケ谷の俊寛の山荘で後白河寵臣の権大納言藤原成親、僧西光（藤原師光、信西の弟子）、平康頼、俊寛らが平氏討滅の最終打合を行う。当初陰謀に加わっていた北面の武士多田行綱がこれを平清盛へ密告し、発覚する。清盛は直ちに兵を集め、同日夜半関係者に出頭を命じ、先ず西光を拷問で全面自供させた上斬殺、次に成親を捕らえ後に殺害、その他関係者全員も捕縛、各地へ配流した。平康頼（一一四六—一二二〇）、藤原成経（一一五六—一二〇二、成親の子）、俊寛の三人は薩摩国鬼界ヶ島に配流された。上皇と清盛の対立は決定的となるが、翌年九月、清盛の娘で高倉天皇中宮建礼門院の安産祈願の恩赦で成経と康頼の二人は赦免され帰洛した。俊寛は一人島に残され、間もなく島で死去したものと思われる。配流後の記録は全くない。

尚、「俊寛」の姉は平頼盛（清盛の弟）の妻。「成経」の妻は平教盛（清盛の異母弟）の娘、父成親の妹は平重盛（清盛嫡男）の妻。「康頼」は元々中原姓だったが、尾張国司平保盛（清盛の甥）の目代（私的代理人）となり平姓を下賜されている。陰謀に関わった者はいずれも平家と深い関係にあった。それだけに事件は平家政権の屋台骨を揺るがす深刻なものだった。

（二）「俊寛」の二大史料：平家物語と源平盛衰記

源氏と平氏の興亡盛衰を描いた二つの軍記物語、ともに作者不詳の「平家物語」と「源平盛衰記」とが俊寛に関する貴重な史料であり、その後の「俊寛もの」の原典となっている。俊寛は両書の主人公ではないが、源平興亡の長大なストーリーの中の一エピソードとして物語に彩を添えている。その描写は詳細かつ多面的で貴重な情報源となっている。両書には語り物と読み物という形式の違いはあるもののともに文学であり、歴史そのままではない。

1．平家物語（成立：一三世紀初め頃。「後鳥羽院の御時」といわれる）

（1）平清盛が太政大臣となり栄華を極めた時から、平氏一門が壇ノ浦で滅亡するまでの約二〇年間を主題とし、語りをもとに本に纏められたもの。構成は、全一二巻に一七〇余りの説話が纏められている。関連記述は、巻一の鹿谷・俊寛沙汰、巻二の少将乞請・西光被斬・大納言死去・卒塔婆流、巻三の赦文・足摺り・少将都帰・有王・僧都死去等の項に見られる。平曲を伴奏に盲人琵琶法師が語る俊寛説話は字も読めない民衆も含め全国に広く伝わっていた。

（2）あらすじ

治承元年（一一七七）、五月二九日深夜、多田行綱の密告により、後白河法皇を中心とする平家打倒の陰謀が発覚した。陰謀を知った平清盛は激怒、軍勢を集め京都に厳戒態勢を敷き、翌六月一日早朝後白河法皇に謀議に加わったものを逮捕すると通告した上でこれを実行した。首謀者大納言藤原成親は一旦備前に配流したが、後に崖から突き落とし殺害。もう一人の首謀者西光法師は、長男師高はじめ次男、弟、郎党三人も含め全員を斬罪。丹波少将成経、平判官康頼、俊寛の三人は鬼界ヶ島に流罪となった。事件の経緯等につき、様々な記述がみられる。主要記述以下の通り。

①俊寛の性格：「僧なれど心も猛く驕れる」性格だった。

②「卒塔婆」説話：鬼界ヶ島での三人は望郷の日々を過ごし、康頼は千本の卒塔婆に望郷の和歌を彫り海に流すことを発心する。俊寛はこれを冷笑し加わらなかった。やがて、一本の卒塔婆が安芸の国厳島に流れ着く。これを見せられ心を

打たれた清盛は、丁度そのとき高倉天皇の中宮（娘の徳子）の安産祈願の恩赦を行うことを考えていたので、鬼界ヶ島の流人にも大赦を適用することを決定する。

③俊寛が赦免されなかった事由：治承二年（一一七八）、清盛の使者となって島に着いた丹左衛門尉基康が持参した赦免状には成経と康頼の二人の名前のみが書かれ、俊寛の名前はなかった。清盛は「俊寛が法勝寺執行になれたのはわしの推挙のお陰。それなのに謀反に加担した。あいつはダメだ」と考えた。

④俊寛の「足摺り」説話：俊寛は嘆き慟哭し、「自分も連れて行け。せめて九州まで」と必死に嘆願する。成経は「私が先ず上京し、清盛殿の機嫌を伺って迎えの人を出しましょう。お待ち下さい」と慰める。漕ぎ出す船の縁を掴み俊寛は船に縋り付き首が海水に浸かるまで叫び続けるが、使者は無慈悲にも手を引き剥がし、船は漕ぎ出る。浜辺で俊寛は怒り嘆き地団駄を踏む。

⑤「有王」説話：成経と康頼の二人が帰国した翌年、俊寛従僕有王は鬼界ヶ島を訪れ、変わり果てた姿の俊寛と再会する。有王から北の方と六歳の長男の死を聞き、一人生き残った娘の手紙を読み、俊寛は絶望のあまり絶食を続け決意の餓死を遂げる。島に渡って三年足らず、享年三七歳。有王は鬼界ヶ島より俊寛の灰骨を京に持ち帰った。

（3）特徴：無常観で貫かれ、俊寛の悲劇性を強調する。一方で、元々、陰謀は政治事件であったが、金とコネの有無から清盛は判断し、成経と康頼は赦免し俊寛は赦さなかったとする。その上で、宗教面も併せ強調し、俊寛に信仰心がなかったのは傲慢な性格によるものと描いている。

2．源平盛衰記（成立：鎌倉末期から南北朝期の間）

（1）構成：全四八巻・四三四項目の記述の「読み物」。

（2）関連記述は、大納言成親の陰謀・蔵人行綱の裏切・成親等囚われの身となる・成親等の最後・重盛父を諫める・成親等流罪となる・俊寛等鬼界ヶ島に流さる・有王硫黄島に渡る等の中に俊寛に関する記述が見られる。

（3）史実にはない記述

①鹿ケ谷の陰謀の発案：鹿ケ谷の陰謀の首謀者である藤原成親は、後白河法皇寵臣として娘婿の平重盛（清盛嫡男）の引きもあり重用され続けてきたが、近衛の大将の位を平宗盛（清盛三男、母時子）と争い破れ、平家打倒を思い立つ。後白河法皇から平家討滅の院宣をもらい、先ず、源氏の北面の武士多田行綱を酒席に招き「軍事面の総大将になって欲しい」と誘い、金の太刀一振りと白布を土産に贈った。行綱は嫌だというべきところ酒に酔い「諒解した」と承諾する。

次に俊寛を誘う。陰謀に加担させるため、松の前と鶴の前という二人の華やかな自邸の侍女を利用。松の前は美人だが愛情の足りない女、鶴の前は不美人だが愛情に溢れた女であった。成親はこの二人に俊寛の酒の相手をさせたところ、俊寛は鶴の前に心を寄せ女児を産ませた。すっかり鶴の前に心を奪われた俊寛は成親等の謀反に加担する。

②鹿ケ谷謀議の場所：信西の子静賢（俊寛の次の法勝寺執行）の山荘であるとする。史書愚管抄も同じ。史実とは違う。

③重盛の助命嘆願（平家物語にも同様の記述あり）：陰謀が発覚し清盛邸に駆け付けた清盛嫡男重盛は捕らえられた妻の兄成親に「命だけは助けるようにする」と励ました。だが清盛はその願いを聞き入れなかった。

④配流先：鬼界ヶ島は一二の群島からなり、最初の配流先は、康頼はちとの島、俊寛は白石島、成経は硫黄島と三人別々だったが、後に康頼と俊寛は漁船で硫黄島に移った。

⑤成経は島の娘を妻とした。俊寛同様女性に弱かった。

⑥俊寛の不信仰：こんな平家が栄えるような非道の世に神も仏もない。赦免になるかどうかは偏に平家が滅びるか否かだ。熊野権現は俗神で勧請に験はなく、児戯と同じだ。

⑦二人の俊寛赦免工作は清盛の怒りが強く、奏功せず。

⑧俊寛終焉の姿：痩せ衰えた俊寛は島を訪れた有王から、妻や長男の死を知り、一段と衰弱、有王の看病の甲斐なく暫くして亡くなった。生への潔さが美として称えられる武士の世でいぎたなく生への未練を残したと描写する。

（4）特徴：「俊寛と鶴の前」「成経と島の女」との関係を新たに挿入し、平家物語よりも通俗的な展開で物語を面白くしている。だが、俊寛終焉の姿は平家物語の絶食による決意の餓死と比べいぎたなく生に未練を残し潔くない。その意味ではより弱い・惨めな人間の姿を曝け出している。

二．俊寛を描いた六つの文芸作品

（一）世阿弥（一三六三〜一四四三）：能「俊寛」

（注）作者は世阿弥の女婿金春禅竹とも言われる。

○あらすじ

俊寛、藤原成経、平康頼の三人は南海の孤島で望郷のつらい日々を過ごしている。成経と康頼の二人は熊野権現を信仰し早く都に帰れるよう熊野権現と見立てた場所への参拝を日々怠らなかった。その頃、都では中宮徳子、後の建礼門院が懐妊しご出産のお祈りのために恩赦が行われることとなり、清盛は鬼界ヶ島の流人にも適用することを認め、迎えの使者を鬼界ヶ島に派遣することにした。ここから能「俊寛」は始まる。

その日、島では成経と康頼の熊野権現参拝の帰りを俊寛が迎えに来る。俊寛は僧侶にもかかわらず信仰心を欠きこれには加わらず、彼らを冷笑していた。三人は中国の仙人が谷川の水を飲んで長寿を祝った故事に倣い、懐かしい都を思い、水を酒と見立て酌み交わした。そこへ都からの使者が到着する。赦免状を読むと俊寛の名前がない。繰り返し読んでも俊寛の名前は見当たらない。「罪も同じ、配所も同じ、非常も同じ大赦。これは夢か、夢ならば覚めよ」と俊寛は嘆き悲しむ。やがて出航の時が来る。天を仰ぎ、地に伏して「せめて、せめて薩摩までても」と泣き叫ぶも、舟は俊寛を振り切って出てしまう。ただ独り島に残された俊寛は舟影も人影も見えなくなる迄渚に立ち泣き叫ぶ。

○俊寛像

この能は上演時間略一時間半、平家物語の赦文・足摺り場面に絞った作品だが、殆どを足摺り場面が占める。能だけに派手に流れない抑制された動きで、俊寛の喜び・期待・不安・絶望・怒り・嘆きなどの心情を淡々ながらくっきりと表現。この上ない**「悲劇」の主人公**と描かれる。

(二)近松門左衛門(一六五三〜一七二五):歌舞伎「平家女護島」の内「鬼界ヶ島」の段(一七一九)

○あらすじ

鬼界ヶ島に流されて早や三年。俊寛、成経、康頼の三人は、いつか赦される日が来ることを唯一の希望とする毎日だった。偶にくる九州からの船に硫黄を売って食べ物を買ったり、魚や海草を食べたりして食をつないでいた。

物語は成経が島の海女千鳥と結婚することを打ち明けるところから始まる。島での絶望的な状況の中で起こった数少ないめでたい出来事であり、二人は俊寛と康頼の前で祝言の杯を交わす。千鳥は今日からは俊寛は父、康頼は兄と言い、俊寛は「これからは、四人は家族同様」と承諾する。そこへ、大きな帆影が島を目指し近づくのが見えた。それは都からの赦免船で、清盛の使者瀬尾(悪役)が下りてくる。瀬尾は建礼門院が懐妊したため平清盛が恩赦を出したことを伝える。夢かと喜びあう三人だったが、瀬尾が読み上げる赦免状の中になぜか俊寛の名前だけがない。俊寛は赦免状を手に取り何度も内容を確認するが、やはり自分の名前が見当たらない。俊寛は清盛から目をかけられていたのに裏切ったので清盛の恨みは消えず俊寛だけが恩赦を受けられなかったのだ、と瀬尾は憎々しげに俊寛に伝えた。喜び後の突然の暗転に打ちひしがれた俊寛は泣き叫ぶ。

だが、そこへもう一人の使者基康が船から下りてきて、俊寛にも赦免状が下りたことを伝える。俊寛にだけ恩赦が与えられないのを見兼ねた平重盛(清盛嫡男)が別個に赦免状を書いていたのだ。これで皆が帰れる、そう安堵して三人が船に乗り込み、千鳥がそれに続こうとすると、瀬尾がそれを止める。またも憎々しげに、重盛の赦免状には「三人を船に乗せる」とだけ書いてある以上、四人目に当たる千鳥は乗せることができないという。再び嘆き合う三人と千鳥に瀬尾が追い打ちをかける。俊寛が配流された後、清盛の意に逆らった俊寛の妻東屋は殺害された。東屋を切り捨てたのは瀬尾自身であるという。「都で妻と共に暮らす」という夢さえもが打ち砕かれた俊寛は絶望に討ちひしがれる。千鳥は一人島に残される位なら自殺するという。俊寛は「自分は島に残る。代わりに千鳥を船に乗せてやって欲しい」と瀬尾に訴える。だが、瀬尾はこれをも拒絶し俊寛を罵倒する。思いつめた俊寛は、瀬尾の刀を奪い取り瀬尾を斬り殺す。そして、瀬尾を殺した罪により自分はここに留まるから、代わりに千鳥を船に乗せるよう、基康に頼む。

こうして、千鳥の乗船は叶い、俊寛のみを残し船は出発する。船が動き出すと、俊寛は言い知れぬ孤独感にさいなまれ、半狂乱になる。船の手綱を手繰り寄せ船を止めるようにするが、無情にも船は遠ざかる。孤独への不安と絶望に叫びだし、船を追うが波に阻まれる。船が見えなくなるまで船に声をかけ続けるが、声が届かなくなると、なおも諦めず岩山へと登り、船の行方を追い続ける。ついに船が見えなくなる。俊寛の絶望的な叫びとともに幕となる。

○俊寛像

史料にもない近松創造の人物、瀬尾と千鳥を登場させ、成経の結婚、重盛の別途の赦免状があったとする。瀬尾の冷酷な主張に俊寛が義侠心を発揮、瀬尾を斬殺し乗船枠を千鳥に譲る。俊寛は自らの意思で帰国を拒否し強い男となり、世阿弥の作品との違いを示す。だが、船の出帆後一転、俊寛は泣き叫ぶ。俊寛の弱さと未練さも併せ描くところが秀逸だ。近松の見事な創作力で、能の静かさと宗教色は一掃され、俊寛の愛する妻東屋も登場させ、動きの激しい世俗受けする作品に仕上げている。原典平家物語の弱い俊寛は最後には義侠心を発揮し殺人をも犯し自らの意思で島に残る愛情深い**「強い親分肌」**の俊寛像が描かれる。

(三) 倉田百三（一八九一～一九四三）：戯曲「俊寛」

（一九二〇年三月「白樺」）

○あらすじ

〈第一幕〉鬼界ヶ島の海岸

康頼と成経の二人はいつものように海岸の岩に腰を下ろしている。成経は海のかなたを見ながら、康頼に「あゝ、とう見えなくなった。九州の方へ行く船か、都に上る船か」と話しかける。康頼が「なぜ、毎日毎日海ばかりを眺めているのだ。私は船など見たくもない。あの帆は私たちの希望を葬る弔いの列の幡みたいだ」と言う。成経は「船の姿は私の一縷の希望だ」と語り、康頼は「希望は神仏の力がなくては実現しない。私は二首の歌を彫った卒塔婆を毎日つくり海に流している。今日で九九五本流した。あと五本で熊野権現様に誓った千本になる」と語る。

そこへ、まるで蜻蛉のように痩せて影のような力のない俊寛が姿を現し、「ああ、妻はどうしているのか。娘や倅はどうしているか。都よ都よ。私は恋しさにふるえている」と嘆く。康頼は「地獄の底にも神様はおられ、神は正しく照覧しておられます。神様にすがりましょう」と。成経は「きっと、都に帰れますよ。その時が必ず来ます」と俊寛を励ます。だが、「私は希望も誇りもすべて失った」と俊寛のいつもの嘆きとなり、成経に「父上の成親殿は恐ろしいことを企んだ。わしは一生懸命止めてみたが、頑固な成親殿の欲望に征服されてしまった。成親殿は宗盛（清盛三男）と左大将の位を争った。父上は宗盛を呪い殺すための呪詛を行い、それが露顕しそうになると、七人もの僧侶を殺している。宗盛は死なななかった。成親殿の平家一門への怨恨は募るばかりだった。成親殿には怨霊が乗り移ったのだ。そして、世にも惨めな最後をとげた。父の恨みを相続するのは子でなくてはならない。成親殿の怨霊はあなたにつくに相違ない」と言い放つ。成経は「あなたは悪とたたかって難にあった我々を、いたずらに醜い復讐心を満たそうとして失敗した憐れむべき破産者に貶めようとするのか。正義に殉じた父をただの犬死にさせるのか」と俊寛に詰め寄る。康頼は「成親殿は、今は平和に眠っているとわしは思います。あなたは夜も眠らず余り思いつめるから、心を静めるようにしないと気が狂いますよ。わしはそれを恐れる」と宥める。成経は「あなたはわしの誇りも、康頼殿の信仰をも壊してしまおうとするのだ。そして自分の心もかき乱そうとする。あなたは私たちに不幸と絶望との息を吐きかける。私たちに慰めを与えてくれないばかりか、私たちから何の慰めをも受け取ろうとしない」と俊寛を責め付ける。

〈第二幕…第一場〉第一幕より一年後の暮れ、同じさびしき浜辺。

成経と俊寛は相変わらずとげとげしい関係で、狩で獲った小鳥を奪い合い、成経は再度父を侮辱され「武器をとれ」と口走る。康頼は二人に「軽はずみは止めて下さい。あなた方は正気を失ったのか。愛する友が互いに呪い合い、汚い言葉を吐き合い互いに殺し合おうとする」と仲に入る。これで二人はハッと気づき、成経は「あなたの心を傷つけたことを悔いる。許して下さい。我々は力を合わせなければならない」と語る。俊寛も「わしは人と和らぐことのできない粗野な性格だ。わしはわしを呪う。わしを憎む、憐れむ」とやっと平常心を取り戻す。

そのとき、成経が海を見て「白帆だ！」と元気よく叫ぶ。康頼は「わしは昨夜から不思議に胸騒ぎしていたのだ。何か大きな幸福が来るような……」という。俊寛は顔色が悪くなり「どうしたのだ。あの白帆を見ると寒い影がサッとわしの心にさしてくるのは！　わしを捨ててくれるな」と不安になる。康頼も成経も「何を言うのです。われわれは同じ日に同じ船でこの孤島に流された。一度でもあなたを捨てると言いましたか。死に至るまで変わらぬ忠実な友だ。生きるも死ぬも三人一緒だ」と俊寛を元気づける。俊寛はさらに「それを誓ってくれ」と念を押し、成経は「名誉ある武士の末、弓矢にかけて」と誓う。康頼は「神々の名において誓う。永久に友は見捨てませぬ」と言った。船が段々大きくなり、平氏の赤い旗が見えてくる。

〈第二場〉船着き場。正面に丹左衛門尉基康その左右に数名の家来が槍をたてて侍立。その前に俊寛、康頼、成経ひざまずく。

基康は布袋より文書を取り出し読む。「謹んで聞け。重科遠流を免ず。早く帰洛の思いをなすべし。この度中宮お産の祈祷によって非常の赦し行わる。しかる間、鬼界ヶ島の流人、丹波成経、平康頼を赦免する」と赦文を読み、「謹んでお受けなされ」と。成経と康頼は顔を見合わす。俊寛は声を振るわせ「その赦文をもう一度お読み下さい」と言う。もう一度基康は読むも俊寛の名前はない。「読み落とされたのでは」「赦文に俊寛という名前はない」「そんなはずはありません」「自分で見るがよい」「執筆の誤りだったら」「わしの役目はこの赦文に記された通りを行使するにある」と基康は俊寛を突き放す。それでも俊寛は「清盛殿の意志が三人を都へ呼び戻すにあるとしたら、主人の意志を果たすのが本当の忠実な使者ではないか。三人は同じ罪によって、同じ日にこの島に流された。二人だけ都に返し、一人だけ残すというのは法にかなわない。清盛は何故特別にわしを憎むのだ。わしだけを重い刑罰を課すには理由がなければならない。理由が示されていない。非法ではないか。わしはあなたに乞う。わしを都に連れて帰って下さい。わしは十倍にしてきっとあなたに報います。責任はわしがきっとになう」と繰り返し連れ帰ることを必死に懇請する。基康は「あなたには同情はするが、小役人のわしにはそんな裁量権はない。赦文の通り行う」と突っぱねる。

ここで、成経と康頼が相次いで基康に「何とぞ、都に一緒に連れ帰って頂きたい。一人残すのは忍びない」と同じ嘆願を繰り返すが、基康は「あなた方に同情しないわけではないが、長い間の職務上の経験から同情と役目とを別々に考えることとしている。幾度言っても同じだ」ときっぱりと断る。ここで俊寛が口を出し「では、敢えて言うが、あなたの役目は果たされまいぞ。成経殿も康頼殿もわしを残してこの島から帰られないのだ。今朝、わしに対し誓言したのだから」と言う。即座に基康は「(両人に)それに相違ありませぬか」と尋ねる。二人は夫々「弓矢にかけて」「神々の名において」誓ったと。基康は暫く沈黙した後「では念のため、もう一度だけお尋ねする。ご両人は俊寛殿を残して帰る気はありませぬな」と聞く。成経は「俊寛殿を一人残して都へわしだけ帰る気はありません」、康頼も「わしは友を捨てるに忍びません」と即答する。基康は「三人の意志は確かに聞き届けました。都に立ち帰ってその旨清盛殿に伝えましょう。わしは片時も早くこの荒れた島から離れたい。出発の仕度を」と部下に命じ、たいした用事ではないがと、文箱に入った故郷からの手紙を二人に渡す。成経は「母上の手蹟だ」と言い、康頼は手紙を握りしめ「わしはどんなに飢えていたか！」と言う。俊寛は「わしへの手紙は？　故郷の便りは？」と問うが、「ことづかったのはこれだけだ。出発の用意を」と再度命じる。成経と康頼は慌てて「待ってくれ。我々はもっとよく考えて決心したい」と、俊寛は「わしはあなた方を信じている。最後の頼みとしていますぞ」と不安げに言う。基康は「わしは内輪の争いは見るに堪えない。申の刻まで決められたい」と場を離れる。二人は「二度とない機会だ。一度だけでも親の顔を見たいし、子も抱いてみたい」と言う。俊寛は「この地獄にわしを一人で残さないで欲しい。あなた方だけが頼りだ」と言い、結論が出ない。基康が「最早時は来た。決心を承ろう」と言い、成経は「わしはお迎えを受ける。清盛殿にとりなして、帰洛を叶うようにする」と、康頼も一旦は残ると言ったものの船が纜（トモヅナ）を解くと、「待って下され、わしはお迎えをお受けする」と言う。俊寛は真っ青になり「康頼殿、あなたもか」と叫ぶ。康頼は「ゆるして下さい。きっと迎えの船を送ります」といい、「わしのただ一つの慰みだ」という法華経を形見として渡すが、俊寛は法華経を引き裂いてしまう。そして、船は出て行く。俊寛は「船を戻せ！　助けてくれ！」と叫び、足摺りの場面となる。

〈第三幕…第一場〉第一幕と同じ荒涼たる浜辺。第二幕より七年後。

痩せ衰え、髪はぼうぼうとのばし、ボロボロに破れた着物を着ている俊寛は魚を盗み漁夫やその妻から罵声を浴びている。そこに、はるばる都からやってきた有王が突然現れる。俊寛は余りに変わり果てており、姿を見ても有王には分からない。俊寛は有王をつくづく見て「有王だ！」と抱きつく。有王は「ああいたわしや、ご主人様。よく生きて下さいました。ああ、有難い」と言う。そして俊寛が「妻は？　子供は？」と尋ねると、有王は「何れもお亡くなりなった」と答える。俊寛は「おお！」と悲鳴を上げるが、気を取り直し「清盛はどうしている」と尋ねる。「平氏は益々栄はびこり、平氏に非ざれば、人に非ざると言われております」と答え、「成経殿は宰相の少将に昇られ、康頼殿は東山の山荘で風流に身をやつしている」ことも知らせる。俊寛は絶望の余り倒れ、頭を岩角に打ち当てんとする。

〈第二場〉俊寛の荒れ果てた小屋。第一場より一ヵ月後の夜。

俊寛は有王と島で過ごしているが、有王がもたらした凶報に「わしは再び立つことはできない。わしは死にたい。わしは干死する。そして清盛を呪うてやる」と飲食を絶ち、既に三七日が経過している。有王が食用の魚と荒布を調達し戻ってきて、「何卒飲食をお取り下さい」と説得する。

〈第三場〉烈風吹き、波の音高い浜辺。

餓死寸前の俊寛はよろよろと一人で浜辺をさまよう。「清盛め、地獄の底で待ってるぞ！」と平家を呪い叫び続け、岩に頭を打ち付け倒れる。暫らくし、そこへ有王が登場し死骸を見つける。「おお、ご主人様」と抱き起し、有王は俊寛の死骸を抱えたまま海に身を投じる。〈幕〉

○俊寛像

世阿弥と近松が平家物語から離れていったのとは逆に、倉田は形式・内容とも忠実に原典平家物語を継承する。「戯曲」形式をとり、赦免を伝える場面や船が出航する場面など、台詞回しが稍大仰気味だが、臨場感溢れる描写は見事で、大いに感情移入させられる。運命を素直に受容できず、何時までも悲運を嘆き、他人への嫉妬、疑い、裏切り、憎悪、復讐に生きる者の心の苦悩を描く。**「達観できない弱い」**俊寛である。インテリ俊寛は単に権現様に願えば帰国が実現すると考えるほど単純ではない。だが、結核を患いキリスト教や浄土真宗に救いを求めていた倉田には信仰心を欠く者は救われないとするのは当然の結末なのであろう。

弱い俊寛は島で七年間も生き延び、有王からの凶報で何回か自殺を試みたが、漸く、最後には頭を岩にぶちつけ壮絶な死を遂げ、生と決別できた。これを見つけた有王は俊寛を背負い自ら海に飛び込む。この最後のくだりは史実にも平家物語にもない倉田の創作部分である。頭を岩にぶちつける壮絶な自殺は俊寛の強さの片鱗を、主人を抱え海に身を投じた有王の行動は俊寛の人間性の素晴らしさを、夫々示唆している。倉田のせめてもの思いやりであろうか。

（四）菊池寛（一八八八～一九四八）

：小説「俊寛」（一九二一年一〇月「改造」）

○あらすじ

1．治承二年九月二三日のことである。鬼界ヶ島の三人の流人たちは海を見下ろす砂丘の上で日向ぼっこをしていた。康頼も成経も俊寛も一年間の孤島生活でその心も気力もすっかり叩きのめされていた。

康頼は最も神経質で、髪はぼうぼう、涎を垂らしていた。成経はいつもキョトンとした日つきでため息ばかりついていた。俊寛は二人の甲斐のない様子を見て自分が情けなくなる。一方、二人は剛腹な俊寛を煙たく思い一致して反抗の気勢を示す。二人の心持と自分の心情が日増しにこじれてゆくのを感じた。人間三人が集まると二人が仲良くなり、一人が孤立する傾きがあるが、それが激しくなっていた。この頃、俊寛は二人が意識して自分を阻害しているのをよく感じる。今朝も、鹿ケ谷の会合の発頭人は誰かということで、成経の父「成親」とする俊寛と、俊寛がよく知る「西光」だとする成経とが気色ばんで言い争った。

突然、成経が「白帆にて候ぞ、白帆にて候ぞ」と大声を上げ、波打ち際に立ち、躍るように両手を打ち振った。直ぐに康頼が続き、俊寛もまたかと思いつつ黙って後に従った。船が段々大きくなると三人は狂気のように走り出した。

2．船は流人たちの期待に背かず、清盛からの赦免の使者丹左衛門尉基康を乗せていた。が、基康が持っていた清盛の教書は、成経と康頼とを天国に持ち上げるとともに、俊寛を地獄の底に突き落とした。俊寛は狂気のように教書を基康より奪い取り血走る目で読んだが、そこには俊寛の名前はなかった。激昂の余り、俊寛は、最初は使者の怠慢を罵ったが相手にされなかった。次に、自分を捨てて行こうとする成経と康頼を「卑怯者、裏切り者」と罵倒した。それから幾時間かの間の俊寛の怒りと悲しみと恥とは、喩えようがなかった。目の前で、二人がその垢じみた衣類を脱ぎ捨て、都にいる縁者から贈られた真新しい衣類に着替えるのを見た。嬉し涙をこぼしながら親しい者からの消息を読んでいるのも見た。が、重科を課せられた俊寛には一通の玉章さえ受けることが許されなかった。俊寛は砂をかみ、土を掻きむしりながら泣いた。船は飲料水と野菜を積み込み成経と康頼を収めると、手を合わせ、乗船を哀願する俊寛を浜辺に押し倒したまま岸を離れた。船の姿を見失ったとき、俊寛は絶望のため昏倒した。叫び続けた疲労が一時に発したのであろう、そのまま茫として眠りに落ちた。昏々と眠り続け、目覚めたときは朝であった。

何時間眠ったか自分にも分らなかった。身を焼くような渇きと飢えとが激しく身に迫ってきた。彼は必死で岸壁を降り、森の中を這いずり廻り、椰子の木の根元に小さい泉を見つけた。渇し切った俊寛は犬のようにはいつくばってその冷たい水を思い切りがぶがぶと飲んだ。そして疲労を忘れ椰子の木をよじ登り、椰子の実を叩き落し、傍の石で打ち砕き思うさま貪り喰った。彼は生まれて初めて清々しい、蘇ったような気持ちになった。彼は清盛に対する怨みも一人残された悲しみも忘れた。そんな自分の感情、暗闘・争奪・嫉妬・反感・憎悪等が全く空虚なつまらないもののような気がし始めた。俊寛は童のような伸びやかな心になり両手を指し拡げ小屋に戻った。俊寛は蘇った。

3．俊寛はこれまでの都を懐かしみ現在の境遇を嘆くだけの生活を根本から改めようと決心した。彼は二人が残していった形見の品、狩衣や刺貫を海に捨てた。そして、二人の記憶の残る小屋を焼き捨て、泉の畔に新しい家を建て、家の近くの土地を開墾した。また、唐竹を用いた弓で鳩、鷺などの獲物をとる術を覚えた。さらに、海や川で鰤を釣り、鰻を手で取る術も収得した。冬が来ると、妻の形見の素絹との交換で土人より麦の種を手に入れ、自分で拓いた土地に蒔いた。麦の芽が段々と大きくなるのを見ることは人間の喜びの中で一番素晴らしいことと思った。生まれて初めての自然生活は俊寛を見違えるような立派な体格にした。生年三四歳、六尺豊かな身体は鬼のような土人に比べてさえも一際立ち勝って見えた。

ある日、半裸体の俊寛が長さ五尺、重さ二〇貫の大魚を岩の上で釣り上げ、会心の笑みを漏らしていたとき、一人の土人少女が遠くから無邪気に俊寛を眺めているのに気付いた。物珍し気に瞠っている目に好意を示す表情が動いていた。その後、その少女を同じ釣り場で何回か目にした。年の頃一六～一七歳、腰の周りに木の皮をまとい、よく発達した胸部を惜しげもなく見せていた。色は黒かったが、瞳が黒くなつっこく光っていた。幾日も幾日もそうした日が続いた後、かの少女は俊寛の従順な愛すべき妻となった。むろん、土人たちは彼等の少女を拉したのを知ると、大挙して俊寛の小屋を襲った。二〇人を越す大勢に対し少しも怯むことなく、鉞（マサカリ）をもって立ち向った俊寛の勇ましい姿は、少女の俊寛に対する愛情を増すのに十分であった。が恐ろしい惨劇が始まろうとする刹那、少女はいち早く土人の頭らしい老人の前に身を投じた。それは、少女の父であるらしかった。老人は少女から何事かを聞くと、怒り罵る若者たちを制し、事もなく引き上げていった。

その事件があった後は、俊寛の家庭には、幸福と平和の他は、何物も襲って来なかった。手助けのできた俊寛は、都会生活の経験のよいところだけを妻に教えた。無知ではあったが、利発な彼女は俊寛のいうことを理解して、少しずつ家庭生活を愉快にしていった。先ず、妻に大和言葉を教えた。次に、妻を砂浜に連れて行き字を書くことを教えた。妻はそのうちに妊娠した。子供ができるということは普通人の想像も及ばない喜びだった。翌年の春、妻は玉のような男の子を生んだ。俊寛の幸福は、以前の二倍、三倍にもなった。俊寛の畑は毎年よく実った。また、子供ができた機会に、妻に手伝わせ小屋を堅牢なものに建て替えた。子供の成長とともに、俊寛の幸福は限りもなく大きくなっていった。鬼界ヶ島に流されたことが、自分の不運であったか、幸福であったか分からないと考えるまでになった。

4．寿永四年（一一八五）平家は西海の藻屑となり、今や源氏の世となっていた。俊寛に対する重科も自然消え果てていたが、都では俊寛は鬼界ヶ島で死んだという風聞が伝わっており誰も俊寛のことなど念頭になかった。ただ、有王だけは俊寛の最後を見届けたく、文治二年（一一八六）如月半ば、鬼界ヶ島に下ってきた。島に到着して四日目、帰国予定の前日、漸く、人里遠く離れた海岸で男女二人の土人が並んで耕しながら大和言葉で話をしているのを見つけた。男はジッと有王の姿を見つめ、鍬を捨ててつかつかと傍に寄ってきた。有王は「もしや、俊寛僧都どのには、ましまさずや」と叫び、男の手元に飛び縋った。その男は大きく頷いた。男の日に焼けて赤銅のように光っている頬を大粒の涙がほろほろと流れ落ちた。「あなあさましや。などかくは変わらせたまうぞ」

有王はそう叫びながらさめざめと泣いた。が、最初の邂逅の涙は一緒に流したが、その次の詠嘆には、俊寛は一致しなかった。俊寛は逞しい腕を組みながら、泣き沈む有王の姿を不思議そうに眺めていたが、有王の手を掴み有王をぐんぐん引っ張りながら自分の小屋に連れ帰った。有王はその小屋で主に生き写しの二人の男の子と三人の女の子を見た。俊寛は長男の頭を擦りながら「これが長寿丸である」といって有王に引き合わせた。その顔には父らしい嬉しさを隠しきれない微笑が浮かんだ。

が、有王は全てをあさましいと考えた。村上天皇の第七子の六世皇孫である俊寛が、南蛮の女と契るなどは、何事であろうと考えた。主は流人となり、心まで畜生道に落ちたのではないかと嘆き悲しんだ。有王は夜を徹して俊寛に帰洛を勧めた。

俊寛は、平家一門の滅亡を訊いたときはさすがに会心の笑みをもらし、妻の松の前や鶴の前がみまかったことを聞いた時には涙を流したが、帰洛の勧めには最初から首を横に振った。有王の涙を流しての勧説も無駄だった。

有王出帆の日、俊寛は妻と五人の子供を連れ船着き場まで見送りに来た。別れるとき、俊寛は「都に帰ったら、俊寛は治承三年島で果てたという風聞を決して打ち消さないようにしてくれ」といった。その大和言葉は訛りが激しく有王は言葉の意味を十分に覚えられなかった。

○俊寛像

「読み物」源平盛衰記を継承し、「小説」形式で描く。一人残され嘆き続けた俊寛は疲れ果て昏睡し何日か後、漸く、目覚め泉で水を飲み木のヤシの実を食べた。これが契機となりこの島で力強く生き抜こうという意欲ある別の人間に生まれ変わった。蘇った俊寛の孤島の生活は様変わりする。野性的にサバイバルし、家族との幸福を掴むこととなる。人気作家として、文藝春秋社の創業社長として、日本文芸家協会の会長として、さらには東京市の政治家として八面六臂の大活躍をした菊池の面目が躍如する。流石！　と感心させられた。倉田が描いた弱い俊寛像は見事打ち砕かれ、「バイタリティーに溢れ、本能にも逆らわない、前向きで、**「逞しい、自然児」**俊寛を紡ぎ出している。

（五）芥川龍之介（一八九二〜一九二七）
：小説「俊寛」（一九二二年一月「中央公論」）

○あらすじ

1．都に伝わる俊寛さまのお噂は飛んでもない嘘話です。

ある琵琶法師は「俊寛さまはお嘆きの余り岩に頭を打ちつけ狂い死になさってしまい、わたし有王はそのご遺骸を肩に海に身を投じて死んでしまった」というではありませんか。また、別の琵琶法師は「俊寛さまは島の娘と夫婦となり、子供を大勢もうけられ、都にいたときよりも楽しい生涯をお送りになった」といっているようです。いずれも、いい加減な出鱈目です。私が見た真実のお話を申し上げます。

2．治承三年五月末、わたしは鬼界ヶ島に渡りました。俊寛さまのお姿は、世間に伝わる「衰え年老いた、首・手足細く腹大きく、色黒で人にして人に非ず」というのは作り事です。初めて島でお目にした俊寛さまは、髪はのびていましたが、日焼けして昔より丈夫そうで頼もしいお姿でした。お手には笹の枝に貫いた小さな魚を下げていらっしゃいました。行き交う土人の男女が必ず俊寛さまに頭をさげていたのには大変嬉しく思いました。成経さまの島での北の方だったたという方も挨拶をしてくれましたが、北の方が抱いていた児はこの辺土には似合わない美しい顔をしていました。家に向かう途中俊寛さまは「有王、この島に渡って以来、何が嬉しかったかといえば、あのやかましい女房のやつに毎日小言を言われずに暮せるようになった事だ」と仰っておられました。

3．その夜、わたしはご主人さまのご飯を頂きました。お部屋は竹縁を巡らした僧庵ともいえるしつらえでした。椿の油を燃やし、皮籠ばかりか厨子もあれば机もある。その上には経文と阿弥陀如来の尊像が一体、端然と金色に輝いていました。これは確か康頼さまの都帰りのお形見とか。俊寛さまは円座の上に楽々とお座りになり、色々とご馳走を下さいました。汁、なます、煮つけ、果物、味はよいとは言えませんでしたが、珍しいものばかりでした。食事が終わると、「都の便りを聞かせてもらおう」とわたしの話をお促しになられました。やむを得ず、わたしはお捕われになった以降の留守中の出来事をお話し申し上げました。ご近習は皆逃げ去ったこと、お館や鹿ケ谷の山荘は平家の侍に奪われたこと、北の方は昨秋お隠れになったこと、今ではご家族の中で姫君だけが奈良で伯母御前のお住まいに人目を忍んでいらっしゃることをお話申し上げました。わたしは話半ばにその場に泣き沈んでしまいましたが、俊寛さまは終始黙然と耳を傾けていらっしゃいました。わたしは姫君よりお預りした御文をお渡ししました。「……とくとく御上り候え（お帰り下さい）。恋しとも恋し。……あなかしこ。あなかしこ……」と小声でお読みになりました。「俺は都には未練はないが、娘だけには一目会いたい。泣くな、有王。しかし、娑婆世界には、一々泣いていては泣き尽せぬほど、悲しいことが沢山あるぞ」と寂しそうにご微笑なさいました。「女房も死ぬ。若も死ぬ。娘にも一生会えぬかも知れない。俺は一人離れ島に老いの来るのを待っている。これが俺の今のさまじゃ。が、この苦艱を受けているのは、何も俺一人に限った事ではない。俺一人衆苦の大海に、没在していると考えるのは、仏弟子にも似合わぬ増長慢（悟りを得たと自惚れること）じゃ。……天が下には、千の俊寛、万の俊寛、十万の俊寛、百億の俊寛が流されているぞ。……有王、何よりも先ず、笑うことを学べ。笑うことを学ぶためには、先ず、増長慢を捨てねばならぬ。世尊のご出世は我々衆生に、笑う事を教えに来られたのじゃ。涅槃の御時にさえ、魔訶伽葉（釈迦の後継者）は笑ったではないか。お前が都に帰ったら、姫にも歎きをするよりは、笑う事を学べといってくれ」とお話されました。いつの間にかわたしの頬の涙は乾き、「都には帰りません」と申しますと「それほど愚かとは思わなかった。俺は一人でも不自由はせぬ。姫の安否は誰が知らせてくれる。お前は早速都に帰るがよい」と俊寛さまは仰り、悠々と島での生活を語り始められました。

4.「俺は一度も成親卿と天下なぞを計った覚えはない。それがいきなり島に流されたのじゃから、初めは忌々しさの余り飯を食う気さえ起らなかった。俺は清盛の天下が好いか、成親卿の天下が好いか分からないほどじゃ。俺はただ平家の天下はないに若かず。源平藤橘、どの天下も結局あるのはないに若かぬ。所詮人界が浄土となるためには、御仏の御天下を待つほかあるまい。俺はそう思っていたから、天下を計るなどは、微塵も貯えてはいなかった。だが、俺は凡夫で浅ましかった。ちょうどあの頃あの屋形には、鶴の前という上童がいた。これが如何なる天魔の化身か、俺を捉えて離さぬのじゃ。俺の一生の不仕合せは、皆あの女がいたばかりに、女房に横面を打たれたり、鹿ケ谷の山荘を貸したり、しまいにこの島に流されたりもした。しかし、有王、喜んでくれ。俺は謀反には与しなかった。女人に愛楽を生じたためしは古今の聖者にも稀ではない。

俺はこの島に渡った当座、毎日忌々しい思いをしていた。それは、一緒に流された相手が悪い。康頼は塞いでいなければ居眠りをしているのに、あの男は願さえかければ全てはあの男の云うなり次第に利益を垂れると思っている。商人みたいな現金な男だ。それで卒塔婆を流し始めた。成経は終始蒼い顔をしてつまらぬ愚痴をこぼす。俺同様天下はどうなっても構わぬ男じゃから、俺に会えば、謀反人の父ばかり怨んでいた。それが困ったことに康頼と一緒に願をかけるようになった。俺も誘われたが、断った。いつも、康頼は「清盛は極悪」と腹を立て、成経は「都に帰りたい」とため息を立てる。二人とはこんな忌々しい仲だった。

だが、さすがに、二年間島で一緒に生活しただけに別れるときは名残惜しかった。六波羅からの使者が船を降り、赦免の教書を読んだが俺の名前はなかった。一弾指の間（一瞬）じゃが、姫や若の顔、女房の罵る声など思い浮かんだが、俺は一心に騒がぬ容子をつくっていた。俺一人が何故赦免に漏れたか、その訳を考えた。清盛は俺を憎んでいる。それは確かには違いない。しかし清盛は憎むばかりか、内心俺を恐れているのだ。こう考えたら、苦笑せずにはいられなかった。清盛は浅学短才の悲しさに、俊寛を不気味に思うているのじゃ。してみれば、首でも刎ねられる代わりに、この島に一人残されるのは、まだ仕合せの内かも知れぬ……そんな事を思うている間に、いよいよ船出となった。すると、成経の妻が赤子を抱いたままどうか船に乗せてくれと云う。俺は気の毒に思うたから、女は咎めるには及ぶまいと、使者に頼んでやったが、使者は取り合わなかった。あの女は気違いのように船に乗ろうとし成経の直垂の裾を掴んだ。成経は蒼い顔をしたまま邪慳にその手を撥ね退けたではないか。俺はあの一瞬、成経は犬畜生だ、それを見ていた康頼も仏弟子の所業とも思われぬ。俺の他誰も頼まなかった。あらゆる罵詈雑言が口を衝いて溢れてきた。が、船は見る見るうちに遠ざかってしまう。あの女はやはり泣き伏したままじゃ。俺は浜辺で地団太を踏み、返せ、返せと手招きをした。その手招きが都に伝わっているのじゃ」。

5．それから一ヶ月程お側にいて、名残惜しい思いをしながら一人で都に帰ってきました。俊寛さまはやはり今もあの離れ島の笹葺きの家に相変わらずお一人悠々とお暮しになっているのでしょう。

○俊寛像

芥川は、倉田や菊池の作品などを丹念に読み込み、彼らの俊寛像とは異なる独自の作品を紡ぎ出している。物語は、俊寛の従僕有王が主人を鬼界ヶ島に訪ねそこで見聞きした事実を回想するという形式をとり、話の順序は最近の出来事から順次時代を遡り、話し言葉で語られる。形式・内容も二人とは異なるユニークで、流石と感心させられた。

冒頭の有王の回想場面でユーモアたっぷりに倉田・菊池の両人を揶揄し否定しているのが面白い。元々咎のない俊寛だったが配流されてしまう。この娑婆の世界は諸行無常、いちいち泣いていたら泣き尽せぬ程の悲しい事だらけと、悲しい運命を素直に受容する。自分だけが苦難に直面していると考えるのは増長慢と。これを超克し悟りを深め、島での生活に順応、土地の住民からも聖者としての尊敬を受け、健康で逞しく生活する。赦免がなかったのも、清盛が俊寛の帰洛を恐れていたからだと前向きに解釈。また、俊寛の「足摺り」説話は成経の妻の行動であると平家物語を否定する。三人の中では最後発で一番美味しいところをもっていった感がある。知的で、宗教心も失わず、**「達観した、静かで聖なる」**俊寛像である。

（六）吉川英治（一八九二〜一九六二）
：小説「新・平家物語」（一九五〇〜一九五七）

○あらすじ

1．鬼界ヶ島へ向かう船上で三人の関係は破綻していた。成経と康頼の二人は護送船に乗った直後は死んだ方がましだと考えていたが、鬼界ヶ島が近づくと「生きたい！　たとえどんな島でも……」と生に強く執着するようになっていた。そして、二人は、俊寛は高慢で、情けも解さず、哀れをも知らず、信仰心もない稀代の悪僧、破戒僧だ。何であんな男と大事を謀ったかと思うようになっていた。

一方、俊寛の方も二人に対し、あんなめそめそしている不覚者などと組んで生涯の大事を誓ったことは口惜しい。ばかばかしく腹が立つ。島に着いたら頭でも一つ二つでも殴らせてもらわねば腹の虫が治まらぬと考えるようになり、三人の関係は二対一に分裂、破綻してしまっていた。

2．俊寛の鬼界ヶ島での生活は二人とは別だった。三人は身の回りの荷物とともに船から降ろされると成経と康頼は二人で元気にさっさと荷物を背負い島の中に入ってゆく。俊寛は、「よしよし、わしは一人で暮らす方が、いっそ気ままだ」と別な方向に歩いて行った。成経と康頼は、その後仲良く小屋をつくり一緒に住んだ。二人は熊野巡りに見立てた山巡りを日課とすることを約束し、日々赦免の祈願を励行する。島で生活している間俊寛と顔を合わせたのは、島の住民と食糧を交換していたときで、住民たちの中に酒瓶と皿を前において片腕に若い女を抱えた俊寛を偶々見かけただけ。俊寛とは普段の付き合いはなかった。

3．島にきてから一年後、都からの船が島に到着、成経と康頼を赦免する清盛の書状が届けられた。二人は狂喜した。俊寛の名前はなかったが、二人は不思議とも思わなかった。
二人の赦免には都でも様々な運動があったらしい。成経は、縁者重盛・教盛が動き早々と赦免が確実になった。康頼は、老母の縁者の僧侶が一策を思いつき、厳島に詣でた後都に帰り、「厳島の磯辺にこのような卒塔婆が漂着したが、平判官康頼の流したものに違いない」と訴え出て、清盛が「康頼も赦してやれ」ということとなった。丁度その頃、清盛の娘中宮徳子のご安産の祈祷が行われようという時であり大赦の名目で沙汰された。俊寛の名前が漏れたのは、清盛が彼一人を特に憎んだわけではなく、誰も俊寛のために運動する者がいなかったからだった。

二人は帰国船へ乗る時、俊寛めが浜へきたら「ざまーみろ」と言ってやりたかったが、俊寛は姿を見せなかった。船が漸く帆を上げ動き出した時、浜辺で俊寛らしき者が走ってきて手を振っている。よく見ると、泣きもせず、吠えもせず、都恋しいとも叫んでもいない。彼の傍には黒髪の長い娘がいた。

その後、都へ帰った成経や康頼などの口から世間へ語り伝えられた俊寛との別れの話はまるで違っていた。俊寛僧都は赦免の状に自分の名が洩れたのを、天に恨み、地に哭し、船が纜を解く間際まで乗っては下りつ、下りては乗りつ、半狂乱だったと語り、伝えられた。都では誰一人これを疑ってみるものはいなかった。

4．有王の俊寛往訪
けれど、法勝寺の稚子で有王というものがいた。有王は可愛がられた主人俊寛に一目会いたいと、数年後、島に渡った。俊寛を探し当て、積年の思いと主従の心情をあたため尽して都に帰った。人から俊寛の暮らしを訊かれると、「それはもう蜉蝣(カゲロウ)のようにお痩せになってお立ちになるお力もありませんでした。私の姿を見てお喜びになり、半月ほどであえなく息をお引き取りになられました。御遺骸を荼毘に付し、お形見の髪ばかりを奈良の法華寺におられます姫君のために持ち帰ってまいりました」と答えた。世間の人はこれでもう俊寛僧都はこの世の人ではないと思い、まだ三六、七の若さなのに、と言ったりした。

○俊寛像

吉川作品は本稿全作品の中で最後に登場する。先行作品全てを十二分に読み込み構想を練ったのであろう。新・平家物語は全二六巻、壮大な長編、俊寛やその陰謀は物語のほんの周辺エピソードに過ぎないが、「新」と謳うだけに、平家物語は勿論、その後の倉田・菊地・芥川の三人の俊寛像とも全く違うユニークな人物像を紡ぐ。俊寛は成経と康頼とは全く気が合わず、仲違いし島では初めから一緒には生活をしなかった。一人となった後も都に帰りたいなどと思ったことは一度もない。島では酒と土人女に溺れ破戒僧になってしまっていた。「赦免」についても、単に清盛は俊寛などの名は全く記憶に残っておらず、赦免の陳情を行う者も誰一人もいなかっただけだ。二人は島を離れるときも、「ざまーみろ」と思い、俊寛も「清清する」としか思わなかった。落ちに落ちた救い難い何とも**「惨めなニヒリスト」**俊寛である。吉川の出番は最後、出尽くした感がある俊寛像、こういう姿でしか独自性発揮の余地はなかったのかも知れない。ご苦労様というのが正直な感想である。

おわりに

今回取り上げた作家のうち近代の四人、年齢順に菊池、倉田、芥川、吉川は、生れが一八八八年から九二年の四年間に収まるいずれも同世代の代表的人気作家である。

このうち、倉田、菊池、芥川の三人は、出自は違うが、同時期に第一高等学校在席という共通点があった。倉田は一九一〇年入学、一年後菊池と芥川が入学している。学科は違ったようだが、一高は全寮制、ともに文学志向、付き合いがあったに違いない。特に、菊池と芥川は同期生、一九一六年久米正雄らとともに第四次「新思潮」を刊行した仲間であり、芥川の葬儀では菊池は号泣し弔辞を読んだ。後に、菊池は自ら創刊した雑誌「文藝春秋」に芥川の名を冠した「芥川賞」を創設している。菊池と芥川の関係は特別で、二人は正に無二の生涯の友だった。また、倉田の菊池と芥川との一高時代の付き合いは分からないが、菊池が起こしたマント事件（菊地が盗品のマントを質入し一高を退学させられた事件。後に、菊池が親友を庇った冤罪と判明する）では、当時日本女子大在学中の倉田の妹のデート相手である一高生が菊地の親友であり事件に関わっていたことが判明している。三人はお互いを

六人の作家の俊寛像

作家	島での三人	清盛への思い、赦免理由	島に残された俊寛	俊　寛　像
世阿弥	成経・康頼は日々熊野権現へ、俊寛傍観	触れず	触れず	運命を嘆き悲しむ悲劇の主人公。
近松門左衛門	成経島娘結婚	清盛は裏切った俊寛を赦免せず。重盛は俊寛を赦す。	触れていないが、自殺を暗示か。	義侠心に富み妻や家族を愛す強い男。英雄化。
倉田百三	信仰心も含め性格合わずも、共に我慢。	「清盛め」とその専横に反発、平家打倒の陰謀に参画、謀議場所を提供。俊寛は赦免すれば清盛を許すとも口走るが、成経・康頼は帰洛後清盛に歯向かわず出世。	いつ迄も嘆き、怨み、憎しみ、復讐を忘れず。有王来島。	死ぬ迄悲運を受容できず、怨讐の大渦の中で最後は凄絶な自殺。
菊池　寛	三人集まれば「2対1」となるのが人の常、俊寛は二人から孤立。		島で蘇生。恨み、復讐の感情忘却。島娘と結婚。有王来島。	野性的に復活、島で家族を儲け幸福を掴む。ロビンソンクルーソー型。
芥川龍之介	成経島娘結婚	陰謀加担は女の斡旋があったから、政治は誰がやっても同じ。清盛は俺を恐れた。	都帰すれば斬首、島は安全と達観。悠々と元気。有王来島。	悟りに達し島に順応、聖で静なる男、地元民も尊敬。隠者の風情。
吉川英治	俊寛は二人と別れ一人生活。	赦免しなかったのは単に清盛が俊寛を忘れていただけ。	淋しくない清々しい気分。有王来島。	島で土人女と酒に溺れる破戒僧。ニヒリスト。

知り相互に意識していたことは十分に想像できる。倉田は評判高い「出家とその弟子」上梓の翌年一九一九年「俊寛」を発表する。すると、その翌年菊池が、翌々年芥川が夫々同じタイトルの「俊寛」を発表している。俊秀たちが「俺ならこう書く」と文学上の意見を交換、力量を競った趣だ。ただ、菊池と芥川の「俊寛」は余興半分、軽い気持ちで書いたものだったからなのであろうか、二人の「俊寛」は二人の主要作品リストからは漏れている。

苦労人吉川はこの三人のエリートを同世代のライバル作家として強く意識していたことは間違いない。菊池とは彼が文芸家協会会長として組成した大陸慰問団「ペン部隊」に参加、中国各地を一緒に慰問旅行している。倉田とも国内講演旅行に一緒に参加している記録が残っている。

近代作家四人の人生模様は夫々異なり、作品はそれを反映しているに違いないが、作品への取組姿勢について言えば、倉田の真剣さは他の三人を圧しているように思えた。

上記表に六人の俊寛像の違いを取り纏めてみた。要は、史実は違えられぬものの、その欠落部分、俊寛の「胸の内」などに知恵を絞り、工夫を凝らして独自色を出している。

今回、六人の他にも、滝沢馬琴、山東京伝、河竹黙阿弥、小山内薫も含め多くの作家たちにも「俊寛もの」があることを知った。今回は読めなかったが、夫々また違った俊寛像が描かれているのであろう。俊寛は中世から現代までの作家に非常に人気があった。日本人の心の奥底には弱者への理非を問わず同情しようとする心理現象があるといい、義経への「判官びいき」がその典型といわれている。「弱い、悲劇の人」俊寛にも同様な同情心が寄せられ「俊寛びいき」とでもいえる現象があったのではといえないだろうか。

最後に、蛇足を一つ。本稿冒頭に述べた新聞小説「ふりさけ見れば」は回を重ね、仲麻呂が玄宗皇帝の近くで活躍し宰相にもなるかという勢いで益々出世、物語は正に佳境を迎えている。この小説は歴史小説と呼ばれるのであろうが、作者は空白部分を奇想天外な新説で埋め合わせ物語を展開する。吉備真備は安禄山と義兄弟（妻が姉妹）となり、安禄山は吉備真備の親友である阿倍仲麻呂とは「義兄弟」の契りを結び協力を誓い合う仲となる。また、仲麻呂は二回目の結婚で、楊貴妃の実姉を妻にし、玄宗皇帝とも義兄弟となる。吉備真備（六九五～七七五）、阿倍仲麻呂（六九八～七七〇）、安禄山（七〇三～七五七）、楊貴妃（七一九～七五六）等の年齢と活躍の場だけを見ればこの仮説が成立する可能性を否定はできない。だが、私は「本当か」と疑わざるを得ない。しかし、これを事実ではないと証明することも難しい。今後、物語はどんな展開をみせるか楽しみではある。

（終）

（注1）今回、能・浄瑠璃・戯曲の三作品については、私は演劇鑑賞ではなく、シナリオ読解のみで検証した故、「小説」の範疇で捉えている。

（注2）本文引用中に、現在の目から見ると穏当を欠く表現があるが、執筆当時の時代を反映した独自の作品世界を構築している観点から、原文のままとする。

参考文献

『新編日本古典文学全集』（謡曲集、小学館）
『新編日本古典文学全集』（平家物語、小学館）
『完訳　源平盛衰記』（勉誠出版）
『源平盛衰記』（菊池寛、勉誠出版）
『俊寛』（倉田百三、アマゾンＫＩＮＤＬＥ）
『俊寛』（菊池寛、アマゾンＫＩＮＤＬＥ）
『俊寛』（芥川龍之介、アマゾンＫＩＮＤＬＥ）
『新・平家物語』（吉川英治、「アマゾンＫＩＮＤＬＥ）
『「俊寛」像の変遷』（渡辺保、ＷＥＢ）
『俊寛説話研究』（廣岡志津子、ＷＥＢ）
『日本歴史大事典』（小学館）
ウィキペディア（ＷＥＢ辞典）

田澤耕さんを偲んで

二〇二二年九月二十四日、法政大学名誉教授でカタルーニャ語の稀有な研究者であった田澤耕さんが六十九歳という早すぎる年齢で旅立たれました。

田澤さんは、生涯で七十冊に及ぶ書籍を日本とカタルーニャで出版しましたが、日本での出版の掉尾を飾ったのが、七月三十日に、西田書店から刊行された『僕たちのバルセロナ』でした。

田澤さんは、若き日にバルセロナ大学から博士号を取得するため、夫人と幼かった二人の子息を伴ってバルセロナで数年過ごしたのですが、そこで子供たちがどのようにカタルーニャ語を習得していったか、親子四人がどのように楽しい日々を過ごしたかを、長男悠さんの目と口を借りて語ったもので、金井真紀さんのイラストとも相まって、愉快な、こころ暖まる本になりました。殆ど同時に出版された『カタルーニャ語　小さなことば　僕の人生』（左右社）とともに、田澤さんが私たちに残した、遺書とも位置付けられるでしょう。

『あとらす』の今号には、金井真紀さんと、『あとらす』の常連執筆者で、田澤さんと交友のあった皆さんに想い出を語っていただきます。

田澤耕さんから教わったこと

岡田多喜男

田澤耕さんに初めて会ったのは、一九七九年八月、場所はマドリッド国際空港でした。彼は二十六歳の若者で、東京銀行からスペイン語研修生として派遣されてきたのです。

私は、その半年前に、銀行のマドリッド支店開設準備委員として着任していたのですが、私の家族は田澤さんに付き添われて到着しました。それ以来四十三年間の付き合いでした。

私は、田澤さんをバルセロナの語学学校に入れました。彼が、マドリッドにいると、銀行の仕事に使われてしまうのを避けるためで、彼はこれを「親心」と呼んで感謝してくれました。彼ははからずも、カタルーニャ語と出会うことになりました。

彼は、バルセロナの語学学校のつぎは、サンタンデール市のメネンデス・ペラヨ大学の講習を自分で見つけ受講したのですが、ここで神戸から研修に来ていた佳子さんと出会い、マドリッドで結婚式を挙げました。披露宴には、私も子供達ともども招いてもらいました。

マドリッドでの研修・勤務を終えると帰国し、神戸支店で働きましたが、ほどなく退職してしまいました。奥さんが大阪外国語大学のイスパニア学科に学士入学したのに触発され、自分も学究の途に進もうと銀行を辞めてしまったのです。

大阪外大の大学院に入り、山田善郎教授のゼミに入ったのが運命の分かれ道でした。スペイン語の研究テーマを決めかねていた或る日、教授に、バルセローナで研修中に、そこではスペイン語以外にも「謎の言語」が話されていることを語ると、教授が、

「それや、君、それで行こう！」

「え？」

「あんなー、最近、社会言語学ってのが流行りなんや！」

と言うわけで、教授が彼のカタルーニャ語研究の途を開いてくれたのです。

一九九一年には彼は早くも『カタルーニャ語文法入門』を刊行、早速、私にも贈呈してくれました。これが、私がカタルーニャ語の勉強を始めるきっかけになりました。そして、二〇〇二年には『カタルーニャ語辞典』を出版しました。私は四万円する辞書を購入し、読み通したのですが、この時の様子を田澤さんはある著書にこう書いてくれました。

「Oさんから連絡があった。なんと私の辞書を通読したというのである。およそ一〇〇〇頁もある辞書を通読した人など私は聞いたことがなかった。勿論私は何度も目を通したが、それは自分の辞書だから出来ることで、他人の作った辞書を通読する気など到底なれない。そしてOさんは、私の間違いをいくつも指摘してくれた。

その後、私は逆方向の辞書『日本語―カタルーニャ語辞典』を編纂、更に二〇一三年には『カタルーニャ語小辞典（日本語・カタルーニャ語語彙集付き）』を出版したが、これにもOさんのチェックが入った。この二〇一三年には私は還暦を迎えた。Oさんが『いい記念になったね』と言ってくれたのが嬉しかった」と書いてくれました。

カタルーニャ語関係の本で、田澤さんに付き合ったのは、去年白水社から出した『カタルーニャ文法』が最後で、まえがきに私の名前を書いてくれました。

田澤さんは、「岡田さんにはスペイン語、カタルーニャ語の理解を深めるためにもラテン語を勉強するようすすめます」と言って、自ら教授役を買って出てくれました。「文法書」「キケローの老年について」「カエサルのガリア戦記」を教わりましたが、二〇一五年半ばに、もう時間・体力の余裕がな

田澤耕さん（右）と筆者
（日本・カタルーニャ友好親善協会提供）

いとかでお仕舞になりました。その後はカタルーニャ語教室の勉強仲間のKさんがラテン語も付き合って下さって、有難いことに今日までラテン語講読が続いています。

田澤さんには最初はスペイン語を教えましたが、すぐ追いつかれ、追い越され、カタルーニャ語、ラテン語は終始教えて貰いました。六十九歳になったばかりの死去は残念でなりません。

早すぎる死を悼んで

川本卓史

田澤耕さんが二〇二二年の春に余命宣告を受けてからの活躍は、以前に劣らず目覚ましいものでした。二冊の本を刊行し、病を押してバルセロナに最後の旅をし、講演や取材に応じました。九月二十四日、「全く苦しまず、穏やかな死」を迎えられたとのことです。

西田書店から刊行された『僕たちのバルセロナ』が最後の著書になりました。「何とか存命中に完成させたい」と頑張った日高編集長の思いが叶い、亡くなる二か月前に彼の手に届きました。四十歳になって博士号取得のために暮らした留学時代を、同行した六歳の長男の目を通して語る、とても楽しい回想録です。

私は、田澤さんが旧東京銀行の後輩だったことに、畏敬と同時に親しみを感じていました。言うまでもなく、研究者としての優れた業績やカタルーニャと日本との文化交流に多大の貢献を残したことは、ご自身の努力と情熱の賜物です。しかし、少なくともそのきっかけは東京銀行がつくったと言えるのではないでしょうか。

「ただ海外へ行けるチャンスが多いという理由だけで東京銀行（略）に入行した。そして一応、その狙い通りにトレーニー（研修生）としてスペインに派遣されることになった」と自著にも書いています。志望動機だけは、私たちほぼ全員が同じだったかもしれません。

京都と田澤さんとの縁にも触れておきます。週に一回「京都活動日記」と題してインターネット上に載せているブログに、『僕たちのバルセロナ』を取り上げました。二つの都市は文化交流が盛んで、二〇一九年京都に「バルセロナ文化センター」がオープンしたことにも触れました。生前の田澤さんはセンターの活動を熱心に応援していました。

ブログを読んでくれた友人の岡村邦彦さん（祇園町会長）が、センターまで出向き、センター長のロザリアさんに会い、ワークショップにも参加してくれました。その親切と行動力に頭が下がります。若い時にバルセロナに旅してとても良い思い出だったことも関心が続いている理由にあるようです。

田澤さんの死去にあたっても、早速ロザリアさんに会ってくれました。「カタルーニャ語の授業中にもかかわらず出てこられ、彼女も昨日知ったそうです。先生には大変お世話になり、思い出を語る会を開きたいと語り、慕われていたことが伺えました」という返事を貰いました。

京都での追悼会は十二月十六日に開催されました。

カタルーニャに関心を持つ人たちの輪が京都でも広がっていく様子を田澤さんが知ったら、さぞ喜んだことでしょう。

バルセロナ夢の街、そして、田澤君を想う

木方元治

一九七五年、長かったフランコ時代が終わり、バルセロナは自由の街として新しい一歩を踏み出しました。

一九七九年、田澤君は、そんな時代のバルセロナで彼の生涯を決定づけるカタルーニャ語と出会いました。その年にバルセロナを訪れた私にとってもバルセロナは足を踏み入れた瞬間から、何か自分にとってとてつもないことが始まる、そんな予感を与えてくれる夢の街でした。

後年、田澤君の書いた何冊もの著作を読み進めていくにつれ、当時僕が感じたとてつもないことが始まるという予感が、カタルーニャの文化の深い伝統、長かった抑圧から解放された自由への希求から来たこと、カタルーニャ文化が蘇っていく新しい時代が始まる丁度その時期に、僕たちはバルセロナにいたのだということを知り、何か自分の人生のとても大切な部分がそこにあったのだ、という思いを強くしたことを覚えています。

田澤君と私は一九七六年東京銀行に同期として入社、その三年後にヨーロッパに転勤という比較的近い道を歩んだのですが、残念ながら実際にお会いしたのは彼が文筆の道に入ったかなり後のことで、一九七九年当時、私が見たバルセロナを彼に話すことも叶わぬまま人生を歩んできてしまいました。

彼はバルセロナで出会ったカタルーニャを生涯の道標としてその後の人生を歩み、多くの素晴らしいお仕事を成し遂げてこられました。私はその後も銀行員としての道を歩み、銀行員生活後半は主にニューヨークをベースに仕事をしてきま

した。

出来ることなら田澤君には、一九七八年に初めて足を踏み入れたバルセロナは彼の人生をどう変えたのかを聞きたかった。その後のカタルーニャ文化に関する仕事を拝見するにつけ、ずっとそう思ってきました。

フランコ時代に徹底的に弾圧され続けてきたカタルーニャ。彼の専門分野であるカタルーニャ語をとりあげて彼はこう語るのです。

「しかし、言語にとって、四〇年間の空白は大きい。民主化されたからといってすぐさま本来の姿を取り戻せるものではない」(物語　カタルーニャの歴史)

忘れ去られようとしたカタルーニャ語に生涯を捧げた田澤君の生涯を思うにつけ、再び同じ問いが帰ってきます。

「一体僕たちはバルセロナで何を見たのだろうか?」

バルセロナでカタルーニャ語に出会い、そこに人生を捧げた田澤君にカタルーニャの生んだ詩人ペラ・マルクの詩を捧げて彼に対する追悼としたいと思います。

生まれた瞬間に死が始まる。
死にながら、育ち、
日々、育っては死ぬ
一時も
旅はやむことがない……
歳をとって、
死に、ただの肉塊になり果てるまで
こうして人は
定められた終わりを目指す
苦しいときも、楽しいときも
病むときも、健康なときも

「生まれた瞬間に死は始まる」田澤耕訳

田澤先生との四年半

金井真紀

「田澤耕先生、突然メールをお送りする失礼をお許しください」と始まる不躾なメールを送りつけたのは二〇一八年早春のことだった。なんの面識もない人間からの怪しいメールはこう続く。「わたくしは文筆家兼イラストレーターをしている金井真紀と申します。ただいま『サッカーことばランド』という本を企画しております。世界のさまざまな言語の、サッカーにまつわる言い回しを集めて絵本を作る試みです。たとえば「股抜き」というテクニックのことをスペイン語では「トンネル」、フランス語では「小さな橋」、英語では(股の下にぶら下がっているものを指して)「ナツメグ」と言うそうです。あるいは元日本代表オシム監督の口癖に「水を運ぶ選手」があります。地味だが骨惜しみせずチームを支える選手のことです。そういう人をブラジルでは「ピアノを運ぶ選手」と呼ぶんだとか。……なんて事例を、各国出身の友人知人、各国語に詳しい人に聞きまくって採集しているところです。この本を作ることによって、人種、言語、宗教、風土などの多様性が表現できればと思っています。そこで田澤先生、カタルーニャ語のサッカーことばを教えていただけないでしょうか」

田澤先生は戸惑ったに違いない。いきなりのナツメグである。バルで気持ちよくカバを飲んでいたら、隣の席の酔客からすっとんきょうな話題で絡まれた心境だっただろう。「ぼくはサッカーに詳しくないから」と、ふつうだったらそこで断るところだが、田澤先生は素人のヘンテコな質問をおもしろがる好奇心を備えた人だった。見知らぬわたしのために、わざわざカタルーニャの文化庁だったか言語庁だったかに問い合わせてくれて、カタルーニャ語のサッカーことば一覧を作ってくださった。それだけで論文が書けそうな立派な資料。にもかかわらず、わたしが選んだのはそのなかの「escarabat(アスカラバット)」という単語だったので、田澤先生は再度ずっこけたことだろう。ダメな審判を罵るとき、カタルーニャ語では「アスカラバット!」と叫ぶらしい。意味はゴキブリ。審判の服装が黒いからだろうか。わたしが初めて覚えた、そして一生忘れないカタルーニャ語はゴキブリである。いやはや。

そんな騒々しい出会いから四年、わたしは田澤先生に数えきれないほどお世話になってきた。カタルーニャ語のことわざを教えていただいたり、ご著書『〈辞書屋〉列伝』について語っていただく会を催したり、カタル!ニャ出身者を紹介してもらってインタビューしたり。なかでも「あれはいい企画だった!」と思いっきり自画自賛しているのは、二〇二〇年秋におこなった岩波書店の月刊誌「世界」の座談会だ。

中国でモンゴル語が抑圧される現状を憂う富川力道(バーボルドー)さん、トルコ政府の嫌がらせにめげずクルド語を守る活動をしているワッカス・チョーラクさん、それに田澤先生の三人に集まっていただき「言語を守る闘い」という座談会を開いた。モンゴル人とクルド人のおふたりが、フランコ政権下を生き延びたカタルーニャ語の物語に熱心に耳を傾けていた姿が印象深い。権力者による言語の抑圧とその抵抗の歴史は、時空を超えて共振する。

その座談会のとき、田澤先生はわざわざ神戸から妻の佳子さんをともなって上京してくださった。定期的に癌の検査、治療を続けていた頃で、おひとりでの移動に少し不安があったのかもしれない。座談会の前、早めに神保町の喫茶店でお会いして、三人でおしゃべりした。そこで田澤先生が鞄の中から紙の束を出してきたのをよく覚えている。

「ずいぶん前にこんな原稿を書いたんです。できれば金井さんに絵を描いてもらって本にしたいんだ」

お預かりした原稿は、とてもおもしろかった。何人かの編集者に相談したまま、わたし自身もモタモタして、一向に話が進まぬまま年月が過ぎた。その間も田澤先生とメールのやり取りは続けていたし、東京でお会いする機会もあった。預かった原稿だけが宙に浮いていた。そして——。

二〇二二年三月。医師から「余命三〜六ヶ月」と告げられたことを静かに報告するメールが届いた。「金井さんとお知り合いになれたことは、人生の中ですごく大きな出来事でした。金井さんの絵はいつも優しく、人を幸福な気分にします。大好きです。そしていつか、金井さんに僕が長年温めて来た『僕たちのバルセロナ』の表紙や挿絵をお願いできたら、という大それた想いを勝手に抱くようになりました。ご迷惑だとは思いますが、もしいつの日かその願いが叶うことがあれば、こんなに嬉しいことはありません。急ぐ必要はありません。最初におっしゃったようにじっくりと、どこか頭の隅においておいていただいて、思いがけぬチャンスがあれば……僕が生きていようと、存在を止めてしまっていようと関係はありません」

このメールを泣きながら読んだ春の夕方をよく覚えている。原稿をお預かりしたままモタモタしていた自分を悔やんだ。先生の病気のことを知っていながら、わたしは取り返しがつかないことをしてしまった、と思った。

春の日暮れはひんやり。わたしは紅茶を淹れ直し、思案した。田澤先生がいなくなってから本が完成したって、おもしろくもなんともない。一緒に刊行をお祝いしてこそこの話は完結するのだ。少なくともあと三〜六ヶ月はある。取り返しがつかないかどうか、決めるのはまだ早い。そうだ、泣いている場合ではない。わたしは涙を拭いて、猛然と作戦を練り始めた。

三ヶ月後、わたしが最初にお預かりした原稿は西田書店のおはからいで無事に本になり（『僕たちのバルセロナ』）、さらにもうひとつ託された原稿は左右社から『カタルーニャ語小さなことば 僕の人生』として刊行された。先生は最後の最後まで仕事をなさって、カタルーニャにも出かけられて、あの世へと旅立たれた。

忘れ得ぬシーンがいくつもある。ご著書の中に、いただいたメールの中に、宝物のようなフレーズがいくつもある。煎じ詰めればそれはすべて田澤耕という人が貫いた「自分の役目を朗らかに果たす」という姿勢に通じている気がする。

田澤耕先生、ありがとうございました。わたしもささやかな役目を朗らかに果たして、いつかそちらに参ります。またお会いできる日を楽しみに。

『僕たちのバルセロナ』刊行まで

日高徳迪

一冊の本が刊行されるまでは、その著者と編集者の間でちょっとしたドラマのようなエピソードをはさんで送り出されることがままあるものだ。それらは大抵苦い思い出をともなうのが常であり、校正ミスが多くを占める。通常、誤植と言われるが、文字入力を著者が行うことが多くなってからは校正ミスと称されている。一冊の本で一字のミスもない本は存在しない、といっても過言ではなく、あるとすれば「それは読まれたことのない本」と編集者は自嘲気味に言い訳をする。

本書『僕たちのバルセロナ』は不思議な縁に恵まれた本である。二〇二二年の三月、年少の友人（と言わせていただいている）、金井真紀さんから「田澤耕さんという素晴らしい方がいて、その原稿を読んでほしい」と電話があった。田澤さんのお名前は『あとらす』に毎号書かれている岡田多喜男さんの作品を介して存じ上げていたので、「畑ちがい」の金井さんから、田澤さんのお名前が出たことはまったく意外で奇縁に驚くと同時に、進行する病状を知らされて怖気づいたもののぼくはこのご縁を有難く思い、編集者冥利を感じた。

六月末の刊行をめざして仕事は順調に進み、金井さんは再校ゲラを読むことを申し出てくれた。金井さんのご多忙を承知しているぼくは恐縮しながら、社内校正は大丈夫と伝えてお渡した、そのゲラに指摘されていた付箋を見て唖然。ぼくはまったく自信を失くした。田澤さんには病状と相まって全面的に任せていただいただけに、この指摘はふりかえればぞっとする。これでは「読まれたことのない本」などと嘯いてはいられない。さらに楽屋話は続く。

カバーの装丁案をバルセロナに着いた田澤さんにメール添付し、大方ご了解を得て一安心。正式なデータを受け取った際、デザイナーの臼井さんから「右下が若干淋しいのでスペインの国旗をごく小さく入れました」とあった。ぼくは「なるほどね」と賛意を示し、念のため田澤さんに再送したところ、「それは絶対にマズイ！」と返信。咄嗟に本書はスペインと対峙するカタルーニャ（バルセロナ）への哀惜に満ちた本であることに気づくありさま。もし、著者へ送信することなく刊行していたら、田澤さんの哀しみ如何ばかりか、とぞっとする。

こうして著者にお会いする機会に恵まれないまま、ぼくは編集者としてほぼ最後の本の刊行に恵まれた。

大相撲観戦記ワイド版

逸ノ城の憂愁

根本欣司

逸ノ城駿（いちのじょう・たかし）一九九三年四月七日、モンゴル国アルハンガイ県バットツェンゲル村出身。湊部屋所属の現役幕内力士。本名は三浦駿。帰化前はアルタンホヤグ・イチンノロブ……。

以上はウィキペディアからの引用です。まったくウィキペディアは便利この上もありません。ただし、この記述に間違いがないか確かめるすべなく、筆者はこの記述にもたれかかります。彼、逸ノ城は現在二十九歳。相撲協会のデータによれば、序の口、序二段、三段目、幕下、十両とすべて優勝。さらに昨年の春場所で念願の幕内優勝をかざります。すべての番付で優勝を果たした力士は彼以外にいるのか分かりませんが、たしかいない。しかし、翌場所は六勝九敗、翌々場所（九州場所）では三勝十二敗とまったく精彩を欠き、好角家の期待を裏切ります。

加えて、九州場所前に部屋のおかみさんへの殴打が報じられ、原因に彼の酒癖があげられています。（ネットによれば）ふだん温厚な性格は誰もが認めるとも書かれていますが、ネット情報はいい加減なものがあるし、週刊誌情報もあてにならないことは周知のとおりですから真相は分かりません。ただ、酒癖の悪さはさもありなんと思えてなりません。

モンゴル出身の力士の多くが首都ウランバートルとその界隈の生まれに対して、逸ノ城はウランバートルから遠く離れ、いまでも家族はパオにアンテナを立てて、彼の勝敗を一喜一憂。モンゴルの方言は分りませんが、他の力士とちがって訛りがあり、地方出身の鬱屈が彼の性格をさらに内向させ、無口にさせ、酒に走る、と私は勝手に連想するのであります。

大相撲界では大型力士の内向的性格が昔から知られています。巨漢大起、長身大内山、剛力朝潮、近くでは横綱間違いなしと言われながら小結どまりで、若くして逝ってしまった久嶋海などなど。彼らの酒癖は聞こえてきませんでしたが総じて優しい。

わたしが小学二、三年生のころ、立浪部屋が巡業に来て、その中の巨漢大起の尻を四、五人で坂道を押して会場をめざした時の大起の照れたような笑いが忘れられません。

さて好漢逸ノ城の今後はどうなるのでしょうか。十七歳で来日し、その巨躯だけで相撲をとりつづけ、現在、一九〇センチ、二一〇キロの彼に綱への可能性はあるのか、と問われれば、綱どころか大関の可能性さえない、と断言せざるを得ません。相手力士は彼に右上手だけは与えないと覚えられてしまったからには、再びの三役もおぼつかない。今さら立ち腰を改める術もなく、来場所も憂愁の表情を変えぬまま土俵に上がるのでありましょう。「奮起せよ、逸ノ城」のつぶやきを空しくさせないように。

編集後記

■およそ出版に関わる人たちは「校正恐るべし」を身をもって噛みしめてきたにちがいない。手書き原稿がほとんど消え失せ、書くという行為が入力するという行為に置き換えられた現在、出版の世界も瞬く間にデジタル化が進行し、活版印刷から仕事を覚えた人たちは現役を退き、デジタル化についていけないわが身を嘆いて、手の技がものを言った往時を懐かしむ。たしかに便利になった。先日、ヨーロッパに住む著者が来日した折、ゲラの送付について相談したところ、「PDFで送ってもらえれば何ら問題はない」とごく当たり前のようにたしなめられ、「紙」にこだわっていた自分が可笑しくなった。冒頭「校正恐るべし」は「後生畏るべし」のもじりであるが、長年、この世界に身を置いている裡に、私もいつの間にか懐旧派に属し、「魚は河を見ず」の自覚が否応なしに迫られる。そこで本誌の編集を「後生」に託す時期を探ってきたが、この号でそれが実現した。

■「あとらす」をお引き受けしてから18年。編集顧問に熊谷文雄さん、川本卓史さんをお迎えして、本誌は着実に充実してきた。そのお二人が今回も寄稿くださったのは、本誌の存在を象徴している。書く行為が入力するという行為に変わっても、表現する行為には変わりがない。年齢はたんなる記号であり、本誌は表現者にとって年齢は無縁であることを証明する場として存在する。故に（ややこじつけであるとしても）、私もこの場に関わっていくことが許されるはずである。――たとえ新しい編集者が眉をひそめるとしても……。以下は眉をひそめる新しい編集長のメッセージです。（N・H）

■西田書店に入社してから18年。「あとらす」とともに編集者として歩んで参りました。至らない点は承知しておりますが、執筆者と読者の皆さまの声を背にして務めますので、宜しくお願い申し上げます。

■過日、「文学フリマ」なる催しに行ってまいりました。都内某所に集まった同人誌、その数二一八五冊、来場者は公式発表で七四四五人。あまりの混雑に、すべての同人誌を手にとることは叶いませんでしたが、その熱気には圧倒されました。ジャンルも詩、純文学は元より、幻想文学、ＳＦ、ファンタジー等々多岐にわたり、会場の隅で待ちきれないように、立ったまま買い求めた冊子を開く人々の群れ。帰りの駅のホームでも、スマホではなく冊子を持った人達がずらりと並んでいて、この光景を見る限り「紙の本は終わった」とはどうしても思えません。この二十代、三十代の若い人達が中心になって開催する一種の文学活動に、遅ればせながら本誌「あとらす」も参加したいと思います。次回東京開催は五月二十一日。ぜひ会場でお会い出来ますことを。（N・S）

あとらす47号

2023年1月25日初版第1刷発行

編　集　あとらす編集室

発行人　柴田眞利

（編集顧問）熊谷文雄・川本卓史

発行所　株式会社西田書店

〒101-0065東京都千代田区西神田2-5-6 中西ビル3F

Tel 03-3261-4509 Fax 03-3262-4643

e-mail : nishi-da@f6.dion.ne.jp

印刷・製本　株式会社エス・アイ・ピー

©2023 *Nishida-syoten* Printed in Japan

あとらす47号執筆者（50音順）

岩井希文（大阪府茨木市）
岡田多喜男（千葉県我孫子市）
隠岐都万（京都府京都市）
恩田統夫（東京都渋谷区）
金井真紀（西田書店気付）
川本卓史（東京都世田谷区）
木方元治（神奈川県横浜市）
熊谷文雄（兵庫県伊丹市）
桑名靖生（茨城県鹿嶋市）
近藤英子（兵庫県西宮市）
関根キヌ子（福島県鮫川市）
タカ子（兵庫県明石市）
H・ブリンクマン（福岡県福岡市）
村井睦男（神奈川県藤沢市）
（コラム）
大津港一（東京都台東区）
茅野太郎（長野県茅野市）
後藤庸一（秋田県横手市）
斉田睦子（茨城県土浦市）
根本欣司（千葉県香取市）

＊執筆者への感想、お問合わせは下記小社宛願います。

「あとらす」次号（48号）のお知らせ

［発行日］　２０２３年７月２５日
［原稿締切り］　２０２３年４月３０日（必着）
締切り以降の到着分は次号掲載になります。
［原稿状態］　ワード形式（出力紙付き）を郵送、またはメール送信。
ワープロ原稿、手書き原稿の場合は入力します（入力代が必要です）
［原稿枚数］　１頁　２７字×２３行×２段組で５頁以上２５頁以内。
見出し８〜１０行（俳句と短歌は例外とします）
※原則として初校で責任校了
［投稿料］　下記編集室へ問合せ下さい。
［問合せ先］　東京都千代田区西神田２−５−６ 中西ビル３F
西田書店「あとらす」編集室　担当者　関根・儘田
TEL 03-3261-4509　FAX 03-3262-4643
e-mail : nishi-da@f6.dion.ne.jp

読者各位
本誌への感想や要望などは、上記、西田書店「あとらす」編集室へお寄せ下さい。各作品に関する感想や批評も同様です。